von Eva Maria Lienau
Weihn. 1988

Zu diesem Buch

Als Jüngling verkleidet, erlauschte Baronin von Kamphoevener an den Lagerfeuern türkischer Hirten orientalische Geschichten, die aus dem ewigen Märchenvorrat der Menschheit zu stammen scheinen. Trotz strikten Verbots schrieb sie das Gehörte auf, aus Verpflichtung einem kostbaren Besitz gegenüber. Heitere und listige, erotische und melancholische Geschichten mit dem ganzen Zauber und der Weisheit orientalischen Fabulierens.

»Ich bin sicher, diese drei Bände ›An Nachtfeuern der Karawan-Serail‹ werden viele nächtliche Leser finden, die sich noch vor den eigenen Träumen in die Träume alttürkischen Märchenschatzes entführen lassen.« (Angelika Mechtel in der »Welt«)

Elsa Sophia von Kamphoevener, geboren am 14. Juni 1878 in Hameln, lebte über vierzig Jahre in der Türkei. Ihr Vater, Marschall Louis von Kamphoevener-Pascha, war dort deutscher Botschafter. Nach ihrer Rückkehr arbeitete die Baronin als freie Schriftstellerin und Journalistin, so für die »Vossische Zeitung« und den Rundfunk. Sie starb am 27. Juli 1963 in Marquartstein / Oberbayern.

AN NACHTFEUERN DER KARAWAN-SERAIL

MÄRCHEN UND GESCHICHTEN ALTTÜRKISCHER NOMADEN

erzählt von

ELSA SOPHIA VON KAMPHOEVENER

Band 3

rororo

ROWOHLT

Einmalige Sonderausgabe in drei Bänden

Veröffentlicht im Rowohlt Taschenbuch Verlag GmbH,
Reinbek bei Hamburg, Mai 1988

Illustrationen für Kassette und Umschläge Walter Hellmann
Typographie für Kassette und Umschläge Peter Wippermann
Buchschmuck Hans Hermann Hagedorn
Gesamtherstellung Clausen & Bosse, Leck
Printed in Germany
ISBN 3 499 12400 9

Gewidmet
dem Gedenken an die alte Türkei
in Ehrfurcht und Liebe
vor dem großen Reichtum
ihres uralten Besitzes
an Geist, Witz und tiefer Weisheit
in Allah

Das Gebet des Kadi

In einem kleinen Orte unserer Heimat befand sich ein Jüngling, wie es deren viele bei uns gibt, nämlich ein schöner, ein heiterer, ein leichtherziger. Wie alle solche Jünglinge hatte auch dieser kein Geld, das ja nur die Alten, die Griesgrämigen, die Häßlichen zu besitzen pflegen, und wie es üblich ist, kümmerte sich dieser unser Jüngling, der schöne junge Ferid, wenig darum, ob er Geld hatte, ob nicht. Aber da es manchmal sehr nötig ist, etwas vorzeigen zu können beim Glücksspiel oder beim Wetten, und man sehr dumm dasteht, wenn man gar nichts setzen kann, so galt es, sich welches zu verschaffen. Ferid wählte dazu den üblichen Weg, er ging zum Geldverleiher, einem Armenier, wie es fast immer die sind, die mit Geld handeln. Der Armenier war sehr freundlich zu Ferid, wie das denn Geldverleiher immer sind, wenn sie das Geld verleihen, um sich völlig zu wandeln, wenn sie es einfordern. Er sagte höflich und ein wenig lachend, um anzuzeigen, wie das, was er vorschlug, eigentlich mehr ein Spaß sei als etwas ernst zu Nehmendes, man könne einen Vertrag aufsetzen, der besage, daß das Geld nach vierzig Tagen zurückzuzahlen sei – und wenn Ferid es dann nicht zur Hand habe, nun dann – und hier lachte der Armenier besonders heiter –, dann würde man ihm eben eine Okka Fleisch aus dem Körper schneiden, nicht wahr? Ferid lachte mit dem Geldmann; denn

es kam ihm gar nicht der Gedanke, daß so etwas ernst gemeint sein könnte.
Der Vertrag aber wurde von dem Armenier aufgesetzt und Ferid, der natürlich nicht lesen oder schreiben konnte, gezeigt. Es gehe alles ordnungsmäßig zu, sagte der Armenier lachend, und Ferid habe nur den Abdruck seines Daumens unter das Schriftstück zu setzen, dann sei alles erledigt. Daraufhin drückte Ferid seinen rechten Daumen in die mit Tusche getränkten Seidenfäden, setzte das so entstandene Siegel unter das Schriftstück, erhielt seine vierzig Gold-Piaster – einen für jeden Tag der Dauer des Vertrages, wie der Armenier lachend bemerkte – und ging heiter seines Weges.
Es versteht sich von selbst und ist jedem Einsichtsvollen sogleich klar, daß Ferid nach Ablauf der Frist nicht zahlen konnte, denn so leicht läßt sich das Kismet nicht überlisten, und es ist auch begreiflich, daß sein Erstaunen maßlos war, als der Armenier am einundvierzigsten Tage bei ihm erschien, um die Erfüllung des Vertrages zu fordern. »Was denn, du willst mir wirklich eine Okka Fleisch aus dem Körper schneiden, Ermeni? Nur um dieser vierzig Goldpiaster willen willst du mich töten, da du sagst, es stehe im Vertrag, das Fleisch solle nahe dem Herzen herausgeschnitten werden... ist so etwas möglich? Ich glaubte, du sagtest es im Spaß.« Aber der Armenier, der jetzt weder heiter noch zuvorkommend war, bestand auf seinem Schein, und Ferid begriff, daß es galt, jetzt einen klugen Gedanken zu haben. Er hatte ihn. »Gehen wir denn zum Kadi! Hier wirst du mir die Okka Fleisch nicht herausschneiden, und ich glaube auch nicht, daß du sie für vierzig Goldpiaster am Markt verkaufen kannst... was also hast du von dem Geschäft, Ermeni?« In Ruhe und Gelassenheit sagte der Armenier: »Daß ich mich endlich einmal an euch allen rächen kann,

die ihr den Geldverleiher verlacht und nicht bezahlt.« Ferid zuckte die Achseln, denn da gab es nichts mehr zu reden, und sagte geruhig: »Gehen wir denn also zum Kadi mit deinem Vertrag.«
Sie gingen, aber Ferid überlegte, daß es nun für ihn darauf ankäme, Zeit zu gewinnen, denn wenn man Zeit hat, kommen neue Gedanken. So mußte der Weg lang sein, und damit dieser kurze Weg zum Hause des Kadi lang werde, mußte einiges geschehen, was Aufenthalt verursachte. Er paßte scharf auf und sah sich nach allen Seiten um, und da geschah es, daß ihm das Kismet zum ersten Male lächelte. Auf dem Wege, den sie zu gehen hatten, stand ein Esel; er hatte, wie es Art dieser Tiere ist, alle vier Beine fest in den Boden gestemmt, und es schien, als würde es niemals mehr möglich sein, ihn von dieser Stelle fortzubekommen. Der Mann, dem der Esel gehörte, war schon ganz heiser vom Schimpfen und Schreien und heiß vom Prügeln, und Ferid beschloß, hier helfend einzugreifen, denn das würde Aufenthalt verursachen. Er sprang also hinzu und packte den Esel beim Schwanz, um ihn von der Stelle zu bringen; doch war die Standhaftigkeit des Tieres größer als die junge Kraft des Ferid, und plötzlich fiel dieser hintenüber in den Staub der Straße, den Schwanz des Esels fest in der Hand... er hatte ihn dem Tiere ausgerissen! Nun aber sollte man den Eseltreiber hören! »Yah Allah, welcher Sheitan hat dich hergesandt, du Sohn der Schlechtigkeit? Welche Gehenna hat dich ausgespien, du Sohn eines Hundes und einer Schlange? Meinen herrlichen Esel, den besten Esel, den es jemals gegeben hat, mir zu zerstören und zu vernichten, ach du Elender, du ganz Verkommener...« und so weiter und so fort. Ferid hörte sich das eine Weile ruhig an, schaffte es doch alles Aufenthalt; dann aber war es ihm plötzlich zuwider, und er

sagte ernsthaft: »Glaubst du, daß dein Schreien dem Esel den Schwanz wieder anwachsen läßt? Hier hast du den Schwanz, und dann schrei weiter. Wenn du es aber nicht glaubst, so komm mit mir zum Kadi, ihm kannst du deine Klage vorbringen. Der Ermeni und ich gehen auch hin, also komm mit.«

So gingen sie und waren nun zu viert. Wieder sah sich Ferid nach allen Seiten um, und dieses Mal hatte ihm das Kismet ein Pferd zur Hilfe gesandt. Es kam verstört angerast, und hinter ihm her lief sein Eigentümer, in allen Tonarten beschwörend, man möge das Tier doch aufhalten, nur aufhalten. Das war nun bei der Gangart des Pferdes leichter gesagt als getan, und so nahm Ferid einen Stein auf, um es zu erschrecken und so zum Stehen zu bringen. Es gelang ihm auch, das unglückliche Tier zum Stehen zu bringen, denn sein Stein hatte eines der Augen des Pferdes getroffen, und es stand mit hängendem Kopf hilflos vor Schmerz still dort. Außer Atem kam der Pferdebesitzer herbeigelaufen, und als der den Schaden sah, begann er nun seinerseits mit dem gleichen Schimpfgeschrei wie vorher der Eselmann. Der stellte sogleich wieder fest, daß dieser verlorene Jüngling ein Sheitan sei, aus der Gehenna entsprungen, und die zwei waren sich völlig einig darüber. Ferid aber langweilten diese Wiederholungen, und er sagte in eine Pause hinein, während die beiden Atem holen mußten: »Warum nur schreit ihr so sehr? Was hilft euch denn das viele Schreien? Es macht nur müde, und die Ohren gellen davon. Besser, auch du, Pferdemann, kommst mit zum Kadi, wohin wir alle gehen, und bringst dort deine Klage vor. Komm, gehen wir weiter, es sind da Leute, die vorbei wollen.«

So gingen sie denn zusammen und waren nun ihrer sechs. Doch war Ferid nicht zufrieden mit dem ganzen

Geschehen. Er begriff jetzt, daß sein einziges Heil in der Flucht lag, und überlegte, daß es am besten sein würde, in eines der Häuser an der Straße, dessen Tür vielleicht einen Spalt offenstand, hineinzuschlüpfen, schnell die Treppe hinauf auf das flache Dach zu eilen, von dort hinunterzuspringen in die Gärten, die sich da befanden, und das weite Land zu erreichen. Laufend, laufend mußte dann die Freiheit zu gewinnen sein. So spähte er nach rechts und links und sah denn auch sehr bald eine halb offenstehende Tür. Mit des Gedankens Schnelle war er hineingeschlüpft; aber weiter ging es mit seinem Plane nicht. Denn ein Schrei erklang, und ihm vor die Füße fiel eine weibliche Gestalt, die sich sogleich in Schmerzen zu winden begann. Verblüfft stand Ferid dort, denn er hatte nicht sehen können, daß sich eine Frau hinter der Tür verbarg, und warum sie schrie und wimmerte, begriff er nun schon gar nicht. Da kam aber schon die Treppe herab ein wild erregter Mann gestürzt, und nun ging es wieder an mit dem Schreien und Klagen. »Waih, waih, was ist geschehen, mein Weib?« rief der Mann. »Hast du Schmerzen? Was geschah?« Schwer nur konnte die Frau reden, aber sie tat es doch, zeigte auf Ferid und brachte unter Stöhnen vor: »Dieser da schlug mir die Tür gegen den Leib, und nun wird das Kind nicht leben – nur sieben Monate... wird nicht leben...« und wimmerte stärker. Jetzt endlich begriff Ferid und wartete schweigend. Da kam es auch schon: »Waih, du Sheitan aus der Gehenna, kommst hierher und zerstörst mir meine Freude und Hoffnung, o du Schlechter, du Verlorener!« Wieder hörte Ferid eine Weile zu, dann sagte er ruhig: »Dieses hier scheint mir eine Angelegenheit für Frauen zu sein, sieh, da kommen schon einige gelaufen. Du komm mit uns zum Kadi und sage mir nicht diese schon langweiligen Dinge vom Sheitan und der Gehenna. Komm, so sind wir sieben zusammen, gehen wir.«

Und wieder weiter. Aber der gleiche Gedanke ließ Ferid nicht los, und er sagte sich, daß ja nicht hinter jeder Tür eine schwangere Frau stehen könne, also gut aufgepaßt! Und wirklich, einige Häuser weiter stand die Tür einladend offen. Hinein wie eine Staubwolke so schnell, die Treppe hinauf, zum flachen Dach und hinuntergesprungen... es war gelungen! War es das? Worauf war er denn da gesprungen? Das fühlte sich so seltsam an; was war es denn? Ein Mann war es, ein alter Mann, der dort gelegen und geschlafen hatte: dem war er mitten auf den Bauch gesprungen. Ratlos stand Ferid da, denn jetzt war alles verloren, kam doch schon aus den umliegenden Gärten der Sohn des Alten herbeigelaufen, und wieder die gleiche Geschichte, wieder der Sheitan und die Gehenna und großes Geschrei. »Laß es, Freund und Bruder, ich hörte das gleiche schon einige Male. Komm mit mir, draußen warten sie auf uns, sind sieben, und wir gehen alle zusammen zum Kadi. Kannst mit den anderen weiter über Gehenna und Sheitan sprechen; komm, dieser da wird schon wieder geheilt werden, Inschallah.« Und durch die Gärten gelangte er mit dem schimpfenden Mann zu den anderen, die ihn schon sehr beunruhigt suchten.

Sie standen in einem kleinen Haufen mitten auf der Straße mit den beiden Tieren und erregten bereits allerhand Aufsehen. Ferid sah sich um und bemerkte, daß das Haus des Kadi schon nahe vor ihnen zu erblicken war; so faßte er einen blitzschnellen Entschluß. Wenn es ihm gelang, vor diesen ganzen schimpfenden Leuten Gehör beim Kadi zu finden, so war vielleicht noch eine Rettung möglich, kim bilir. So nahm er die Füße in die Hand und lief, lief, eine Wolke von Staub hinter sich

lassend, voran zum Hause des Kadi, hinein durch die Tür des Hauses, in den weiten Gang, der sich auftat, und riß die Tür unmittelbar vor sich auf. Dort aber blieb er starr stehen – denn es war so, daß der Kadi in diesem Zimmer damit beschäftigt war, einer seiner Frauen seine Zuneigung zu beweisen. Ferid schloß schnell wie der Gedanke die Tür, stellte sich mit ausgebreiteten Armen davor, und als nun die anderen daherkamen, eifrig bemüht, ihn wieder zu erhaschen, sagte er in aller Ruhe: »Hier kann niemand eintreten, der Kadi betet... Wir gehen von der anderen Seite in den Raum der Gerichte.«
Der Kadi hörte das, und er sagte für sich: »Ein kluger und schneller Knabe. Wir werden hören, was mit ihm ist.« Dann ließ er sich Zeit und trat späterhin ruhevoll und in Würde in den Gerichtsraum. Wie das üblich ist, war auch dort das breite und hohe Kissen für den Kadi an der einen Schmalseite niedergelegt. Nachdem der Kadi sich darauf niedergelassen hatte, trat sein Schreiber hinter das Sitzkissen, sprach einen kurzen Spruch des Korans, die Gerechtigkeit betreffend, und stand dann regungslos auf ein altehrwürdiges Schwert gestützt, das zwar schartig und stumpf war, aber ein ausgezeichnetes Symbol darstellte. Zur linken Hand des Kadi war der Angeklagte, unser Ferid, aufgestellt, und in dem langen, weiten Raume befanden sich irgendwie zusammengeballt die Kläger, in ihrer Mitte das nunmehr einäugige Pferd.
Der Kadi sah sich zunächst schweigend alle an, die gekommen waren; dann ruhte sein Blick längere Zeit auf dem schönen Jüngling Ferid, der sich frei und aufrecht hielt. Ein kleines Lächeln stand in den klugen Augen des Kadi auf, eines, das kaum merkbar von Ferid erwidert wurde. Dann sagte der Kadi mit ruhiger und gleichmütiger Stimme: »Die Verhandlung ist eröffnet. Wer klagt zuerst? Ist es vielleicht das Pferd, das ich dort

sehe? Wie oft habe ich euch nicht schon gesagt, ihr solltet keine Tiere zur Verhandlung mitbringen, denn wenn sie auch klüger sind als ihr, sie nehmen doch allzuviel Raum ein. Tritt nun vor, du von dem Pferd... worum geht es?«
Hier aber beugte sich der Schreiber zum Ohr des Kadi nieder und flüsterte ihm etwas zu, dabei mit einer Kopfbewegung auf den bescheiden ganz rechts stehenden Ermeni weisend. Lebhaft richtete sich der Kadi auf, winkte den Armenier herbei, sagte vorgeneigt: »Nun, Ermeni? Es freut mich, dich hier zu sehen, bist du doch wenigstens einer, der klüger ist als ein Pferd. Worum also geht es?«
Der Armenier verbeugte sich höflich, zog aus seinem Gewand den sauber auf schweres, dickes Papier geschriebenen Vertrag hervor und reichte ihn mit einer neuen Verbeugung dem Kadi, sagte dann, leise und klar sprechend: »Herr, was du da in Händen hältst, ist ein vollgültig ausgeführter Vertrag, nach dem der hier anwesende Ferid sich verpflichtet hat, ein Darlehen von vierzig Goldpiaster, das ich ihm für vierzig Tage gewährte, entweder dann zurückzuzahlen oder aber sich eine Okka Fleisch in der Nähe des Herzens von mir herausschneiden zu lassen. Wolle lesen, Herr, und seinen gültigen Daumenabdruck als Unterzeichnung erkennen.«
Der Kadi nahm das Dokument, durchflog es scheinbar unaufmerksam, murmelte dabei: »Soviel... vierzig und nur eine Okka Fleisch? Besser wären doch vierzig Okka gewesen«, wandte sich dann zu Ferid, sagte: »Komm her, mein Sohn, betrachte diesen Daumenabdruck und sage mir, ob es der deine ist?« Ferid beugte sich vor, sah flüchtig hin, sagte lächelnd: »Er ist es, Herr«, und trat an seinen Platz zurück. Der Kadi sah ihn wieder aufmerksam an und vertiefte sich dann ernsthaft in die Durchsicht

des Vertrages. Der Armenier stand ruhig wartend da; aber nach einiger Zeit zog er ein Messer aus seinem Gurt und begann es an seiner Hose wie schleifend hin und her zu reiben. Die im Saal Versammelten sahen ihm atemlos zu. Ferid blickte hin, zuckte die Achseln und sah fort. Der Kadi schaute dem Armenier ein Weilchen zu, sagte dann: »Wenn du fertig bist mit deinem Messerschleifen, Ermeni, so bitte ich dich, mir zu sagen, wo hier auf dem Vertrag sich eine Anmerkung befindet über die von dir zu entnehmende Flüssigkeit. Ich finde das nicht, zeige es mir, ich bitte dich!«

Der Armenier sah auf, steckte das Messer wieder in den Gurt, kam näher, sagte erstaunt: »Flüssigkeit, Herr? Wieso denn Flüssigkeit? Um eine Okka Fleisch geht es, wie du siehst, Herr.« Und er zeigte auf die Stelle, wo der Vermerk zu lesen war. »Ja, ja, das sah ich schon, aber danach frage ich nicht... ich frage nach der Flüssigkeitsmenge. Wieviel darfst du da entnehmen? Wir sind genau beim Gericht in solchen Dingen, Ermeni, mußt du wissen.« Der Armenier begann nun eifrig zu werden. »Herr, wer spricht denn von Flüssigkeit und ihrer Menge, wer?« »Ich, Ermeni, ich spreche davon, ich der Kadi. Du willst diesem da eine Okka Fleisch herausschneiden, und du hast dafür schon dein Messer geschärft. Gut, das kannst du tun, es ist dem Vertrag gemäß dein Recht. Aber hier steht nichts von Flüssigkeit, und von dieser darf kein Tropfen fallen. Trocken mußt du schneiden, ganz trokken. Also tu es, Ermeni, wir warten... du bist bereit, mein Sohn?«

Der Kadi wandte sich an Ferid; der öffnete sein Gewand in der Gegend des Herzens und stand dort mit entblößter Brust. In seinem Blick war ein Funke aufgezuckt, und er begriff, was der Kadi meinte, so antwortete er ruhig: »Ich bin bereit, Kadi Effendim.« Der Kadi wies auf den

Jüngling, sagte, zum Armenier gewendet: »Der ist bereit. Worauf wartest du, Ermeni? Du darfst schneiden, aber nur trocken, ganz trocken. Jeder Tropfen von jener Flüssigkeit, die man Blut nennt, wird genau gemessen und berechnet, und da es von dir vor den Augen des Gerichts unrechtmäßig entnommen wurde, trägt das Gericht auch Sorge dafür, daß es zurückgezahlt wird, nämlich aus deinem Körper, Ermeni. Also nun schneide ... er wartet. Schneide trocken, ganz trocken, hörst du mich?« Der Armenier stand und sah den Kadi mit dunklen, glühenden Augen an, sagte dann voll unterdrückten Zornes: »Wie kann ich denn, Kadi Effendi? Mutest du mir zu, auch nur einen Tropfen meines kostbaren Blutes für elende vierzig Goldpiaster zu verschwenden?« Der Kadi nickte wie zustimmend, sagte ernsthaft: »Ich verstehe vollkommen, Ermeni. Dein Blut ist zu kostbar, um vergossen zu werden, und plötzlich sind es jetzt elende vierzig Goldpiaster, da es um dein Blut geht. Dieser aber, jung und fröhlich in seiner Kraft und Jugend, dieser hier sollte um deine elenden vierzig Goldpiaster sein Leben verlieren, dieser ja; ist es nicht so, Ermeni? Nun, ich will nichts weiter sagen darüber; denn es geziemt sich nicht für einen Richter, sich zu erregen. Da du aber hierher kamst und das Gericht für nichts bemüht hast, dem Urteilsspruch und dem Befehl zum Handeln auch entgegentratest, so verurteile ich dich zu elenden vierzig Goldpiastern Strafe, die du meinem Schreiber überreichen wirst. Beeile dich, damit du mir aus den Augen kommst... und weiter also, so daß wir auch dieses Pferdes ledig werden! Was ist damit? Du, Mann, rede!«

Der Mann, der das Pferd am Zaum hielt, trat vor und begann erregt zu sprechen: »Dieser hier, Herr, der Jüngling, den du schön und jung nennst, ist nichts als ein

Sheitan oder doch sein Bote. Denn er sah kaum mein Pferd, mein bisher so schönes und so kostbares Tier, als er auch schon einen Stein hob und ihn gegen meines Pferdes Auge warf, so daß es nun einäugig, ein Bild des Jammers, vor dir steht, o Kadi Effendi!« Und der Mann, ein ausgezeichneter Redner und Kenner der Art, wie man sich bei Gericht zu verhalten hat, verhüllte mit einem seiner Ärmel sein Haupt. Der Kadi sah ihn mit einem seltsamen Ausdruck an, wandte sich dann an Ferid und sagte: »Mein Sohn, warum hast du das denn getan? Warum dieses Tier, das dich nicht schädigte, so behandeln? Erkläre es mir.« Ferid trat einen Schritt vor, sagte eifrig: »O Herr, ich warf doch den Stein nicht um es zu schädigen, dieses Pferd! Der Mann schrie, man solle es aufhalten, und es lief sehr schnell auf uns zu, so dachte ich, behilflich sein zu können, und warf den Stein, damit das Tier erschrecke und stehenbleibe. Es ist mir leid, daß ich es verletzte; aber ich gedachte, wie ich sagte, dem Mann zu helfen.«

Der Kadi nickte freundlich, sagte: »Ich verstehe dich, mein Sohn, sei ohne Sorge.« Zu dem Mann gewandt, bemerkte er: »Du hast es gehört, er wollte helfen, und da kommst du und klagst ihn an als einen Boten des Sheitan. Nein, rede jetzt nicht mehr, ich weiß schon alles, und ich werde ein Urteil fällen. Doch warne ich dich: wenn, wie es oftmals hier geschieht, du das Urteil nicht annimmst, so gereicht dir das zum Schaden. Höre denn: Dieses Pferd hat eine vollkommen gesunde Hälfte und eine kranke, verdorbene. Dieser hier, der Jüngling, ist schuld, daß das Tier eine kranke Hälfte hat; dem Mann, dem es gehört, aber steht die gesunde Hälfte zu. Komm her, Osman, nimm das Gerichtsschwert und teile das Pferd in zwei Hälften der Länge nach. Dann bekommt der Eigentümer den gesunden Teil, der Jüngling den anderen.

Bist du es zufrieden, mein Sohn?« »Ich bin es, Herr.« »Er ist es. Das ist ein hilfreicher und ein gefälliger Jüngling. Komm, Osman, tu, wie ich geboten habe.«
Der Gerichtsschreiber Osman näherte sich mit dem ehrwürdigen stumpfen Schwert; da erwachte der Pferdebesitzer aus seiner Erstarrung. Er stellte sich vor sein Tier und rief mit hoher, erregter Stimme: »Nein, nein, rührt mir mein Pferd nicht an! Wenn ihr es mir durchteilt, dann tötet ihr auch mich! Laßt mich gehen, o laßt uns fort!« »Einen Augenblick noch, Pferdemann, du mußt noch warten. Ich sagte dir schon, es werde dir zum Schaden gereichen, wenn du das Urteil nicht annimmst. Nun also höre mich an. Die eine Hälfte deines Pferdes, die beschädigte, gehört diesem Jüngling; denn er war so hilfreich, sie anzunehmen. Wenn du mit dem ganzen Pferde fort willst, so mußt du ihm die Hälfte abkaufen. Bist du bereit, mein Sohn, dem Pferdemann die Pferdehälfte für vierzig Goldpiaster abzulassen?« In Ferids Augen sprang wieder jener Funke auf; aber er sagte ganz ernst: »Ich bin es, Herr.« »Er ist bereit. Sagte ich nicht, er ist ein hilfreicher Jüngling? Zahle also meinem Schreiber diese uns heute bestimmte Summe und geh deiner Wege mit deinem Pferde. Und jetzt also du da... ja, du, der mehr links steht von euch zweien – was willst du, und weshalb klagst du?«
Fast sprang der Mann zu dem Sitz des Kadi hin und rief wild erregt: »Du nennst diesen hier immer hilfreich, Herr, aber er ist ein Sheitan...« Der Kadi unterbrach und sagte ruhig: »... oder doch sein Bote, wir vernahmen das schon. Warum also ist er es wieder? Rede!« Durch die Unterbrechung aus seinem wilden Redestrom gekommen, mußte der junge Mann sich erst wieder sammeln, ehe er begann: »Friedlich lag mein Vater und schlief in unsrem Garten; da sprang dieser hier vom

flachen Dach herunter und ihm mitten auf den Bauch. Ob sich hiervon mein Vater jemals erholt, das mag Allahs Güte wissen!« Der Kadi schüttelte den Kopf erstaunt, wandte sich wieder an Ferid, fragte: »Aber, mein Sohn, warum hast du das getan? Tut man denn so etwas? Es ist ehrfurchtslos.« Einen Schritt näher kam Ferid, sagte wieder eifrig: »Ich wollte durch diesen Garten zu dir, Herr, glaubte, schneller dort herum zu dir zu gelangen als auf der Straße mit den anderen allen, und so lief ich durch das Haus hinauf und sprang. Von oben war nicht zu sehen, daß dort jemand lag. So kam das, Herr.«
»So kam das«, wiederholte der Kadi und blinzelte ein wenig. Dann wandte er sich an den jungen Mann und sagte streng: »Wie kannst du denn deinen Vater an einem Platz liegen lassen, wo andere auf ihn springen müssen, um weiterkommen zu können? Passe besser auf ein andermal, dann kann so etwas nicht wieder vorkommen! Aber warte, ich werde ein Urteil fällen, empfehle aber auch dir, es anzunehmen, da du sonst schwer geschädigt wirst. Sei ohne Sorge, dieser hier, den du einen Sheitan nennst, wird bestraft werden. Ich bestimme also: Der Jüngling hier wird sich an genau die Stelle legen, an der dein Vater gelegen hat. Du wirst von deinem flachen Dach aus hinunterspringen, auch auf genau die Bauchstelle, auf die er deinem Vater sprang. Nun, ist das eine Strafe, oder ist es keine?« Aber der junge Mann sah durchaus nicht zufrieden aus, blickte vielmehr weiterhin finster vor sich nieder. »Was ist?« fragte scharf der Kadi, »gefällt dir das Urteil nicht, he?« Der junge Mann stammelte verlegen: »Ich, Herr, ich habe immer an Schwindel gelitten, und ich gehe kaum je auf das flache Dach. Springen kann ich nun vollends nicht, und wie soll ich denn auch wissen, ob ich genau die gleiche Bauchstelle treffe?« Der Kadi wandte sich ein wenig ab.

Tat er es aus übergroßem Zorn, oder warum verzog er sein Gesicht so seltsam? Endlich sagte er: »Solche jungen Männer habe ich ganz besonders gern! Schwindlig! Nicht springen können! Das mag ich leiden. Und töricht bist du zudem, denn sieh dir einmal diesen grade gewachsenen Jüngling an – kann man sich einen besseren Springbauch wünschen? Nun, wie du willst. Auch du hast das Urteil nicht angenommen, und so ist es wieder ein Fall von unrechtmäßiger Bemühung des Gerichts. Die Strafe dafür beträgt unsere heutige Summe, das sind vierzig Goldpiaster. Zahle sie dem Osman, meinem Schreiber, und da du sie ebensowenig wie der Pferdemann bei dir hast, wird sich Osman mit dir darüber besprechen. Weiter nun, weiter – ich möchte zu Ende kommen... Was ist denn mit dir? Du erscheinst mir besonders erregt, Freund. Rede, ich höre.«
Der junge Ehemann der Schwangeren begann heftig und schnell: »Herr, dieser, der so hilfreich sein soll, der Jüngling da ist...« Aber auch er wurde durch den Kadi unterbrochen, der ruhig sagte: »...ein Bote des Sheitan, ich weiß es. Und was weiter?« Aus der Fassung gebracht, hastete der junge Mann weiter: »Er hat die Tür meiner Frau vor den Leib geschlagen, und sie war im siebenten Monat, da gab es ein Unglück, und ich habe meine schöne Hoffnung verloren. Dieser Elende, dieser...« Wieder fiel der Kadi ein: »...dieser Sheitan, ich weiß. Aber sage mir, mein Sohn, warum hast du denn das wieder getan? Einer Frau vor den Bauch schlagen – tut man das auch? Und nebenbei, wie viele Bäuche wir heute haben, nicht wahr?« Ferid trat wieder eifrig erfreut vor: »Du sagst es, Herr, viele Bäuche. Was nun diesen besonderen Frauenbauch anlangt, so ist es mir leid, ihn verletzt zu haben. Aber wie konnte ich ahnen, daß hinter der halboffenen Tür eine Frau stand? Es war

die erste Tür, Herr, durch die ich versuchte zu dir zu gelangen, verstehst du, Herr?« Der Kadi sah Ferid ernsthaft an, blinzelte wieder ein wenig und nickte gedankenvoll. »Ich verstehe, ich verstehe vollkommen. Solch große Eile, zum Gericht zu kommen, ist selten und lobenswert. Aber du da, du Ehemann, was bist du auch für eine Art von Hüter deines Weibes, wie? Läßt sie hinter der halboffenen Tür stehen... ist das auch der Sitte gemäß, sage? Aber laß nur, du brauchst nicht zu antworten, denn ich werde nun das Urteil fällen, und es wird eines sein, das dir Hilfe gewährt. Doch warne ich dich, sprich nicht dagegen! Also bestimme ich: Du, Ehemann, du wirst dich von deiner Frau scheiden – die altehrwürdigen Worte von dem Antlitz und dem Rücken sind schnell gesprochen. Dieser Jüngling hier wird dann dein Weib ehelichen, wird ihr ein Siebenmonatskind machen, sich von ihr scheiden und sie dir zurückgeben. Nun, ist das ein weises Urteil oder ist es keines?«

Der Kadi sah erwartungsvoll strahlend den Ehemann an, aber dieser brach sogleich wieder in heftiges Gerede aus, schrie: »Aber ich will mich nicht scheiden von meinem Weibe, und ich will von diesem kein Siebenmonatskind haben, ich will nicht, ich will nicht!« Der Kadi sah den jungen Mann bekümmert an. »Merkwürdig«, sagte er, »welche Urteile immer ich auch fälle, immer seid ihr alle dagegen. Nun also, da ist nichts zu machen, und du mußt unsere heutige Buße zahlen für Belästigung des Gerichts. Sage mir, mein Sohn«, wandte sich der Kadi an Ferid, »wärest du bereit gewesen, diesem Manne ein neues Kind zu schenken?« – »Warum nicht, Herr, da du es so befiehlst?« – »Du hörst es, der wäre bereit gewesen, in Wahrheit ein hilfreicher Jüngling, wie er durchwegs bewies. Aber du willst nicht! Schön töricht bist du, denn sieh ihn dir an und bedenke, welch schönes Kind du von ihm bekommen hättest. Aber wie du willst. Und richte dich wegen der Zahlung von vierzig Goldpiaster mit Osman ein... höre noch, ehe du gehst, und dieses, was ich jetzt sage, ist nur von Mann zu Mann gesprochen und hat nichts mit Urteil oder Gericht zu tun, laß dir einen guten Rat geben: sage deinem Weibe nicht, was du für sie hier ausgeschlagen hast – und geh. Sind wir fertig? Es will mir scheinen, da hinten stehe noch ein Mann herum und habe einen Esel bei sich? Was ist mit dir und deinem Esel, Mann? Sehe ich recht, ist dieser Esel schwanzlos? Welch eine Lächerlichkeit! Hast du darüber eine Klage vorzubringen mit Sheitanlik und so? Dann rede und mache schnell!«

Der Eselmann aber warf sich auf den Boden, berührte ihn vor dem Sitz des Kadi mit der Stirn und sagte halblaut, von tiefer Erregung ganz erschüttert: »O erhabenster Herr und Richter, keine Klage habe ich vorzubringen. Ich stand nur hier aus Neugier herum und um ehrfürchtig deine Weisheit sprechen zu hören. Was aber meinen Esel betrifft, hoher Herr, so ist er von einer besonderen Art und hoher Kostbarkeit, denn er hat niemals einen Schwanz gehabt, niemals, erhabener Herr!« Der Kadi sagte leise: »Gut, gut, geht, ihr Schwanzlosen! Und so sind wir denn fertig. Du aber, du junger Sheitan, du komm mit mir, denn wir haben einiges zu besprechen, und zudem stehen dir noch vierzig Goldpiaster für die Pferdehälfte zu, o du schöner Bote des Sheitan!«

Ferid folgte stumm; denn sie verstanden sich auch ohne Worte.

Schabur Schah und Bochara Schah

Ein Padischah, der sein Volk sehr liebte und darum Sorge trug, hatte einen Sohn, den er zwar auch liebte, um den er aber doppelte Sorge trug. Denn dieser Bochara Schah war wohl ein schöner und liebenswerter Jüngling, aber weichlich, dem Genuß hingegeben, den Frauen allzusehr verfallen und dem Ruhen auf Seidenpolstern.

Wie es immer und überall so ist, nützten auch hier Ermahnungen nichts, und der Schah nahm in der Überheblichkeit der Jugend an, sein Vater wisse nichts von dem, was einem Jüngling genehm sei, und das, obgleich der Padischah noch in der Blüte der Jahre stand. All dieses überdachte der Herrscher wohl und gelangte zu einem Schluß, der seinen getreuen Vezier entsetzte, an dem er jedoch trotzdem festhielt. »Höre mich an, mein Freund«, sagte der Padischah, sehr ruhig und entschlossen sprechend, »ich werde für meinen Sohn Bochara einen Bruder suchen. Sieh so erstaunt nicht aus, vernimm, was ich erdachte: er ist weich und entschlußlos, so wird er, wenn ich dahin bin, das Opfer der Ungetreuen sein, so diese ihm nur alle Muße lassen für sein Behagen, auch bleibt er der Spielball der Weiber, der Ärmste. Das aber würde für mein Volk Unglück, Elend, Hungersnot bedeuten. Mir glaubt er nicht, vermeint, ich wolle ihn nur ermahnen, weil ich nun einmal sein Vater bin. Einem Jüngling seines Alters aber wird er glauben. So gehe ich diesen Jüngling suchen, und in der Zeit meiner Wanderschaft wirst du, mein Freund, an meiner Stelle herrschen.«

Der Vezier fragte erschreckt, ratlos: »Aber wie willst du einen solchen Jüngling finden, Herr? Ein jeder, der dich sieht und deine Pracht betrachtet, wird gerne bereit sein, als Freund deines Sohnes mit dir zu kommen, ohne daß du weißt, wie er sich später verhalten wird. Bedenke all dieses, oh Herr!« Der Padischah lächelte und gab geruhige Antwort so: »All dieses habe ich wohl bedacht, mein Freund, und deshalb geht auch nicht der Padischah auf Suche, nein, ein bettelnder Derwisch mit der Bettelschale und dem Stab, im Hocken den Arm zu stützen. Verstehst du mich, Freund?« Der Vezier vermochte sich angesichts dieser Ungeheuerlichkeit nicht so schnell zu fassen, und ehe er Zeit fand, seinem Schrecken Worte zu leihen, fuhr der Padischah schon lachend fort: »Du siehst aus, mein Freund, als habest du am hellen Tage einen Djin erblickt! Was ist so Schlimmes an meiner Absicht? Ich ziehe die Straßen meines Landes dahin, sehe mein Volk bei der Arbeit und werde so erkennen, ob einer hart und voll Kraft ist, ob nicht. Die Städte werde ich meiden, doch dort, wo die Erde beackert wird, wo in den Wäldern Holz gefällt, wo Pferde gezüchtet und gehalten werden, dort werde ich Umschau halten. Ich habe mir ein Gelübde geleistet, daß ich suchen will nach meines Sohnes Antlitz, doch nicht in Weiche, nein, in Härte. Habe ich gefunden, woran ich glaube, so kehre ich zurück und bringe dem Schechzadeh einen Bruder mit, dem er nicht entgehen kann.«

Was nun auch der Vezier noch für Einwände hatte, und es waren deren nicht wenige, der Padischah ließ sich nicht von seiner Absicht abbringen, erklärte nur, er sei glücklicher als manche derer, die auf Thronen zu sitzen verurteilt seien, daß er einen so treuen Freund und Diener zurücklasse und so sich keine Sorgen um sein Land zu machen habe. Dann wurde verkündet, der Padischah mache eine Wallfahrt zu den Heiligen Stätten, und eines Morgens in der Dämmerfrühe verließ ein Derwisch das Serail, anzusehen wie viele andere fromme Büßer und Brüder. Ishmael hatte sich dieser Derwisch genannt, und er ward bald seiner frohen Hilfsbereitschaft halber im ganzen Lande bekannt.

Um die ganze Wahrheit zu sagen, so waren diese Wandertage für den Padischah ein Geschenk der Freiheit, und er genoß es mit allen Sinnen, sich ganz der Erde hingegeben zu haben, die ihm das Nachtlager gab und ihre Früchte wie ihrer Quellen Naß schenkte. Er lernte zum ersten Male sein Volk wirklich kennen, und ob er gleich nicht, wie jener Harun al Raschid von einstmals, heimlich die Gaben seines Thrones verteilte, merkte er sich doch manches, was der Verbesserung bedurfte, wie anderes, das nur Lob verlangte. Nirgends aber sah er das Angesicht seines Sohnes, wie er sich zugeschworen hatte es zu finden.

Endlich, nachdem er schon vierzig Tage und Nächte auf Wanderschaft war, kam er eines Abends todmüde in ein Karawan-Serail, wo er sich gemäß der Sitte der Derwische bescheiden in einem Winkel niederließ, die Schulter von dem kurzen Stabe gestützt. Schon bereitete er sich zum Schlummer vor, als eine große Unruhe entstand unter den vielen Tieren, die dort für die Nacht untergebracht waren: Kamele, Esel, Pferde, Ziegen, mit ihren Hirten und Hütern. Das zornige Schreien der Kamele erklang, das Rufen der Esel, der erschrockene Ziegenlaut und das hohe Wiehern der Pferde. Das Herz des Padischah, versteckt unter der dunklen Kutte des Derwisch-Gewandes, schlug hoch bei diesem wilden Durcheinander; seine Augen leuchteten, als er die Pferde sich hochbäumen sah,

doch dann vergaß er sein Gewand, denn er sah, wie ein Kamel sich anschickte, einem nahe bei ihm hochsteigenden edlen Pferde mit den grausam scharfen Zähnen die Kehle zu reißen. Mit einem Satz war er bei den erregten Tieren und stemmte sich mit aller Kraft gegen das Kamel, um es nicht an das edle Pferd heranzulassen, doch hatte er nicht mit der Angriffslust des Kamels gerechnet und hätte unweigerlich statt des Pferdes selbst die scharfen starken Zähne zu spüren bekommen, wenn nicht eine Hand ihn fortgerissen hätte und beiseitegeschleudert. Aus der Fassung gebracht, fand sich der Padischah in den starken Armen eines Jünglings wieder, der lachend rief: »Maschallah, Derwisch Baba, du kannst springen! Doch mußt du nicht zu einem zornigen Kamele dich hinwerfen, es könnte sonst dein letzter Sprung sein!«
Der Derwisch lag regungslos zwischen den kraftvollen jungen Armen, stammelte, völlig überwältigt in das Gesicht seines Retters schauend: »Allahu Akbar... Bochara!«
Der Jüngling lachte. »Du irrst, Derwisch Baba, ich heiße Schabur, nicht Bochara. Ist dir nichts geschehen, sage?«
Der Padischah erhob sich, ordnete sein zerzaustes und bestaubtes Gewand und sagte feierlich: »Mir ist viel, sehr viel geschehen, und das Kismet hat mich gesegnet.«
Nun, es ist immer nutzlos, über die Worte heiliger Männer nachzudenken, versteht man sie doch niemals recht. So begnügte sich der junge Pferdepfleger Schabur auch damit, zu beobachten, wie dieser seltsam mutige Derwisch freien Schrittes in seinen Winkel zurückging, dort seinen Achselstab und die Bettelschale aufnahm und sich wohl wieder zur Ruhe anschickte. Schabur war damit beschäftigt, sein Pferd zu beruhigen, denn er liebte diesen Sali sehr, aber Raum zu finden, Sali aus der Nähe des zornigen Kamels fortzuführen, war nicht so einfach; als er endlich einen Platz für sich und sein Pferd gefunden

hatte, war er erstaunt, den Derwisch wieder neben sich zu sehen. Schabur hatte mit solch heiligen Männern bisher nicht zu tun gehabt und mied sie, wo immer er sie antraf, gab es doch keine gemeinsame Sprache zwischen ihnen und einem Jüngling, der nur den Pferden lebte. So tat er auch sehr beschäftigt, strich und streichelte an Sali herum und wandte dem Derwisch den Rücken. Der ließ sich davon jedoch nicht beirren und begann zum maßlosen Erstaunen des Jünglings ein Gespräch über Pferde, ihre Pflege, ihre Leistungen, ihre Möglichkeiten, das alle Kenntnisse des jungen Menschen weit, weit übertraf. »Djanoum, Derwisch Baba, woher nur weißt du das alles? Hat auch ein heiliger Mann wie du mit Pferden zu schaffen? Oder warst du früher in einem Leben, in dem es Pferde gab?«

Der Padischah ergriff diese Gelegenheit, um über sein »früheres Leben« zu sprechen, und Schabur hörte ihm offenen Mundes zu. Doch dann kam ein Augenblick, da der Jüngling hoch auflachte und sagte: »Ich habe in den Karawan-Serail zur Nacht schon manchen Mazarlyk-dji gehört, Derwisch Baba, einen wie dich aber noch nie ... Maschallah, du verstehst es! Aber ich bin müde und will schlafen, tue du ein Gleiches, und sei dir der Boden nicht zu hart.« Mit diesem guten Wunsch noch auf den Lippen schlief der Pferdepfleger sogleich ein. Nicht so der Derwisch. Er saß im Winkel an der Mauer, den niederen festen Stock in der Achselhöhle, und betrachtete den neben ihm schlafenden Jüngling. Gewiß, das Gesicht war in der Ruhe ganz anders als das Bocharas, aber die Gleichheit war dennoch erstaunlich. Der Padischah war der festen Überzeugung, daß ihm das Kismet jetzt endlich den ersehnten Hinweis gegeben hatte, und er beschloß, dieses das Ziel seiner mühsamen Wanderung sein zu lassen. So sehr war er mit seinen Gedanken beschäftigt,

daß er erstaunt aufsah, als die erste matte Gräue der Dämmerung die Schatten verblassen ließ, und da hatte er sich seine künftige Handlungsweise schon erdacht.
Mit dem Dämmern begannen die Tiere unruhig zu werden und ihre Hirten und Hüter wurden wach. Manche schickten sich an, das Morgengebet zu verrichten, und der Brunnen in der Mauerntiefe wurde belagert der Waschungen wegen. Es versteht sich, daß ein Derwisch hierbei der Erste und Eifrigste sein mußte, aber bald zeigte es sich, daß das nahezu unmöglich war, begann doch dieser Derwisch ein langes Gejammer und flehte den ihm zunächst liegenden Schabur an, ihn zu stützen, da er sich doch anscheinend in der Nacht bei dem Kampf der Tiere verletzt habe. »Allahu Akbar, Derwisch Baba«, sagte Schabur voll Anteilnahme, während er ihm weiterhalf, »wie wirst du dann deinen Weg fortsetzen können, wenn du hier kaum zum Brunnen gelangst?« »Ich hatte gedacht, vielleicht eine mitleidige Seele zu finden ... wer weiß, sogar dich?« Schabur lachte und rief: »Hast du geglaubt, ich würde dich wie einen Sack Korn auf dem Rücken tragen, Baba? Und was wäre dann mit meinen Pferden?«
Was sich der Padischah während der Nacht erdachte, zeigte sich jetzt; er sagte voll heuchlerischer Bescheidenheit: »Da ich weiß, daß du drei Pferde zu führen hast, so nahm ich an, du würdest mich vielleicht auf einem davon reiten lassen, Schabur?« Wieder kam das schnellbereite Lachen, dieses Mal aber voll von Spott. »Auf einem meiner Pferde? Ein Derwisch? Daß ich nicht noch mehr lache, Babadjim!« Der Padischah blieb ganz ruhig, sagte gelassen: »Welchen Beweis würdest du verlangen, um zu wissen, daß dein Pferd unter mir nichts zu leiden hätte?« Schabur überlegte ein Weilchen und schien dann etwas gefunden zu haben, das ihm schwierig genug dünkte.

»Du sagst, du hast den linken Fuß verletzt, Baba?« »So sagte ich, Schabur.« »Dann stelle dich auf den rechten und springe so aus dem Stand auf dieses Pferd hier, dem ich die Decke schon abnahm; wenn du es kannst, will ich dir alles glauben, was du mir in der Nacht erzählt hast.«
Nun traf es sich so, daß eben diese Übung der Geschicklichkeit eine Besonderheit des Padischah war und das Federn seines noch jugendlich schlanken Körpers von ihm täglich geübt ward. So lächelte er ein wenig, sagte nur: »Halte das Tier am Kopf! Hab acht!« Und mit einem Hochsprung, sich leicht an der Mähne des Pferdes haltend, saß der Padischah schon oben, was um so bemerkenswerter war, als er durch den Derwischrock heftig behindert wurde. Schabur stand und starrte offenen Mundes auf das, was ihm wie ein Wunder erscheinen mußte, zumal er bemerkte, daß das Pferd sich sogleich nach dem ersten kleinen Schreck beruhigte, was nur dann geschieht, wenn das Tier an der Gewichtsverteilung den erfahrenen Reiter spürt. »Nun, mein Freund Schabur, bist du zufriedengestellt, und willst du mich dieses Tier reiten lassen?« Schabur schüttelte den Kopf und murmelte etwas von Marifet, womit er ein Wunder des Könnens bezeichnete. »Jedes Tier kannst du mit mir reiten, du, den ich nicht mehr Baba nennen werde, denn ich beginne nun an dein früheres Leben zu glauben.«
Der Padischah schwieg, und schweigend steckte Schabur die Bettelschale und den Achselstock der Derwische in einen der Futtersäcke, die das dritte Tier trug. Dann ritten sie in die Weite davon. Noch am selben Abend gelangten sie zu dem Besitzer der Pferde, und wieder einen Tag später hielt dieser Brave einen Edelstein in Händen, den er nicht genug betrachten konnte; der Padischah hatte einige solche Steine für Notfälle mitgenommen und bezahlte damit sowohl die Pferde wie

auch alle dem Manne entgehenden Dienste Schaburs. Kleine Zweifel an der Echtheit des Steines ebenso wie an der Rechtmäßigkeit des Besitzes zerstreute Schabur mit dem Bemerken: »Dieser betrügt nicht, es sei denn, du sähest als Betrug an, daß er zu wenig sagt von sich und seinem Können.« Denn inzwischen hatte der Padischah alle Muße gehabt, um den Jüngling mit seinen Absichten bekannt zu machen, und Schabur begann sich mitten im Wundergeschehen zu fühlen. Was ihn aber gewonnen hatte für die Absichten des Padischah, das war nicht die versprochene Lebensweise eines Schechzadeh, vielmehr das Wort »Bruder«. Der junge Pferdepfleger wußte nicht, wer seine Eltern waren, und wenn auch jedem, der von Pferden und mit ihnen lebt, in unseren Landen Achtung gehört, alles kann auch ein Pferd nicht schenken, möge es der beste Gefährte immer sein.

Ein Bruder! Welch ein Erleben! Nicht genug konnte der Padischah von seinem Sohne Bochara erzählen, und schon ehe er ihn gesehen hatte, fühlte der Jüngling, der voll Kraft und Härte war, Entbehrungen kannte und die Heiterkeit, auch, womit man sie überwindet, das zärtliche Mitleid des Starken für den Schwachen, die große beschützende Liebe, die auch des Vaters strenge Absichten auszugleichen versprach. Nur eine Frage hatte Schabur, und diese stellte er leise und ernst: »Er ist doch nicht feige, Herr?« Glücklich war der Padischah, darob lachen zu können. »Nein, feige ist er nicht, dein Bruder Bochara, nur weich, wie du hart bist.« Schabur wunderte sich immer wieder über dieses Hervorheben seiner Härte, deren er sich gar nicht bewußt war, verschob aber endlich alles Denken und Erwägen, bis zu der Zeit, da er den sagenhaften Bruder Bochara in Wirklichkeit sehen würde. Heimlich und verstohlen erfolgte dann die Ankunft im Serail des Padischah, und ein Türhüter, der nicht begriff, was ein

Derwisch und ein Saïs, ein Pferdeknecht, hier zu suchen hätten, wurde zum vertrauten Diener des Veziers gesandt, dessen Namen der seltsame Derwisch kannte. Dann waren die zwei Fremden verschwunden, und plötzlich hieß es, der Padischah sei von seiner Wallfahrt zu den Heiligen Stätten zurückgekehrt und habe das Kismet zu preisen, das es ihm gestattete, den verloren geglaubten zweiten Sohn, Schabur Schah, wiederzufinden und ihn sogleich hier mit seinem Bruder Bochara zu vereinen, Preis sei Allah!

Die zwei aber, um die es dem Padischah so sehr angelegen war, hatten es nicht leicht, wenn auch für Schabur alles besonders schwer war. Ihm, der an Freiheit gewohnt war, will sagen an das Leben in der Weite, das Schlafen im Zelt oder auf der nackten Erde, wurde es schwer, in einem Hause, unter einem Dach zu bleiben. »Aber das ist es doch, was ich meine, Schabur, mein Sohn«, sagte der Padischah, »das eben sollst du Bochara zu lieben lehren!« Weiser als der Ältere, sagte Schabur leise: »Herr, das kann man nicht lernen, das muß man gelebt haben.« Es klang sehr traurig, und der Padischah konnte nur den Trost spenden, den er als den einzig wirksamen kennengelernt hatte: Pferde! »Vergiß die Pferde nicht, Schabur. Sie sind dein, du weißt es!« Aber die Trauer wich nicht von dem jungen Gesicht. »Sie sind mein, Herr, und das danke ich dir. Doch sie sind sehr zahm, wie alles hier.« Da wurde der Padischah zum ersten Male unwillig, rief heftig: »Djanoum, warum denn brachte ich dich her? Damit du Bochara das Leben lehrst, das nicht zahm ist! Wirst du niemals verstehen?«

»Ich werde es versuchen, Herr«, sagte Schabur und begann dem jungen Bochara zunächst jene tiefe Gemeinschaft mit dem Pferde darzustellen, die seiner Ansicht nach Vorbedingung war zum Erfassen des Lebens in der

Freiheit. »Aman, Kusum«, sagte der an allen Gliedern zerschlagene Bochara, »ich habe immer geglaubt reiten zu können und Pferde zu kennen; diese wilden Tiere aber waren mir unbekannt. Habe Mitleid mit mir, ich beschwöre dich, und lasse mich einen Tag ausruhen, ich meine eine Nacht und einen Tag, du Unbarmherziger, mein Bruder!« Schabur lachte und erklärte dem weichen und trägen Bochara, daß er niemals mehr aufsteigen werde, wenn er nach jedem Sturz vom Pferde sich ausruhen wolle. »Und ehe du nicht einmal mit mir die Nacht im Freien gewesen bist, verstehst du überhaupt nichts vom Leben!« fügte er erbarmungslos an. Bochara lachte. »Nichts vom Leben verstehen? Und du? Was verstehst du davon, der du keine Frau anrührst? Sage mir endlich, mein Bruder, hast du wirklich noch nie eine Frau umarmt? Mir kannst du es doch gestehen! Nun sage!« Schabur aber lachte auch jetzt nur zur Antwort, sagte heiter: »Eine Frau umarmen, nur damit sie dich festhält? Nein, nicht für mich, mein Bruder; sagte ich dir nicht, daß ich die Freiheit liebe?«
Trotz all dieser Gegensätze gelang es doch der gemeinsamen Jugend beider, sich zu verständigen, und wirklich lernte Bochara Dinge, die das Leben und Denken des Volkes betrafen, die ihm keiner der gelehrten Mollahs hatte beibringen können. Und endlich dann, zur großen Freude des Padischah, entschloß sich der Sohn zu einem weiten Ritt mit dem neu erworbenen Bruder. Auch hatte Bochara seit Schaburs Ankunft unter dem Einfluß der Neuheit des Zusammenlebens mit einem gleichaltrigen Jüngling zeitweilig auf die Mädchen verzichtet, die ihm sonst alleiniger Zeitvertreib zu sein pflegten. So hegte der Padischah die schönsten Hoffnungen auf das Gelingen all seiner Absichten und wünschte beiden Jünglingen eine frohe Reise und gesegnete Wieder-

kehr. »Und sei euer Schatten euch im Rücken. Allah ismagladih!«
Sie ritten und ritten. Kein Packesel trug Zelte, kein Diener begleitete sie. Sie legten sich, wenn die Nacht kam, in eine Decke gehüllt auf die Erde, sie aßen, wenn sie einen Brunnen antrafen, und sie reinigten sich für die Gebete mit Sand. Schabur war glücklich und lebte auf; Bochara war unglücklich und fühlte kaum mehr, daß er noch jung war. »Das nennst du ein schönes freies Leben, mein Bruder? Das nenne ich eine Marter, sonst nichts! Wann endlich werde ich wieder auf einem weichen Lager ruhen dürfen? Wann endlich werde ich in einem Bade meine müden Glieder strecken? Wann endlich – ach Allah, sei barmherzig – wann endlich wieder ein Mädchen erblicken?« Schabur sah den sehr geliebten Bochara von der Seite an, lachte sein freies und frohes Lachen, sagte: »Du Armer, wie vieles ist dir nötig, um zufrieden zu sein! Und wie schwer machst du dir und deinem Pferde das Leben, hast du doch noch hinter dir einen Sack aufgebunden, darin deine Festgewänder sind ... alle für die Mädchen, Bochara, mein Bruder?« Bochara hatte geglaubt, diese List sei von Schabur nicht bemerkt worden, und wollte gerade zornig werden, wie es der hilflos Schwächere dem Lachend-Starken gegenüber oftmals ist, als er in der Ferne, im Lichte der schon schräg stehenden Sonne, die Kuppeln einer Moschee glitzern sah. Alles vergaß er bei diesem Anblick, auch seine Müdigkeit, flehte nur inbrünstig: »Sieh nur, Schabur, mein Bruder, dort die schönen weichen Rundungen, auf denen die Sonne ruht, die Glückliche! Dorthin reiten wir, ja? Und wir werden diese Nacht in einer Stadt schlafen. Ach, mein guter Bruder, wie dankbar werde ich dir sein!« Was blieb Schabur anderes übrig, als zuzustimmen? Sie beeilten sich sehr, näher zu kommen, denn wie ein jeder

weiß, werden die Tore zu Sonnenuntergang geschlossen, und die Sonne sank sehr schnell.
Aber es gelang, und sie langten unmittelbar vor Torschluß an. Kaum waren sie eingeritten, wurden hinter ihnen die schweren Tore geschlossen, und sie standen fest, konnten nicht weiter, denn aus der breiten Straße, die am Tor entlang durch die Stadt führte, kam ein Zug daher, dessen Länge und Breite jedes Vorbeikommen unmöglich machte. Schabur auf seinem Fuchs, Bochara auf seinem Schimmel, sie standen wie eingemauert dort und schauten auf den prächtigen Zug. Da kamen Vorreiter, dann einige Bewaffnete zu Fuß, und in ihrer Mitte wurde eine schwer verhangene Sänfte getragen, an deren Seiten die leuchtenden Seidenstoffe herabhingen. Ein Seufzer entschlüpfte Bocharas Lippen, und er murmelte: »Ach, eine Frau!«, weiß doch ein jeder, daß solcherart die Sänften der Frauen ausgestattet sind. Schabur sah lächelnd zur Seite auf den so leicht Beglückten, und in diesem Augenblick wurde ein ganz klein wenig nur, soviel wie Raum bot für das Hindurchblinzeln eines Auges, von einer schmalen Hand der Vorhang gehoben. Das Auge schaute auf Bochara und Bochara auf das Auge. Die Sonne, die er vorher glücklich gepriesen hatte, erwies sich jetzt als dankbar dadurch, daß sie den Jüngling mit ihrem letzten Tagesgold ganz umhüllte, wobei sie zugleich die Juwelen an der schmalen Hand, die den Vorhang hob, aufblitzen ließ.
Wenig kümmerte sich Schabur um dieses Spiel im Vorübergleiten, sah nur ungeduldig nach dem Ende des Zuges aus. »Hast du gesehen, mein Bruder?« sagte jetzt Bochara mit erregter Stimme, »hast du das gesehen? Diese Hand, so schlank wie ein Lilienblatt, überrieselt wie von Tau mit dem Glanz der Juwelen; dieses Auge, dunkel wie die Nacht... Hast du gesehen, mein Bruder?«

Gänzlich gefühllos gab Schabur zur Antwort: »Ob Lilien, ob Tau, nun wir nach deinem Wunsch in einer Stadt sind, will ich auch etwas Gutes zu essen haben. Weißt du, was ich gerne esse? Patlidjan in Öl gebraten! Und weißt du, zu wem man in einer fremden Stadt für gutes Essen gehen muß? Zu den Weibern der Schneider. Die Männer sind dünn, die Weiber dick und kochen gut. Dieser Zug ist endlos! Sinkt die Sonne, ehe wir weiterkommen, so finden wir kein Nachtlager mehr.« Bochara hörte von dem allen nicht eine Silbe, murmelte vielmehr weiter vor sich hin von der Lilienhand und dem Nachtauge, brach dann plötzlich, so daß sein Pferd einen Seitensatz machte, in die Worte aus: »Wenn schon diese Hand so schön ist, wie wunderbar müssen die andere Hand und das andere Auge sein!« Schabur zuckte die Achseln, bemerkte trocken: »Es ist anzunehmen, daß sie genau gleich sind. Und hier ist des Zuges Ende. Komm, komm schnell, mein Bruder, ehe es völlig dunkelt.«
Schabur sprang vom Pferde und führte es durch die schmalen Gassen, wobei er nicht nur nach allen Seiten Ausschau hielt, sondern auch seine Nase Auskunft einholen ließ, ob der willkommene Duft von Patlidjan in Öl sie nicht grüße. Vorsichtig spähend hatte er dann bald die Straße der Schneider gefunden, denn auch diese brave islamische Stadt war wie andere eingeteilt nach dem Gewerbe ihrer Bewohner. Als Schabur endlich einige im Abendwinde wehende Stoffe erspähte und wußte, er war am Ziel angelangt, zog er sein Messer aus dem Gürtel und brachte seiner Hose einen Schnitt von oben bis unten bei; dann ging er freudig weiter, seiner Nase die Führung überlassend. Endlich strömte ihm der ersehnte Duft entgegen und Schabur machte halt. Er sah zu seiner Befriedigung, daß der Schneider noch auf dem kleinen Holzvorbau saß, wie es seine Genossen überall und den Tag

über zu tun pflegen. Er ließ sein Pferd stehen und kam heran, sagte höflich: »Tersi Effendim, sieh her, meine Hose hat sich einen Riß zugezogen. Kannst du ihn mir flicken aus Freundlichkeit und um Bezahlung?« Während Schabur das sagte, versuchte er hinter den Vorhang zu spähen, der den Eingang zum Wohnraum bildete, um zu erkennen, ob des Schneiders Weib den gewünschten Leibesumfang habe. Dabei schnupperte er unwillkürlich den würzigen Geruch des Ölgebratenen ein.

Der Schneider, ein schmaler kleiner Mann, dessen gedankenvolles Gesicht einen weichen spitzen Bart trug, beugte sich von seinem Sitz vor und betrachtete den Riß in der Hose. »Du sagtest richtig, oh Fremdling, als du erklärtest, die Hose habe sich diesen Riß zugezogen; sie muß es in Wahrheit getan haben, allein getan, und mit einem sehr scharfen Messer dazu. Da wir nun dieses gemeinsam erkannten: was ist es, das du wirklich willst, um deswillen es dir wert schien, eine ausgezeichnete Hose zu zerschneiden?« Dieser langen Rede antwortete Schabur mit einem einzigen Wort. »Patlidjan«, sagte er und schnupperte. Der Schneider, völlig entwaffnet und von der Ehrlichkeit dieses Bekenntnisses ganz überzeugt, lachte herzlich auf, griff aber zugleich Schabur am Arm und riß ihn zu sich heran, wobei er ausrief: »Hab acht, mein Sohn, hier kommt ein Schlafender auf einem weißen Pferd daher. Geh zur Seite, sonst zertritt er dich!« Erst bei diesen Worten erinnerte sich Schabur an Bochara, den er über seinen Nachforschungen völlig vergessen hatte. Erstaunt sah er den Bruder an, der wirklich mit halbgeschlossenen Augen droben auf dem geduldigen Tiere saß, das sich mühsam und sorgfältig den Weg in der schmalen Gasse suchte und dem Stallgenossen brav gefolgt war. »Djanoum, Bochara, was ist dir? Reitest mit geschlossenen Augen! Steige ab, woran denkst du denn?« Bochara fuhr auf, murmelte etwas von Hand und Auge und rutschte wie ein Sack vom Pferd, gerade, daß Schabur ihn noch auffangen konnte. Doch erwies sich das als glücklicher Zufall, denn nun kam der Schneider in Bewegung, glitt von seinem Vorsitz, rief: »Ihn hat die Sonne geschlagen, ich verstehe! Komm, mein Sohn, hilf ihm, daß wir ihn lagern und seinen Kopf kühlen, sonst verliert er ganz das Erinnern. Der Arme, was flüstert er denn von Hand und Auge? Hoh, hilf mir, Tahira, meine Tochter, hilf!« Schabur mußte sich zwingen, gebührend ernst zu erscheinen, war es doch keine Kleinigkeit, von der Sonne geschlagen zu sein. Als er sich über Bochara beugte, der ihn verwirrt ansah, flüsterte er hastig: »Tue, als sei dir nicht gut, dann haben wir das Nachtlager!« Bochara verstand sogleich, senkte ein Augenlid und begann weiterhin zu murmeln und leise zu stöhnen. »Nicht zuviel!« hauchte ihm Schabur besorgt zu, denn der Schneider, der sofort die Sache mit der Hose durchschaut hatte, würde auch diesen falschen Sonnenschlag erkennen. Da kam die gerufene Tahira herbei, ein stämmiges Mädchen, sichtlich eilig mit einem Schleier versehen, lebhaft nach Bratöl duftend. »Bereite das Lager im Gästeraum; bringe kaltes Wasser im Tonkrug; sage der Mutter, wir haben zwei Gäste. Du, mein Sohn, fasse an, wir tragen ihn.« Hier aber begann der Schwerkranke sich zu sträuben, murmelte etwas von »allein gehen« und wurde daraufhin nur sorgsam untergefaßt. Sein Blick belebte sich sichtlich, als er das große kühle Gemach betrat, das, in der Mitte des Hauses gelegen, als Gästeraum verwendet zu werden pflegt und dessen Wände aus eingebauten Schränken bestehen, darinnen die Matratzen aufbewahrt werden, so daß beliebig viele Gäste stets zur Nacht bleiben können. Schon hatte Tahira mit geübtem Schwung eine Matratze am Boden ausgelegt, und Bochara, der endlich begriff, um was es ging, warf sich mit einem echten Seufzer der Ermüdung darauf. »Habe Dank, Tersi Effendim«, sagte Schabur höflich, »und lasse mich nun meinen Bruder allein pflegen. Ich werde dann, wenn du es gestattest, nachher zu dir zurückkehren.« »Zu mir und den Patlidjan«, sagte der Schneider lachend. »Tahira, bestelle deiner Mutter, wir haben einen gesunden Gast, der gerne Patlidjan ißt, einen kranken, der nur Früchte und Scherbet bekommen darf. Gehe, meine Tochter. Und ihr, Fremdlinge, seid gesegnet unter meinem Dach.«

Der Schneider ging, und Schabur hockte sich nieder auf die auch für ihn bereitete Matratze und begann sich vor Lachen hin und her zu wiegen. Gereizt richtete sich Bochara auf. »Erkläre mir, was bedeutet dies alles?« Hilflos vor Lachen stotterte Schabur: »Ein Auge, eine Hand, Patlidjan in Öl... oh Erbarmen, ich kann nicht mehr!« Bochara, nun wirklich zornig, rief heftig: »Es sieht dir ähnlich, so zu sprechen, ohne Ehrfurcht und ohne Verständnis! Mich streift der Atem der Morgenröte, zeigt mir eine Hand und ein Auge der Huria, und du, was tust du? Du redest von Patlidjan in Öl! Warum strafte mich der Padischah mit einem solchen Bruder?« Schabur hatte diese lange Rede Zeit gegeben, sich zu fassen, und er sagte nun leidlich ernsthaft: »Also gut, mein Bruder Bochara, schilt mich immerhin, aber bedenke, daß ich dir zu einem Lager verhalf, weicher als der Erdboden, und daß du nun ausruhen kannst von aller Beschwernis. Es trifft sich gut, daß diese braven Leute glauben, dich habe die Sonne geschlagen, so werden sie dich pflegen und nicht fragen, was dich in Wahrheit schlug: eine Hand und ein Auge... sagte ich es jetzt richtig?«

Bochara saß auf seiner Matratze und murmelte verbissen vor sich hin: »Die guten Geister bewahren mich vor diesem, der nichts von Frauen weiß noch versteht! Aber dieses sage ich dir, oh Schabur: einmal wird sie kommen und in deinem Leben sein, ehe du es begreifst, sie, die alle von dir bisher mißachteten Frauen rächen wird. Achte gut auf meine Worte! Und jetzt sieh zu, daß du erfährst, wessen die Hand und das Auge ist, denn ehe ich es nicht weiß, ehe ich nicht die andere Hand und das andere Auge erblickte, ehe gebe ich keine Ruhe, daß du es nur weißt!«

Schabur sagte nichts mehr, ging schweigend davon, um nach den Pferden zu sehen und für sie eine Unterkunft zu finden. Der Schneider wußte auch dafür Rat und geleitete seinen jungen Gast, selbst das eine Pferd führend, zu den nächstgelegenen Stallungen. Als sie zurückkehrten, stand schon Tahira dort und überbrachte den üblichen Kaweh, sich sehr wegen der Verspätung entschuldigend.

»Seht, Herr Vater«, rief sie aus, »dort kommt schon die Schwester Nahal! So früh ist sie sonst niemals zurück. Was mag da geschehen sein?«

Die Straße entlang sah Schabur eine dem Gang nach jugendliche Frauengestalt sich nähern, in mattfarbige Gewänder und Schleier gehüllt, ähnlich wie Tahira, des Hauses Tochter. »Ich gehe der Mutter berichten, daß Nahal schon kommt«, sagte diese und eilte ins Haus. Der Schneider und Schabur saßen schon friedlich auf dem Vorbau, schlürften ihren Kaweh und rauchten geruhsam.

»Ehe meine Tochter kommt, sage mir, oh mein Gast, warum lag dir daran, bei mir zu sein? Waren es wirklich nur die Patlidjan?« Schabur versicherte halb lachend: »Wallaha, Tersi Effendim, nur diese.« »Ich will dir glauben, mein Sohn, denn deine Art ist nicht die der Lüge; warum ich fragte, ist, daß Nahal, meine Tochter, die dort sich naht, im Serail beschäftigt ist und daß mancher es darum versucht, sich ihr zu nahen. Vergib meinen Verdacht, mein Gast, und schweigen wir davon! Nahal, meine Tochter, warum kamst du heute früher? Setze dich ein wenig zu uns und berichte.« Schabur wunderte sich, daß ein Mädchen aufgefordert wurde, bei den Männern zu sitzen, vergaß aber bald sein Erstaunen, denn diese Schneiderstochter wußte die Worte zu setzen wie ein Mollah. Er dachte bei sich, daß es doch wahr sei, wenn immer gesagt wurde, die Schneider seien die klügsten aller Männer im Volk, und daß eben dieser Schneider wohl die Klugheit seiner Tochter vererbt habe.

Nahal grüßte höflich, hockte sich tief verhüllt auf den Vorbau, sagte müde: »Oh mein Vater und Herr, heute war es wahrhaft schwierig und ermattend, bei des Herrschers Tochter auszuhalten! Stellt Euch vor, Herr Vater: sie, die so eilig war, von hier fortzukommen, hat ein Erlebnis gehabt und weigert sich nun, die Heimat zu verlassen, ehe sie es nicht ganz ausschöpfte. Seit zwei Stunden, seit sie von ihrem letzten Umzug zurückkehrte, bemühten wir uns alle, sie zu beruhigen, es gelang uns nicht. Endlich konnte ich mich freimachen mit dem Versprechen, Erkundigungen einzuziehen.« Der Schneider hatte geduldig zugehört, höflich Schabur, doch als Nahal nun endete, sagte ihr Vater: »Du scheinst in Wahrheit so erschöpft zu sein, meine Tochter, daß du sprichst, ohne mir deine Meinung erklären zu können. Willst du, daß ich verstehe, wovon du redest, so mußt du auch verständlich sprechen. Was also ist es?« Nahal neigte den verschleierten Kopf und sagte ernst: »Vergebt mir, Herr Vater, ich ermüdete Euch. Es geht um dieses: wie Ihr wißt, soll die Prinzessin Ahrimah morgen ihre Heimat verlassen, um ihre Reise in den Nachbarstaat anzutreten, dessen Thronerben sie ehelichen soll.« Der Schneider sagte voll beherrschter Ungeduld: »Wie sollte ich das nicht wissen, meine Tochter, da du eben aus dem Grunde täglich zum Serail gehst, um die Prinzessin Ahrimah des Nachbarlandes Sprache zu lehren?« »Ver-

gebt noch einmal, Herr Vater, seid geneigt, mir weiter zu lauschen, denn um dieses morgigen Abschieds willen wurde Ahrimah heute durch ihre Heimatstadt getragen, zum letzten Male das ihr Vertraute zu sehen, wenn auch nur durch den Vorhangsspalt der Sänfte hindurch...«
Hier geschah es, daß Schabur die größte Unhöflichkeit beging, die sich denken läßt, nein, ihrer zwei: er unterbrach nicht nur einen Sprechenden, der zudem eine Frau war, er tat es auch in Gegenwart eines Älteren, der zudem dieser Frau Vater war! Aber es riß ihn förmlich hin, zu fragen: »War diese Prinzessin Ahrimah zur Zeit des Sonnenunterganges in ihrer Sänfte nahe dem Südtor? War sie inmitten eines großen Trosses von Bewaffneten?«
Erstaunt und mißbilligend sah der Schneider die Tochter sich aufrichten, den Schleier im Eifer ein wenig lüften und hörte sie erregt fragen: »Djanoum, oh Fremdling, was weißt du davon? Wenn du dort warst, sahst du vielleicht sogar einen Jüngling auf einem weißen Pferde? Sprich, ich beschwöre dich!« Schabur hatte sich noch weiter vorgebeugt, Kaweh und Zigarette abgetan und sagte eifrig, wie der Schneider bei sich bemerkte mit diesem Lachen, das ihn so liebenswert machte: »Oh, meine Schwester, meine Freundin, dich haben die guten Genieh gesandt! Denn dieser Jüngling auf dem weißen Pferde hat seitdem nicht aufgehört mir vorzuerzählen von einer Hand und von einem Auge, beides durch den Vorhangsspalt der Sänfte kenntlich, davon er unbedingt die zweite Hand und das zweite Auge ausfindig machen müsse. Mein Bruder ist durch diesen Sänftenvorhang, oh meine Freundin, nahe dem Sonnenschlag gebracht.«
Hier nun konnte der Schneider seinen bisherigen Ernst nicht länger bewahren, und er begann so herzhaft zu lachen, wie es seine Tochter noch selten bei ihm erlebt hatte. »Maschallah, welch eine Geschichte! Und alles um

eine zerrissene Hose, die sich selbst verletzte, und um Patlidjan in Öl! Oh meine Tochter, berichte nun weiter, wir hören und lauschen. Rede!« Nahal war tief beeindruckt. »Nie mehr in meinem ganzen Leben werde ich jemals wieder nach irgend etwas suchen und forschen! Ich gehe in das Haus meines verehrungswürdigen Vaters, und die Lösung aller Fragen sitzt auf seinem Vorbau! Maschallah... yah Maschallah! Hört denn also: die Prinzessin Ahrimah hat dieses zu mir gesagt: Nahal, ich habe die Sonne selbst gesehen; in Gestalt eines Jünglings, der von Herrlichkeit leuchtete, saß die Sonne auf einem mondgleichen Pferde, und des Jünglings Augen waren Sterne in meinem Blick. Geblendet bin ich bis in meines Herzens Tiefen...« Zum zweiten Male wurde Nahal unterbrochen, dieses Mal durch des Vaters trockene Stimme, die sagte: »Die Blendung wundert mich nicht, wenn Sonne, Mond und Sterne sich vereinen und auf einem Pferde sitzen.« »Das du vorhin am Zügel führtest, oh Tersi Effendim!« fügte Schabur an. Und dann lachten diese drei zusammen, als seien sie lebenslange Freunde. Aman, wie leicht ist es, über die Liebe der anderen zu lachen, und wieviel Ernst wird dann für die eigene verlangt! Gleichviel, wenn auch nur durch Patlidjan in Öl zusammengebracht, sie verstanden sich doch trefflich, diese drei. »Und dieses war das Erlebnis, oh meine Freundin«, fragte Schabur, »davon du sprachst und um dessentwillen die Prinzessin die Heimat nicht verlassen will, ehe sie es nicht – so sagtest du, deucht mich – ganz ausschöpfte?« Wieder brach das Lachen der drei aus, aber jetzt war es Schabur, der sich zuerst beherrschte.
»Würdest du, meine Freundin, mir sagen, wie es möglich wäre, diese zwei zusammenzubringen, die von der einen Hand und dem einen Auge und den Sonnengleichen? Und wie soll sie dann ausschöpfen, da sie nur die eine

Hand besitzt, die Arme?« Tadelnd fiel der Schneider ein: »Wie kannst du so sprechen, mein Sohn? Es ist schamvoll! Hörtest du nicht, daß diese Ahrimah bereits so gut wie vermählt ist?« »Und doch, Herr und Vater, hat der Fremde recht, denn sie hat mir weiterhin gesagt: eine Härte ist es, daß ich aus dem Harem meines Vaters in den Harem meines Gatten ziehen soll und niemals andere Männer sah als solche, die mir blutsverwandt sind und also keine Männer. Einmal, ehe ich dann ganz in das Dämmern der Ehe versinke, will ich das Licht gesehen haben... diesen Sonnengleichen, meine ich! Nur sehen, aus der Nähe sehen, nur das! So, mein Vater, so, oh Fremder, sagte Ahrimah, und deshalb wäre es recht und gut, man ließe sie diesen Sonnengleichen in der Nähe sehen, woraus sie begreifen wird, daß er ... auch nur ein Mann ist.« Schabur sagte bedächtig: »Du bist sehr klug, meine Freundin, doch ich will für dich hoffen, daß deine Klugheit unter ähnlicher Sonne einmal zerschmilzt. Aber du hast recht, und ich bin dir dankbar, denn ich kenne meinen Bruder und weiß, daß er zufrieden sein wird und sein Fragen gestillt, wenn er das zweite Auge und die zweite Hand gesehen hat.« Sehr trocken bemerkte hier der Schneider: »Inschallah! Und jetzt gehen wir deine Patlidjan essen, mein Sohn. Du, meine Tochter, gehe auch speisen mit deiner Mutter und Schwester und lasse es dir einfallen, wie das Rätsel zu lösen wäre bezüglich der Gestirne des Himmels. Späterhin kehre zu uns zurück, und wir werden weiter beraten.«
Nach diesem Befehl wurde gehandelt, und voll befriedigt so nach Magen wie auch Kopf begab sich nach Stunden Schabur zu dem Sonnengleichen, der so sehr vom Liebesschlag betäubt war, daß er immer noch von Hand und Auge murmelnd ohne zu rauchen auf dem Rücken lag. »Bochara, mein Bruder«, sagte Schabur im Eintreten so

ruhig, als bemerke er nicht, wie ganz absichtlich Bochara ihn weder hörte noch sah, »ich habe inzwischen in Erfahrung gebracht, wer es ist, dem die Hand und das Auge gehören, und daß sie auch noch zwei gleiche solche Teile an sich hat.« Wie Bochara da hochsprang, wie er sich an die Brust des Bruders warf, wie er stammelte, er habe es ja immer gewußt, daß hier in dieser Umschlingung ihm alles Heil und alle Hilfe blühe! »Und sage, Bruder meines Herzens, sage schnell: wer ist es?« »Es hat seine Schwierigkeiten, mein Bruder Bochara«, sagte die ruhige Stimme, »aber wenn es dir genügt, sie einmal zu sehen und dann nicht mehr, so kannst du morgen in der Frühe in den großen Garten des Serail gelangen und dort in einer Rosenlaube die Tochter des Herrschers dieses Landes, die Prinzessin Ahrimah, sehen. Willst du es wagen, Bochara?« Es kamen die üblichen Antworten, daß alles gewagt werden könne und der Liebe nichts zuviel sei, und dann folgte ein kurzes Schweigen, als der sonnengleich Entbrannte erfuhr, daß die von der Hand und dem Auge das versprochene Eheweib eines anderen sei. »Aber sei es drum! Zwar dürstet der Verschmachtende noch mehr, wenn nur ein Tropfen das Brennen löschte – doch sei es drum!«

Und so war es denn beschlossen, so hatte auch Nahal inzwischen der hingerissenen Prinzessin mitgeteilt, daß sie bei ihrem täglichen Spazierweg am Morgen, in dem Kiösk, wo die Quelle spiele und die Rosen wüchsen, den sonnengleichen Jüngling wartend finden werde. »Du sagtest, Herrin, du wollest ihn nur sehen, sonst nichts. Auf dieses dein Wort habe ich meine Ehre und Sicherheit gebaut.« Ahrimah, ganz hoheitsvoll und Prinzessin, fand es kaum der Mühe wert, diese Versicherung zu bekräftigen, ebensowenig wie sie ein Wort der Anerkennung hatte für die schnelle Auffindung des Sonnengleichen. Ruhig

und voll froher Träume schlief sie dem letzten Tage in der Heimat entgegen.
Nicht so ruhig schlief Bochara und infolge davon auch nicht Schabur, der unmittelbar neben ihm lag und es mit anhören mußte, wie Seufzer und gemurmelte Worte die Ungeduld des vom Sonnenschlag der Liebe Getroffenen immer wieder bekundeten. Endlich ertrug es Schabur nicht mehr. Er sagte voll verzweifelter Entschlossenheit: »Du weißt, mein Bruder Bochara, daß ich dir herzlich zugetan bin, aber ich versichere dir feierlich, daß, wenn du dich nicht ruhig verhältst, ich eines dieser Polster nehmen werde und damit so lange auf deinem Mund und deiner Nase sitzen, bis du still bist. Hast du mich verstanden?«
Von da an herrschte Schweigen, aber vom ersten Tagesschein an war Bochara bereits damit beschäftigt, die zerdrückten Festkleider hervorzuholen und den kaum erwachten Schneider mit der Bitte zu belästigen, daß er alles bügele. Schabur atmete auf, als endlich die so willkommene Botin erschien, Nahal, die kluge Schneiderstochter. Sie würde, sagte sie, im Inneren des großen Gartengeländes an der kleinen Pforte warten und Bochara einlassen, und beschrieb den Weg, den die zwei Jünglinge einzuschlagen hatten. Schabur pries alle guten Geister, als er den prächtig gekleideten und wohl duftenden Bochara in der kleinen Gartenpforte verschwinden sah, und begab sich auf eigene unbeschwerte Forschungswege im Bazar der kleinen schönen Stadt.
Bochara aber, nun nahezu am Ziel seiner Wünsche angelangt, fühlte in dem kleinen Kiösk, der ganz von Rosen überwachsen war und in dessen Umgrenzung eine Quelle ihr singendes Spiel trieb, eine tiefe Beruhigung. Er streckte sich auf der Ruhebank aus, ergab sich Träumen der Erwartung, fühlte sich in einer Umgebung, die ihm

so heimisch war und so gewohnt wie das Warten auf ein Mädchen, das seine Sehnsucht, so glaubte der Vielerfahrene, stillen würde. Unter all diesen freundlichen Erwägungen ruhte er körperlich und seelisch aus ... und schlief ein, von der lieblichen Quelle in Schlummer gesungen.

Indessen befand sich Prinzessin Ahrimah in wilder Erregung. Der große Wunsch ihres Lebens, einmal einen fremden Jüngling zu sehen, sollte sich erfüllen nicht nur, nein, sie würde ja auch jenen Sonnengleichen erblicken, dessen Bild sie verfolgte. Die Sklavin, die sie zum Lustwandeln im geschlossenen Garten des Frauenhauses in Schleier und Seidenmantel hüllte, hatte es dieses Mal nicht leicht und wunderte sich im stillen, was der Herrin an diesem täglichen Spaziergang heute so wichtig erscheine. Endlich dann war es so weit: die Schneiderstochter Nahal, in letzter Zeit die bevorzugte Gefährtin der Prinzessin, geleitete sie bis zu den Rosengebüschen, darin jener Kiösk verborgen war, und blieb dann wartend zurück, bereit, jederzeit einen Ruf der Warnung auszustoßen, falls Gefahr drohe. Bebend, leichten zögernden Schrittes ging Ahrimah zu dem Quellenkiösk, schob die Rosenranken beiseite, die den Eingang verhüllten, blieb dann wie versteint stehen. Ja, da war er, der Sonnengleiche, und ihr Wunsch, einmal einen fremden Jüngling zu erblicken, konnte nun ungestört und unbegrenzt erfüllt werden! Da lag er in weicher Hingebung des Schlummers, und seine Lippen lächelten wie in Erwartung oder von einem schönen Traume bewegt. Er schlief! Mochte er noch so schön im Schlafe sein – was nützte es ihr? Was fing sie an mit einem Jüngling, den die Erwartung auf ein Treffen mit Ahrimah, der Prinzessin, so wenig erregte, daß er darob einschlief? Zugleich mit der Enttäuschung packte die Prinzessin ein wilder Zorn, und sie riß heftig eine Rosenranke ab, warf sie dem schönen Schläfer auf die Brust und flüsterte: »Da hast du, du Tor, auf daß du weißt, ich war hier, oh du armer Narr!« Sie wollte sich zum Gehen wenden, sah aber noch einmal zurück und mußte lächeln, wie er es im Schlafe tat. Schnell zog sie einen ihrer Ringe ab, nahm die Rosenranke vorsichtig von des Schläfers Brust und zog den Ring durch die Blätter; dann warf sie den Zweig wieder an seine Stelle und huschte davon.

Nahal traute ihren Augen nicht, als sie die Prinzessin hastig daherkommen sah, kaum daß sie um die Wegbiegung verschwunden war. »Was ist denn geschehen, Herrin?« fragte sie erschreckt, denn sie nahm an, der Jüngling habe sich gegen die Sitte vergangen. »Nichts ist geschehen!« preßte Ahrimah zwischen halbgeschlossenen Zähnen zornig hervor, »dieser Tor schläft. Verstehst du das, Nahal, er schläft!« Die Schneiderstochter, dieses kluge Mädchen, hatte es schon oftmals dadurch schwer gehabt, daß sie immer und überall so vieles zum Lachen entdeckte; jetzt, nach all diesen Schwierigkeiten und dem vielen Hin und Her aber kam ihr diese Lösung unwiderstehlich komisch vor, und sie erstickte fast an ihrem Lachen, das sie doch, um der Höflichkeit zu genügen, nicht allzu laut werden lassen durfte. »Du kannst lachen«, sagte weiterhin zornig Ahrimah, »du bist ja die Verschmähte nicht, da ist es leicht, zu lachen!« Erstaunt fragte Nahal: »Verschmäht, Herrin? Wie kannst du das annehmen! Dieser Jüngling, so sagte mir sein Bruder, habe ihn die ganze Nacht über wachgehalten mit Seufzen nach dir. Wer weiß, nun er die Erfüllung nahe sah, übermannte ihn der Schlaf, den er durch dich entbehrte. Bedenke, Herrin, nur der Anblick deiner einen Hand und deines einen Auges machte ihn dir zum Sklaven! Wie kannst du da von Verschmähtsein reden, Herrin?«

Im Weitergehen hatte so das kluge Mädchen die Prinzessin bereits wieder mit dem Schläfer versöhnt, was sich daran zeigte, daß Ahrimah nachdenklich fragte: »Gibt es denn nun forthin keine Möglichkeit, das Versäumte nachzuholen, Nahal? Werde ich ihn nie mehr sehen? Er ist so wunderbar schön ... du glaubst nicht, wie sehr, Nahal!« Die Schneiderstochter, die mehrfach Gelegenheit gehabt hatte, Bochara am gleichen Morgen zu sehen, fand ihn zwar recht nett aussehend, konnte aber von wunderbarer Schönheit nichts bemerken. Sie dachte innerlich, viel würde sie darum geben, wenn sie auch weiterhin von dieser Torheit, die man Liebe nannte, verschont bliebe, und überlegte zu gleicher Zeit angestrengt, ob sich noch irgendeine Gelegenheit finden ließe, an diesem, dem Reisetage der Prinzessin ein heimliches Treffen zustande zu bringen. »Du weißt, Herrin, es gibt heute so vieles zu tun; da sind die Abschiede, die sehr feierlich lange währen werden; da sind die Segnungen; da ist so vielerlei, solange du noch im Harem weilst. Ja, wenn du erst draußen bist!« Ungeduldig fiel ihr die Prinzessin ins Wort: »Wenn ich erst draußen bin, ist es auch nicht viel anders, Nahal. Bedenke: langsam noch einmal durch die Stadt in der Sänfte; dann vor der Stadt an die Türbeh meiner Mutter, um ehrfürchtig auch dort Abschied zu nehmen ...« Alle Sitte vergessend, rief Nahal: »Herrin, Herrin, ich habe es! Die Türbeh deiner verehrungswürdigen Mutter – das ist es, nur das allein! Du weißt, die Marmorwände in ihrer spitzengleichen Arbeit sind verhängt mit Seiden, wenn du kommst, dort deine Andacht zum letzten Male zu verrichten. Das ist's, Herrin! Der Jüngling könnte auf der Seite der Türbeh, die dem offenen Lande zugewandt ist, warten, und so könntest du eine kurze Zeit mit ihm sprechen, so du es willst. Wie dünkt dich das, Herrin? Wäre es dir genehm, und bist du damit zufrieden? Wenn dem so ist, so werde ich mit des Jünglings Bruder alles in die Wege leiten.«

Die Prinzessin war stehengeblieben, starrte die Schneiderstochter sprachlos an und fiel ihr dann um den Hals, sie überschüttend mit einer Flut von freudigen Ausrufen und Lobsprüchen. Nahal ließ es sich eine kleine Weile gefallen, sagte dann ruhig: »Gut also, Herrin, so wird es dann geschehen. Du, ich bitte dich, begib dich jetzt allein in das Serail zurück, während ich gehe, den bedauernswerten Schläfer zu wecken. Soll ich ihm etwas bestellen, Herrin?« Jetzt vermochte auch Ahrimah zu lachen, nun die freudige Aussicht bestand, und sie sagte so lachend: »Sage ihm, er habe vieles gutzumachen, wenn wir uns sehen, und er solle dann versuchen, wach zu bleiben!« Damit lief sie freudig bewegt davon.

Nahal begab sich etwas zögernden Schrittes zu dem Rosenkiösk, denn sie wußte nicht so recht, wie sie dem unglücklichen Schläfer begegnen sollte. Zunächst einmal verschleierte sie sich sorgfältig, und dann bog sie die Rosenranken auseinander. Dort saß er, der Ärmste, der, was die Kunst des Liebhabers anlangt, so völlig das Gesicht verloren hatte! Er hielt in seinen Händen eine Rosenranke und drehte sie hin und her, ohne sonderlich auf sein Tun zu achten. Nahal aber sah in diesem Bewegen des Zweiges etwas blitzen, und sie rief hastig: »Achte darauf, Herr, daß du den Ring nicht verlierst, der zwischen den Rosen hängt. . . !« Bochara, wirklich bedauernswert, bedenkt man, was es für einen fast berühmten Frauenliebhaber bedeutet, so schmählich zu versagen, Bochara sah kaum auf, murmelte verdrossen: »Wo denn soll ein Ring sein, ich sehe nichts.« Nun trat Nahal herzu, wies auf den ihr wohlbekannten Ring, sagte: »Sieh hin, Herr, die Prinzessin ließ dir diesen Ring, um damit anzuzeigen, daß sie dir nicht zürnt. Sie läßt dir sagen, du mögest beim nächsten Male versuchen wach zu bleiben, Herr!« Der lachenden Stimme konnte Bocharas Verstimmung nicht standhalten; er hob den Kopf, fragte: »Das nächste Mal, sagst du? Ja, gibt es denn ein nächstes Mal?«

Und Nahal berichtete, was beschlossen worden war, tat es vorerst nur flüchtig, versprach sogleich, für die weitere Besprechung nachzukommen, und ließ Bochara zur kleinen Pforte hinaus. Als er sich schon zum Gehen wandte, hielt er nochmals an, sagte leise, fast beschämt: »Würdest du mir die Güte erweisen, oh Nahal, von dieser ganzen Sache meinem Bruder nichts mitzuteilen? Es wäre besser, und ich wüßte dir großen Dank dafür.« Nahal lachte leise, versprach Verschwiegenheit, mahnte noch: »Vergiß nicht, du mußt dann berichten, die Prinzessin habe, mit dir sprechend, diese neue Absicht geäußert; vergiß es nicht! Ich werde sagen, sie habe es mir soeben erst mitgeteilt. Sei unbesorgt, Herr, ich komme gleich nach. Gehab dich wohl.«

So geschah es, daß Bochara von der freundlichen Verschwiegenheit einer Schneiderstochter abhängig blieb, wollte er seinen Ruf als unbesiegter Frauenliebhaber wahren – eine Rache vielleicht der von ihm Verlassenen durch diese Schwester, die nichts von ihnen wußte? Wer will es entscheiden, und zudem: wer will es ernst nehmen?

Die Vorbereitungen, die schnell und geschickt getroffen wurden, waren ganz nach den Einfällen von Schabur; Bochara hatte nun wirklich etwas zu erwarten, und er spielte mit dem Ring der Ahrimah, ihn so geschickt immer scheinbar verbergend, wenn Schabur hinschaute, daß dieser schließlich lachend bemerkte: »Laß es gut sein, Bochara, ich sehe den Ring. Bist du zufrieden, daß du ein Mädchen mehr in deiner Gefolgschaft hast, ja? Du

weißt, ich verstehe Pferde besser, wünsche dir aber Glück und Gelingen in allen Dingen und bin bereit, dir dabei zu helfen, wo immer ich es vermag, mein Bruder Bochara!«
Es muß gesagt werden, daß Bochara beschämt war durch diese Worte und daß Schabur bald Gelegenheit haben sollte, sie durch die Tat zu beweisen, in einer für ihn ungewöhnlich schwierigen Art.
Dann ging alles sehr schnell. Nahal kam und berichtete von der neuen Entwicklung, es wurde alles zusammengepackt, die Pferde geholt, und in dem entstehenden Durcheinander kümmerte sich niemand um die sichtliche Unruhe Bocharas, die gewißlich nicht nur auf die freudige Ungeduld eines Zusammenseins mit der Ersehnten zurückzuführen war. Endlich dann, nach dankbaren Verabschiedungen von dem klugen Schneider und seiner kochgewandten Ehehälfte, begaben sich Schabur und Bochara, durch die Stadt reitend, zum Südtore und gelangten fast unmittelbar zu der Türbeh jenseits davon. Hinter dem kleinen Kuppelbau im freien Gelände wurde in einer Bodensenkung ein geeignetes Versteck für die Pferde gefunden, und nun hieß es warten. Endlose Zeiten schienen zu vergehen, bis das Herantraben von Pferden zu hören war. »Sie kommen, Bochara«, sagte Schabur leise, »gehe schnell hinein, sonst ist alles umsonst. Und Glück sei mit dir.« Bochara nickte nur und schlüpfte unter den Seidenstoffen durch, welche als Vorbereitung für den Besuch der Prinzessin innerhalb der Türbeh angebracht waren; hochklopfenden Herzens wartete er dort auf das Kommen des Mädchens mit der Hand und dem Auge.
In der Reisesänfte saßen die Prinzessin und Nahal, welche Ahrimah nur bis hierher geleitete; es war ausdrücklich verlangt worden, daß die Braut des jungen Schechzadeh allein reisen solle, ohne Begleitung einer ihrer Dienerin-

nen, hieß es doch, solche Gemeinschaft verzögere das Einleben in der Fremde. Ahrimah war sehr erregt und sagte heftig: »Ich werde, wenn dieser Jüngling so reizvoll ist, wie er schön erscheint, nicht zu jenem Unbekannten reisen, das sage ich dir, Nahal, und du kannst mich nicht umstimmen. Barbaren müssen es sein, die mir nicht die Begleitung einer Vertrauten gönnen!« Nahal antwortete nichts und geleitete die Prinzessin stumm in die Türbeh. Zeit verging. Die Bewaffneten, welche die Braut in ihre neue Heimat brachten, gehörten alle zu jenem anderen Lande, und wenn es ihnen auch als Ehre erschienen war, zu dieser Begleitmannschaft ausgewählt zu sein, so verfluchte doch der Führer der Bewaffneten sein Amt, das ihn für eine Frau verantwortlich machte. Dieser Ansicht gab er in einigen sorgfältig gewählten Kraftausdrücken Worte, als sich jetzt die Wartezeit vor der Türbeh mehr und mehr ausdehnte. Endlich ... ja endlich dann erschien die Prinzessin wieder. Der Sitte gemäß, welche dem Manne verbietet, auf eine Frau zu blicken, wandten sich alle Bewaffneten ab, auch diejenigen, welche die Maultiere hielten, an deren Leibriemen die Sänfte aufgehängt war. So konnte auch niemand beobachten, daß die von Nahal wiederum zur Sänfte geleitete Prinzessin gebückt und unsicher daherkam und daß es ihr anscheinend große Schwierigkeit bereitete, wieder in die Sänfte einzusteigen. Das schwache kleine Gehäuse schwankte und stieß hin und her, bis die Prinzessin Braut endlich darin untergebracht war.

Draußen stand Nahal, gab leise Anweisungen, und ihre Schultern zuckten unter ihrem Schleier. Kam es vom Schluchzen des Trennungswehs? Wer kann es sagen! Endlich war auch dieses überstanden, und die Sänfte schwankte ihres Weges durch die Nacht dahin. Hätten die Maulesel sprechen können, sicher hätten sie ausgerufen: »Aman, wie schwer ist dieses Mädchen! Welch ein Gewicht an Brautfleisch tragen wir Armen!« Doch niemand fragte diese Armen, und der Führer der Bewaffneten trieb erbarmungslos weiter, wollte er doch seines verhaßten Amtes endlich ledig sein. Und es gelang ihm auch, so schnell weiterzukommen, daß der kleine Reisezug der Braut kurz nach Sonnenaufgang sein Ziel erreichte. Ein Vorreiter hatte das Kommen der Prinzessin schon verkündet, und alle Dächer waren mit blumenwerfenden Frauen gefüllt, alle Mauern mit Teppichen und prächtigen Stoffen behängt, und ein Rufen und Jubeln klang von überall her. Verhüllt und schwer schwankend zog lautlos die Sänfte inmitten ihrer Begleitung dahin.

Nun war man am Serail angelangt, nun öffneten sich die schweren Pforten, und durch die ersten Höfe hindurch wurde der Haremshof erreicht. Die Maultiere wurden von ihren Leibriemen befreit, die Sänfte auf den Steinboden gesetzt, und alle Männer verließen gesenkten Kopfes den Hof des Harems-Gebäudes. Kurze Zeit lang stand die Sänfte wie verlassen dort, und sie begann wieder bedenklich hin und her zu schwanken, von innerer Unruhe heftig bewegt. Dann öffneten sich die Türen der hohen, weiten Frauengemächer, und auf der Schwelle erschien, an der Spitze ihrer Frauen, die vornehmste Frau des Landes, die Schwester des Bräutigams, die Prinzessin Gülilah. Sie wurde so genannt, weil sie wie eine Rose war, aber auch das Lachen selbst zu sein schien. Sie sah nach der unruhigen Sänfte hin, lächelte, weil die Erwartete noch immer darin eingesperrt schien, die Arme, und befahl ihren Frauen: »Schnell, helft der Prinzessin, sie scheint unruhig dort in ihrer Sänfte. Eilt!«

Bald war die schwankende Sänfte von Frauen umgeben, die vergeblich versuchten, die Insassin zu befreien. Von draußen drückten sie gegen die leichten Türen, von

drinnen wurde auch gedrückt, und plötzlich gab das ganze leichte Gehäuse nach, brach mit einem Ächzen auseinander. Ein Gewirr von Frauenkörpern, von Frauengewändern, von Frauenschleiern entstand, und aus dem Wust erhob sich endlich eine große, schlanke Frau, strich an ihrem verschleierten Kopf herum, auch an den Gewändern, die wie zufällig an ihr zu hängen schienen, und griff dann mit kräftigen Händen zu, um den herumliegenden Frauen hochzuhelfen und sie von den Trümmern der Sänfte zu befreien. Lachend stand Gülilah und sah diesem Geschehen von weitem zu. Die ganze vorbereitete Empfangsfeierlichkeit war rettungslos zerstört, und als die hochgewachsene Braut mit einigen langen Schritten auf sie zukam, hatte sich Gülilah immer noch nicht gefaßt. Mühsam brachte sie die üblichen Worte hervor: »Meine Schwester, meine Freundin, sei die Stunde gesegnet, da dein Fuß diesen Boden betritt«, und erhielt zur Antwort nichts von dem, was zu erwarten gewesen wäre, sondern ein herzliches Lachen, worauf eine tiefe Stimme sagte: »War ein Kampf mit dieser Sänfte die ganze schreckliche Reise hindurch ... zu klein für mich der gräßliche Kasten, bin froh, heraus zu sein!«
Die Sprache, in der dieses alles vorgebracht wurde, war die der Landbevölkerung der Gegend, und sie war auch die der Heimat von Schabur, wenngleich nicht höfischer Art. Die Prinzessin Gülilah sah erstaunt zu der hochgewachsenen, tiefverschleierten Braut auf und bemerkte zaghaft: »Deine Sprache, meine Schwester ... so heiser ... vielleicht vom Reisestaub?« Die Braut sah auf die zierliche Gülilah herab, sagte verständnislos: »Heiser? Ich?« Schien sich zu besinnen und stimmte dann schnell zu: »Ganz recht, der Staub in dieser gräßlichen Sänfte; vergib!« Und schaute, schaute. Gülilah, nachdem alles Herkommen verletzt zu sein schien ihrer-

seits hilflos geworden und von der Erscheinung der Braut etwas erschreckt, stammelte jetzt: »Du wirst baden wollen nach dem Staub der Reise, meine Schwester?« »Oh gerne!« stimmte die Braut begeistert zu, »darf ich gleich? Wohin gehe ich?« Gülilah lächelte, und wenn sie das tat, war sie so lieblich, daß ein hastiges Aufatmen der Braut nicht eigentlich verwunderlich schien. »Aber, meine Schwester, so ist es doch nicht tunlich«, sagte die zierliche Gülilah fast tadelnd, denn diese Barbarin wußte offenbar nichts von Zucht und Sitte. »Zuerst mußt du uns die Ehre erweisen, dich zu entschleiern, und dann werden dich die Dienerinnen in das Brautbad geleiten, das schon für dich bereitet wurde. Nun, meine Schwester?« Die Braut stand offensichtlich verlegen da, besann sich lange, sagte dann leise: »Es ist mir leid, aber ich kann mich noch nicht entschleiern, und was das Bad angeht, so gehe ich allein hinein, so ist es bei uns Sitte.«

Es geziemt sich nicht, gegen das, was ein Gast sagt oder tut, zu sprechen, und so schwieg Gülilah, befahl den Dienerinnen: »Laßt die Prinzessin Ahrimah allein in das Bad gehen und bereitet indessen die Mahlzeit vor. Geht, schaut nicht, geht! Geleitet die Prinzessin nur bis zum Eingang des Bades, beeilt euch!« »Meine Gewänder bringt, sie sind bei der Sänfte«, sagte die tiefe »heisere« Stimme der Braut, und sie streckte einen langen Arm aus, damit die Gewänder daraufgehängt würden. Erschreckt eilten die Dienerinnen gleich einem schwirrenden Vogelschwarm fort und sahen ängstlich zu der hohen verhüllten Gestalt auf, die sie dann scheu zum Eingang des großen Baderaumes geleiteten.

Gülilah sah der hinter den Vorhängen verschwindenden Gestalt gedankenvoll nach. Etwas war da, was sie nicht verstand, aber was war es? Wie sie noch so gedankenverloren dastand, hob sich ein seitlicher Vorhang, und ein Jüngling kam vorsichtig näher, Hikmet, der in Aussicht genommene Gemahl der Ahrimah. »Nun, meine Schwester, nun?« rief er aufgeregt, »sage mir schnell, wie ist sie? Wie sieht sie aus? Wie bewegt sie sich? Versteht sie unsere Sprache? So rede doch, Gülilah, was ist zu verbergen? Sage es schnell, ich vergehe vor Ungeduld, alles zu wissen von meiner Braut!« Die Prinzessin Gülilah kam nahe zu ihrem Bruder heran, legte ihm die Hand auf den Arm, sah ihn mitleidig an und sagte: »Hikmet, mein Bruder, ich kann dir gar nichts sagen, als daß sie unsere Sprache zwar spricht, aber nach Art der Bauern und Pferdeknechte. Sonst aber ... ach, mein Bruder! Sie hat sich nicht entschleiert, und sie verlangte, allein ins Bad zu gehen.« Der Prinz Hikmet starrte seine Schwester erschrocken an, schlug dann die Hände vor die Augen, wandte sich ab und murmelte: »Oh, ich Geschlagener, ich Elender! Pockennarbig wird sie sein, krumm und buckelig. Ich Armer, ach ich Armer!« Und damit wankte er gebeugt davon.

Nun hätte ihm Gülilah zwar sagen können, daß die hochgewachsene Braut nicht krumm und bucklig war, vielmehr in Haltung und Art schlank und edel, aber sie war selbst so erregt, daß sie kaum daran dachte, den Bruder zu trösten. Denn was würde nun unter den Vorhängen zum großen Baderaum hervorkommen? Welcher Art würde die sein, die hinfort als des Bruders Frau zu ihrem Leben gehörte? Gülilah blieb dort stehen und wartete angstvoll. In erstaunlich kurzer Zeit wurde der Vorhang dann gehoben und heraus kam, schlank und groß, die Gestalt eines jungen Wesens, das in nichts erschreckend wirken konnte, außer durch die ungewöhnliche Größe. Die Braut trug eine weite Hose aus grüner schwerer Seide, ein weites weißes Seidenhemd mit goldbestickten Ärmeln, darüber ein kleines ebenfalls besticktes Leib-

jäckchen aus grünem Samt; als Gürtel lag um die schmale Mitte ein goldner Streifen, besetzt mit grünen Steinen, und ein gleicher schmaler Goldreif hielt den kurzen Schleier zusammen, der im Nacken herabhing. Aber darunter, ja das war unerhört und ganz ungewöhnlich, darunter legte sich um Mund und Nase ein kleiner schwarzer Schleier, fest am Kopf rückwärts anliegend.
Gülilah starrte, war sprachlos vor Erstaunen über diese fremdartige Erscheinung. »Wieder verschleiert, oh meine Schwester?« murmelte sie, denn es ist beleidigend für die Frauen, wenn eine der ihren verschleiert bleibt. Die Braut lachte ein wenig, sagte leicht: »Vergib mir, aber wir haben strenge Sitten bei uns, und ich darf den Schleier noch nicht ablegen. Doch finde ich es alles schön.« Gülilah konnte nicht anders, sie mußte lachen, so seltsam anziehend fand sie die Braut des Bruders. »Du findest es schön bei uns, meine Schwester? Oh, sei bedankt!« sagte sie erfreut. »Nein, nicht so«, sagte die Braut, »du bist schön!« Gülilah sah etwas unsicher zu der Braut auf, entschloß sich nochmals zu lachen, wiederholte: »Sei bedankt ... und gehen wir etwas speisen, denn du mußt voll Hunger sein, ist es nicht so?« Die Braut schwieg und sah zweifelnd aus ... merkwürdig, fand Gülilah, ob auch die Hälfte des Gesichts verdeckt war, die Augen waren so ausdrucksvoll, die großen schwarzgrauen, daß sie die Verhüllung vergessen ließen.
Sie schritten nun nebeneinander durch einige weite Räume dahin, deren sämtliche hohe Bogentüren zu dem großen Garten hin geöffnet waren. Die starke Mauer, die den Haremsbezirk abriegelte, war von hier aus nicht zu bemerken. Im größten der Räume waren auf dem Marmorboden Sitze geschaffen durch viele breite Polster, in deren Mitte die großen runden Kupferschalen standen, die in unzähligen kleinen Schüsseln die kalten Speisen,

die Süßigkeiten und Früchte enthielten. In hohen Goldbechern staken die Eßgeräte, und Dienerinnen hielten wassergefüllte Schalen und Kannen bereit, sowie zartgewebte gestickte Tücher zum Abtrocknen der Finger. Gülilah machte eine kleine einladende Handbewegung, sagte leise: »Lasse dich nieder, meine Schwester, und sei willkommen zur ersten Mahlzeit bei uns.« Dann reichte sie auf goldener Schüssel der Braut Brot und Salz und diese nahm ein wenig von der Gastgabe. Danach saß sie still und reglos, schaute die Prinzessin Gülilah an. »Willst du nicht speisen, meine Schwester?« fragte Gülilah etwas beunruhigt. Die Braut sagte zornig, wobei sie eine Bewegung zum verhüllenden Schleier machte: »Ich kann doch nicht!« Leise lachte Gülilah und schlug vor: »So nimm ihn doch ab, meine Schwester!« Die Braut schüttelte den verschleierten Kopf, wobei trotz der zwei Schleier doch das Fliegen der dunklen kurzen Locken zu bemerken war. »Ich kann nicht, ich darf nicht.« Ein kurzes Zögern und dann hastig: »Wir müssen fasten vor der Hochzeit!«

Nun wußte sich Gülilah vor Erstaunen nicht mehr zu halten. »Welch ein seltsames Land, das deine, meine Schwester! Was für Sitten! Das Brautbad allein nehmen, vor der Hochzeit fasten, mitten unter Frauen verschleiert bleiben – was denn noch? Berichte mir doch davon, ich bitte dich!« Die Braut sah sich nach allen Seiten um, wo in zwei Reihen die dienenden Frauen standen, und sagte leise und vorsichtig sprechend: »Ich würde dir gerne vieles berichten, aber allein.« Gülilah sagte voll Erstaunen: »Sind wir denn nicht allein, meine Schwester?« Die Braut machte eine umfassende Armbewegung, auf die vielen Frauen weisend, und sagte, immer noch heiser sprechend: »Und alle diese Weiber hier?« Erstaunt sagte Gülilah: »Weiber? Wo denn? Ach, du meinst meine

Frauen? Habt ihr vielleicht auch keine Frauen in deinem Lande, ihr Prinzessinnen?« Die Braut murmelte etwas Unverständliches, was Gülilah als Zustimmung nahm, aber dann lachte sie wieder ihr reizendes Lachen, das die Braut förmlich in sich aufzutrinken schien. »Heute noch, meine Schwester, bist du zu befehlen befugt, da du eine fremde Prinzessin bist und unser Gast, diese wenigen Stunden bis zur Heiratsstunde bei Morgengrauen. Danach, als meines Bruders Frau, wirst du dich fügen müssen, wie wir alle. Wenn du also willst...«

Sie neigte den Kopf und sah die neben ihr sitzende Braut von unten her an, ahnte auch gewiß nicht, wie lieblich sie in dieser Stellung wirkte. Die Braut schluckte einmal heftig, wandte sich dann ab und sagte, zu den freundlich lächelnden Dienerinnen gewandt: »Hinaus!« Das war ohne Zweifel eine befehlsgewohnte Stimme, und sie hatte auch nicht heiser geklungen. Einem Volk aufgescheuchter Hühner gleich schwirrten die Dienerinnen erschreckt davon. Als der letzte Schleierzipfel der Letzten verschwunden war, erhob sich die Braut, reckte sich und reichte Gülilah beide Hände hin. Die sah zu ihr auf, fragte zweifelnd: »Was soll es, meine Schwester?« »Sieh nur«, sagte die Braut und wies hinaus in den Garten, »wie die Sonne zwischen den Zweigen spielt! Wäre es nicht schön, ein wenig draußen herumzustreifen? Komm!« Gehorsam ließ sich Gülilah hochziehen, und dann legte die Braut einen Arm um sie. »Warum tust du das?« fragte leise Gülilah; ebenso leise antwortete die Braut: »Geht es sich nicht besser so als allein?« Gülilah nickte nur.

Eine Weile schritten sie so umschlungen schweigend unter dem Schatten der hohen Bäume, zwischen den duftenden Kräutern dahin. Dann sagte Gülilah, wie aus tiefem Sinnen sprechend: »Es ist seltsam, ich muß an meine Amme denken. Sie war es, die mir sagte, daß es so etwas gibt, so wie ich und du, so sich gleich gut leiden mögen. Aber meine Amme sagte, das gäbe es nur zwischen Mann und Mädchen. Ist es nicht seltsam?«

Die Braut sah auf das zierliche Mädchen, das ihr Arm umschlang, herab, murmelte: »Sehr seltsam. Aber eine kluge Frau, deine Amme, sehr klug, ja ...« Und wieder herrschte eine Weile Schweigen. Dann blieb die Braut plötzlich stehen, sagte feierlich: »Aber auch ich habe eine Amme gehabt, und auch sie war klug. Und sie hat mich ein Gebet gelehrt, ein sehr wirksames und gutes Gebet.« »Nun, und?« fragte etwas gereizt Gülilah, »weshalb denkst du jetzt an das Ammengebet?« »Ich will es dir sagen,« gab die Braut zur Antwort, »siehst du jene hohe Zypresse? Und siehst du, wie die Sonne an der Spitze ihrer Krone zu stehen scheint? Nun, meine Amme sagte, wenn die Sonne genau so steht, an einer Zypresse Wipfel zu hängen scheint, dann soll man dieses Gebet sprechen, und dann wird es sich erfüllen.« Gülilah machte sich mit einer schnellen Wendung aus dem umschlingenden Arm los, sagte tief verstimmt: »Ach du, mit deinem dummen Gebet! Hast du mich nur hierhergeführt, um von dieser Torheit zu sprechen? Laß uns hineingehen, dann kannst du wieder Weiber fortjagen!«

Die Braut bekam gerade noch den Zipfel des Gewandes der zornigen kleinen Prinzessin zu fassen, hielt eisern fest, sagte eindringlich: »So höre doch, ich flehe dich an! Es ist ja mit dem Gebet so bestellt, daß, wenn man es richtig spricht, man etwas anderes wird, als man ist. Verstehst du mich?« Gülilah schüttelte den Kopf. »Nein, ich verstehe dich nicht.« Die Braut wurde noch eindringlicher. »Aber so begreife doch! Wenn eines betet und es ist ein Mädchen, so kann es ein Mann werden und, wenn es ein Mann ist, ein Mädchen ... begreifst du nicht? Und denke an das, was deine Amme sagte von Mann und

Mädchen, verstehe mich doch endlich!« Gülilah starrte noch ein Weilchen sprachlos in die schwarzgrauen Augen, brach dann plötzlich los, schrie nahezu. »Oh, du meinst, wenn du es betest, wirst du ... ein Mann?« Die Braut nickte. Gülilah zerrte die Braut am Ärmel nahe zu der Zypresse, sagte atemlos: »Ist es so recht? Steht die Sonne so recht am Wipfel? Dann bete doch, bete! Worauf wartest du denn?«

Und die Braut betete.

Danach wurde dann dem Harem bekanntgegeben, die Braut sei von der Reise so erschöpft, daß sie der Ruhe pflegen müsse, und Prinzessin Gülilah werde selbst und allein nach ihr sehen und sie bedienen. So saßen sie denn beisammen, Schabur und Gülilah, und er flüsterte ihr zu, wie recht sein Bruder Bochara gehabt habe, zu behaupten, eine werde kommen, die alle Frauen an ihm rächen werde. »Und das warst du, Schöne, Liebliche! Wie habe ich mich gewehrt, in diese schreckliche ... nein, in diese vielmals gesegnete Sänfte zu kriechen! Und sie setzten mir zu, du glaubst es nicht, wie sehr! Deines Bruders Braut, Ahrimah, wollte und wollte mit Bochara in die Weite reiten, es war ihr gleich, was daraus wurde, und weil ich auf Krieg und Unruhe verwiesen hatte, wenn keine Braut zu euch käme, mußte ich es sein, der als Braut in die Sänfte kroch. Oh meine Schöne, oh du Lieblichste, wie sucht uns das Kismet oftmals im Narrenkleide auf und bringt uns Segen in einem Sack voll Torheit! Nun aber, denke, Schönste, nun reiten sie zusammen schon eine Nacht dahin. Willst nicht auch du mit mir fort? Sage, willst du? Auf einem Pferde, denn du bist leicht wie Blütensamen, den ein Schmetterling davonträgt. Laß auch uns hinaus in die Freiheit, in die Nacht! Denn bedenke, wenn morgen dein Bruder alles erfährt... und dein Vater ... bedenke! Und ich bringe dich dann

zu meinem Vater, dem Padischah, und du wirst für mich, oh Schönste und Lieblichste, immer die Einzige, die Eine sein, die alle Frauen rächt. Ach, du Gesegnete!«
Einen Tag lang das Flüstern der Liebe, und dann zur Nacht verschwand aus dem Marstall das edelste Pferd, mit ihm die Braut des Thronerben und die Tochter des Padischah.
Durch die leuchtende Weite der Nacht dahin, die lieblich leichte Gestalt des Mädchens eng an den Reiter geschmiegt, ihr Schleier im Mondlicht fliegend gleich dem Fittich des wilden Schwanes. Sie reiten... sie reiten...
Kamen sie jemals an ein Ziel? Wer weiß es, wer kann es sagen, ob Liebe ein Ziel kennt außer ihrer selbst?
Wir aber, die wir von all diesem berichten, wir sind treu. Treu dem, das uns lachen machte. Treu dem, das uns weinen ließ. Treu dem, was das Herz hoch schlagen ließ. Und so wissen wir sie heute noch reiten, eng verschlungen, ganz versunken in die Liebe und das Glück. So heißt es bei uns, wenn eins nach der Liebe fragt und was sie bedeute: Fragt Schabur und Gülilah, sie wissen es! Sie sind das Glück, das reitet, reitet unter dem Nachtstern der Liebe. Wer sah es? Wer vermag es zu fangen? Das Glück läßt sich nicht halten, ist ein flatternder Schleier, ein lichter Streif, ein Nichts, ist ein Schatten des Lichts.

Djiharah, die Räuberin

Djiharah saß im Serail ihres Vaters, des längst verstorbenen Scheich Aslan, droben auf der Höhe des Berges, von wo aus das ganze Land zu übersehen war. Sie allein war es, die hier befahl, sie, deren Willen sich die Männer beugten, die einstmals ihrem Vater gehorcht hatten. Wahrlich, das hatte es niemals noch gegeben, daß ein Weib Männern befahl, aber es geschah, weil der Scheich zwar einen Sohn gehabt hatte, dieser sich aber unwürdig zeigte und verschollen blieb. Der Scheich Aslan war ein Rebell gewesen gegen den fremden Eroberer des Landes. Damals, als er an Gift starb, er, der einen Boten des Eroberers vor sich gelassen hatte, damals hatte Djiharah, seine Tochter, den Mörder mit eigener Hand erstochen und die Männer aufgerufen zur Rache an den Fremden, die des Landes Herren geworden waren, sich zusammenzutun und ihr zu gehorsamen, als sei sie nicht die Tochter, nein, der Sohn des Scheich.

Und so geschah es. So wurde sie die Räuberin, die einzige, die große, und es gab Dichter, die in ihren Gesängen sie priesen, gab Jünglinge, die heimlich zu ihrem Serail schlichen, um sich ihrem Dienst zu ergeben. Von dem Turm des Serails war ein jeder, der des Weges kam, von weitem schon zu erkennen, und wer so töricht war, mit Waren des Weges entlangzuziehen, der hatte bald alles herzugeben, was er mit sich führte, auch seine

Sklavinnen. Auf diese Art entbehrten die dort oben nichts und wußten noch nicht, daß sie sich selbst zu Gefangenen gemacht hatten. Denn landauf, landab hieß es, daß, wer immer einen von den Mannen der Djiharah finge, ob tot ob lebend, reichen Lohnes gewiß sein könne.

Djiharah selbst, jung noch und ohne die Liebe zu kennen, lebend unter den Männern mit nur einer Dienerin, die ihr treu geblieben war, Djiharah wußte nicht, ob sie glücklich, ob unglücklich war.

Sie glaubte ihrem Vater zu dienen, um seines Andenkens willen ihr Leben frauenfremd zu führen und sich auf diese Art ein Verdienst zu erwerben; doch erkannte sie nicht, daß die ewigen Gesetze des Seins sich nicht verspotten lassen. Und so geschah alles: Der fremde Eroberer, dem unausgesetzt Klagen vorgebracht wurden über den Schaden, den jenes Räuber-Serail denen zufüge, die des Weges zogen von einem Ende des Reiches zum anderen, beschloß, dieser Plage ein Ende zu bereiten. Da er aber ein kluger Mann war, der nicht nur der Tapferkeit seiner Streitkräfte seine Siege verdankte, beschloß er, sich auch dieser Störung nicht mit Gewalt, nein, mit List zu entledigen. So ließ er seinen Bruder rufen, der viel jünger als er selbst, ein schöner und liebenswerter Jüngling war. Trotz ihrer Verschiedenheit waren sich die Brüder innig zugetan; der eine war stolz auf des Jüngeren geschmeidige Art, die er selbst niemals besessen hatte, der andere auf des Älteren Kraft und Entschlossenheit, die er wiederum nicht hatte.

Der Eroberer sah seinen Bruder bewundernd an, als dieser vor ihn trat. »Wie machst du es nur, mein Bruder Osman, stets so auszusehen, als habest du soeben erst dich neu eingekleidet? Kehrten wir doch gerade von der Jagd zurück! Maschallah, mein Bruder, wie gelingt es dir?« Osman lachte und sagte voll liebenswürdigen Spottes: »Wenn du solcherart mit mir sprichst, mein Bruder Mehmed, erhabener Herr und Padischah, dann hast du noch immer etwas gewollt, das ich für dich tun sollte. So laß uns keine langen Vorreden einer dem anderen machen, sage mir gleich, was es ist, das du von mir wünschest, denn du weißt, ich bin dir immer zu Diensten, o mein großer und erhabener Bruder.« Gesagt muß hier werden, daß keine Schmeichelei, deren es wie Pilze im nassen Erdreich um die Füße des Padischah gab, dem klugen Sultan Mehmed irgendeinen Eindruck machte, doch des Bruders Worte der Bewunderung drangen ihm, ohne den Umweg über das Denken zu nehmen, unmittelbar in das stolze Herz. Er neigte jetzt ein wenig den sonst unbeugsamen Nacken, murmelte ein Wort des Dankes, sah seinen schönen Bruder liebevoll an und sagte: »Wirst du es vermögen, als ein liebeskranker Dichter zu einem blutdürstigen Weibe zu pilgern, mein Bruder? Du allein und zu Fuß... sage, kannst du das für mich tun, Osman?«

»Verlockend, sehr verlockend!« sagte Osman und schaute dann seinen Bruder forschend an. »Blutdürstig sagst du, und ich solle als Dichter zu ihr – wie sagtest du doch – pilgern? Aman, erhabener Herr, drücke dich so aus, daß mein armer Verstand deine Worte faßt!« Es geschah selten, daß der Sultan Mehmed lachte, aber der Art seines jungen Bruders konnte er nie widerstehen. Lachend also gab er jetzt zur Antwort: »Wie es unsrem Vater, dessen Andenken gesegnet sei« – leise murmelte Osman die Worte mit –, »gelang, neben einem ernsten, harten Knaben, wie ich es bin, den lachenden Sonnenschein zu zeugen, der du bist, Osman, mein Bruder... wer kann das wissen und erraten?« Hier aber hütete sich Osman zu antworten; denn es war nicht gut, daran zu

erinnern, wie verschieden ihrer beider Mütter gewesen waren und daß die seine ihres Ehegemahls ganzes Entzücken bedeutet hatte, die von Mehmed aber nur Zwang und Pflicht der Klugheit gleichkam. So schwieg er, lächelte, machte eine Handbewegung, die anzeigte, daß er von nichts wisse, und wartete das Weitere ab.
Mehmed aber hielt sich nicht mehr mit Nebensächlichem auf, sondern erklärte deutlich: »Es geht um diese Tochter des Scheich Aslan, die man Djiharah nennt, die Räuberin. Auf ihrem Serail sitzt sie und bedroht unsere Handelswege, nimmt alles gefangen und beraubt, was an ihrem Serail vorbeizieht; die Kaufleute müssen nicht nur ihre Waren hergeben, nein, auch ihre Sklavinnen, denn die Räuberin sagt, daß die Männer, die ihrem Befehl gehorchen, keine Derwische sind, sondern Frauen haben müssen.« Osman sagte halblaut: »Dieses Mädchen scheint Verstand zu haben und zu begreifen, was Männer brauchen.« Der Sultan Mehmed sah seinen Bruder etwas zweifelnd an, mußte dann aber wieder lachen. »Wird es niemals möglich sein, Osman, mein Bruder, ernsthaft mit dir zu sprechen... niemals?« Osman sah erstaunt aus. »Ernsthaft, Herr, wenn es sich um räuberische Weiber handelt? Du verlangst viel von mir, deinem ergebenen Freund und Bruder! Kann ich doch Frauen niemals ernst nehmen, und nun diese gar, die eine Räuberin ist!«
Aber der Padischah lachte nicht mehr, sagte eindringlich: »Achte auf, Osman Kousum, diese Frau muß verschwinden. Weil die Dichter sich ihrer bemächtigt haben und die Erzähler, weil solcherart der Name Djiharah überall zu vernehmen ist und weil sie die Tochter des Rebellen ist, beginnt sie gefährlich zu werden. Davon, daß sie mir die Straßen unsicher macht, sei jetzt nichts erwähnt. So also dachte ich, du könntest mir den Ge-

fallen tun, sie lächerlich zu machen. Wenn alles sich vor Lachen schüttelt, nennt nur jemand den Namen Djiharah, so habe ich gewonnen. Verstehst du mich, Osman?« Der Padischah schwieg, sog an seinem Nargileh und wartete. Er wußte viel zu genau, wieviel das wartende Schweigen wert ist, um seines Bruders Gedanken gleich Rennkamelen weiterzutreiben. Osman auch lachte nicht, als er nach einer Weile fragte: »Du meinst, Herr, ich soll dieses Weib glauben machen, ich begehre sie, um sie dann zu verlachen und ihr zu sagen, wer ich bin und warum ich kam? Du glaubst, das würde genügen?« Der Sultan neigte den Kopf, sagte ernsthaft: »Wenn schon das Ungewohnte geschieht, daß ein Weib kriegerisch über kriegerische Männer herrscht, so muß es so beschaffen sein, daß es anders ist als andere Weiber. Wird es aber den anderen gleich, wenn es durch Liebe zu bezwingen ist, noch dazu von einem Dichter, der von den Kriegern mißachtet wird, so hat das Weib ihr Spiel verloren. Diese wird danach ihrer Gefolgschaft verlustig gehen, und ich habe das Serail.«

»Deine Weisheit ist im Rechte, Herr. Doch erlaube noch eine Frage — hatte dieser Scheich Aslan nicht einen Sohn? Mir ist, ich entsinne mich. Wie konnte es dann geschehen, daß ein Mädchen seine Stelle einnahm?«

Sultan Mehmed sann nach, sagte dann halblaut, aus Erinnerung sprechend:

»Ja, so war es. Da war ein Sohn, doch der zog als Knabe mit Schaustellern davon, sie spielen im Orta Oyounou landauf, landab. Ein Unwürdiger, seines Vaters nicht wert und mehr als tot, ein Vergessener und Verworfener.«

Der Sultan rauchte weiter, Osman schwieg noch kurze Zeit, erhob sich dann, verbeugte sich vor dem Sultan, sagte leise: »Ich gehe, Herr, deine Befehle auszuführen«, und wollte sich zum Ausgang wenden. Aber Sultan

Mehmed rief eifrig: »Bleib noch, mein Bruder, haste nicht so! Du mußt wissen, daß ich dir von meinen Leuten in die Nähe des Serails einige hinsetze; sie sollen dir zu Dienst und Hilfe bereit sein, und es muß ein Zeichen vereinbart werden, womit du sie zu dir rufst. Ich ertrüge es nicht, wenn dir etwas geschähe, Osman, mein Bruder!« Der Jüngling hob mit einer Hand den Vorhang, der den großen Raum abschloß, grüßte mit der anderen Hand den Bruder und sagte wieder lachend: »Alles wird geschehen, wie du es befiehlst, Herr, ich aber will gehen und mir einüben, ein Dichter zu sein, auch muß Jakub mir die Kleidung dafür bereiten, vor allem aber das Schuhwerk, da ich ja, wie du es nennst, Herr, pilgern soll hin zur Räuberin!«

Die Hand ließ den Vorhang fallen, das Lachen verklang, der Sultan war allein, und er begann sich schon jetzt schwere Vorwürfe zu machen, daß er dem Abenteurersinn des Bruders diese Gedanken eingegeben hatte. Aber das war nun einmal geschehen, und schon hatte sich Osman in dieses ihm bevorstehende Abenteuer verliebt. Seine Vorbereitungen dazu bestanden aber zunächst darin, daß er den am Hofe des Bruders weilenden Dichter und Erzähler zu sich rufen ließ und mit diesem würdigen Manne viele Stunden lang zusammensaß, um etwas von dessen Kunst zu erlernen. Wie sehr aber erstaunte der Prinz Osman, als ungefragt von des Erzählers Lippen das Lob der Djiharah erklang, so: »Du bist die Rose nicht, o Djiharah, dir klingen nicht der Nachtigallen Lieder, doch bist du Blut in starker Männer Herzen, bist Kriegsruf und bist Freiheit, Djiharah! Der schwarze Schleier wilder Reiterstämme deckt das Geheimnis deines Antlitzes, eng schließt der Panzer sich um schlanke Glieder... O Djiharah, so du ein Weib bist, schenke dem Sänger deiner Blicke Lohn! Doch wenn dein Name Trug und dennoch du der Sohn des Scheich Aslan, so kämpfe, kämpfe bis aufs Blut, o Djiharah... o Djiharun...«

Der Prinz Osman sagte halblaut: »Maschallah, Mazarlikdji, das ist ein gutes Lied, und mir gefällt der Name Djiharun. Weiß man wirklich nicht, ob Weib, ob Mann auf dem Serail herrscht?« Der Sänger lächelte verstohlen, sagte geheimnisvoll: »Herr, was wäre ein Sänger, was ein Erzähler, wollte er immer die Wahrheit sagen? Ich kann deiner Frage nicht Antwort geben, weiß nur, daß diese Djiharah, sei sie auch ein Djiharun, für uns ein Geschenk der guten Geister ist. Es gibt nicht viel Neues für einen Sänger zu berichten, aber ein Weib, das über Krieger herrscht, ist besser als ein noch so schönes Weib, das Liebe weckt. Für uns, Herr, nur für uns, verstehst du!« Und der Sänger lächelte den Prinzen Osman an, wie sich eben Männer zulächeln, wenn sie sich verstehen, und das geschieht immer, wenn sie von Frauen sprechen.

Alle diese Dinge trugen dazu bei, daß Osman dem Abenteuer entgegenlebte, und kein nachträgliches Warnen des Padischah nützte mehr, der Bruder bestand darauf, daß es ihm vergönnt bleibe, ein Wesen aufzusuchen, bei dem es nicht feststand, ob es Mann, ob Weib sei. »Diese Biene, die in seinem Kopfe summt, hast du, o Herr, doch selbst geschaffen«, sagte voll Schadenfreude der Vezier und traf alle Anordnungen für die geheime Unterbringung der Hilfsmannschaft. »Wie aber willst du sie herbeirufen, Herr, wenn du ihrer benötigst?« fragte er den Prinzen Osman, den er nicht sehr liebte, weil er ihm zu frei und leicht war und auch zu aufrichtig. Veziere mögen keine Aufrichtigkeit, und damit sind sie im Recht, denn was würde aus ihnen, gäbe es diese Eigenschaft an Höfen oftmals? Osman wußte, wie der Vezier über ihn dachte, und freute sich deshalb immer, wenn er ihn in Verlegenheit setzen konnte. »Wie ich sie herbeirufen will, o Vezier? Ich werde wie ein Vogel singen, wie ein Frosch schreien, wie ein Hahn krähen, und sie werden kommen«, sagte Osman, verneigte sich höflich und ließ den Vezier stehen.

Am nächsten Tage machte er sich heimlich davon, gekleidet nach den Anweisungen des Hofdichters und nur mit einem kleinen Bündel ausgestattet, das ihm an einem Schulterband herabhing. Mit dem Offizier, der die Geheimabteilung führte, hatte er sich verständigt, und sein vertrauter Diener Jakub war mit dabei. Wenn ihn irgend etwas beschwerte, so war es nur die Sorge, man möge ihm den Dichter nicht ganz glauben, aber sonst gefiel es ihm vortrefflich, einmal allein dahinwandern zu können, und wenn er auch sein Pferd entbehrte, so gewährte ihm diese Art des Reisens doch mancherlei neue Freuden und Erfahrungen. Das Land stand in erster Sommerblüte, die Bäume schenkten Schatten, noch waren die Sträucher und Blumen nicht grau verstaubt, und noch rieselten die Quellen. So zog Osman seines Weges und blies auf einer kleinwinzigen Flöte, die ihm der Hofdichter als unerläßliche Ausstattung eines Dichters angepriesen hatte.

Zwei Tage und eine Nacht war er solcherart unterwegs – denn vor froher Spannung schlief er kaum –, als er das hoch über der Straße sich erhebende Serail erblickte. Schon aber hatte man den Wanderer von oben her entdeckt, und ein Reiter preschte den steilen und schmalen Pfad herab, der die einzige Verbindung zur Landstraße bildete. Es wollte Osman scheinen, als werde das Pferd sogleich auf der Hinterhand herunterrutschen, und sein Reitersinn sträubte sich gegen diese Behandlung, aber er ließ sich nichts anmerken, stand wartend am Ausgang des Pfades und blies friedlich auf seiner kleinen Flöte. Das Pferd, der Reiter und Osman trafen sich an des Pfades Einmündung und standen still voreinander. Das Pferd sagte nichts, der Reiter desto mehr. »Was tust du hier? Woher kommst du? Wohin gehst du?« schrie er und schmückte jede seiner Fragen mit ausgesuchten Worten, welche sich auf die Herkunft der Laus bezogen, die sich im Straßenstaub wälzte, wie er behauptete. Osman sah sich suchend um, bemerkte freundlich: »Ich sehe die Laus nicht, aber sicher sind deine Augen besser als meine. Du fragst, was ich hier tue? Ich flöte. Woher ich komme? Von dorther. Wohin ich gehe? Dorthin.« Weite Armbewegungen kennzeichneten die Richtungen.

Der Reiter, dieser ruhig-freundlichen Art als Antwort auf sein Geschrei ungewohnt, antwortete, heiser vor Zorn: »Du bist frech und kühn!« Dabei packte er wütend die Flöte, offenbar um sie zu zerbrechen. »Du irrst«, sagte Osman, »ich bin nur ein Dichter.« Beide hielten noch immer die Flöte fest, aber Osmans Finger, die so gepflegt aussahen, hatten mehr Kraft als die schweren Hände des Reiters, und nun lächelte er den zornigen Mann an, sagte freundlich: »Gib mir meine Flöte wieder, ich bitte dich! Sie ist mir auf meinem Wege Gefährtin, und ein Reiter wie du kann sie nicht verwenden. Auch kannst du keinen Gesang auf Djiharah, die Räuberin, machen, auf die Tochter des Scheich Aslan, ich aber kann es... höre mich an!«

Osman stellte einen Fuß vor und tat, als wolle er eine lange Versfolge feierlich zu Gehör bringen; aber er wußte gut, daß der Reiter ihn nicht dazu kommen lassen würde. Dieser brave Mann glaubte nämlich inzwischen begriffen zu haben, daß er es mit einem ganz harmlosen Narren zu tun habe, und bemerkte erheitert: »Wieder einmal ein Dichter? Wieder einer, der Djiharah besingen will? Und ich wette, einer, der keine Waffe zu gebrauchen versteht, he?« Osman machte ein entsetztes Gesicht, sagte scheu: »Waffe... ich? O Freund, welch ein Gedanke! Willst du meine Gewandung absuchen nach einer Waffe, so verwehre ich es dir nicht, denn ich verabscheue Kampf und Gewalt. Sieh her!« Und Osman hob die Arme, daß die weiten Ärmel zurückfielen, seinen kurzen Kittel und dessen Gürtel sichtbar machend. »Schon gut, laß sein«, sagte der Reiter beruhigend, »komm mit mir hinauf, denn die Herrin hat befohlen, Sänger und Dichter vor sie zu bringen und ihnen nichts zuleide zu tun. Also komm, du Verabscheuer von Kampf und Gewalt... komm! oder fürchtest du dich vielleicht auch vor Pferden, sage?« Für den besten Reiter in seines Bruders Landen war es nicht leicht, auch hier zuzustimmen; aber er tat es und freute sich, daß es ihm gelungen war, diesen Reiter so abzulenken, daß er nicht nach seinen hohen Schuhen gegriffen hatte, deren jeder einen feinen, schmiegsamen Dolch enthielt.

Brav schritt er hinter dem Reiter her, und dieser bemerkte nicht, daß die meisterliche Zügelhand leise tätschelnd des Pferdes Kruppe liebkoste... in Wahrheit, Osman konnte nicht widerstehen! Sie langten am Tore des Serails an, und die schweren Flügel öffneten sich gewichtig. Im Eintreten wies der Reiter mit einer lächelnd-verächtlichen Kopfbewegung nach rückwärts und sagte zu dem Bewaffneten, der ihn am Eingang erwartet hatte: »Ein flötender Dichter... mehr nicht!« Der Bewaffnete lachte, sagte, indem er Osman einen Schlag auf die Schulter versetzte: »Nun, so flöte uns ein Liedchen, nach dem man singen kann, Knabe, willst du?« »Gerne, Herr, so du befiehlst«, antwortete Osman und hatte sich durch diese ehrfurchtsvollen Worte einen

Freund gewonnen. Der Reiter aber lachte auf, sagte breit: »Er kommt, um die Herrin anzudichten, verstehst du, nicht, um uns aufzuspielen!« Aber der Bewaffnete meinte ernsthaft: »Warum sollte er nicht? Der Erste ist er nicht, wird nicht der Letzte sein, und eines hindert das andere nicht. Komm mit mir, du Dichter, ich weise dir den Platz an, wo du schlafen kannst, komm.«
Osman schritt neben dem Manne, der Suleiman hieß, einher und fragte ihn, immer in dem gleichen ehrfurchtsvollen Tone sprechend: »Herr, wird es dir vielleicht möglich sein, mir einmal einen Blick auf die Tochter des Scheich Aslan zu verschaffen?« Suleiman blieb stehen, fragte leise: »Scheich Aslan? Weißt du von ihm?« Osman gab ebenso leise zur Antwort: »Wer hier in der Gegend, die er beherrschte, wüßte nicht von ihm?« Suleiman musterte den Jüngling nun zum ersten Male eindringlich. »So bist du...« fragte er, sah sich dann um, flüsterte: »... von den Unseren?« Osman nickte nur und machte das Zeichen, davon sie am Hofe wußten, es zeige die Anhänger Aslans an; es war sehr einfach, bestand nur darin, die linke Hand zur rechten Schulter zu erheben. Kaum hatte Suleiman dieses Zeichen gesehen, als er den Jüngling in die Arme schloß und ihn rechts und links auf die Wangen küßte. »Komm mit mir, Bruder und Freund«, sagte er und führte den Dichter in die inneren Räume des Serails, dorthin, wo die Bewaffneten ihre Unterkünfte hatten. Doch begab er sich, kaum daß er Osman eine Ruhestätte angewiesen und ihm eine Erfrischung hatte bringen lassen, zur Herrin, um ihr befehlsgemäß über den Ankömmling Bericht zu erstatten.
Djiharah befand sich im inneren Hof, zu dem nur sie und ihre Dienerin Saleh Zutritt hatten, und übte sich im Pfeilschießen. Suleiman schlug mit dem Schwertknauf

gegen die Pforte zum Hof, die Dienerin lugte durch ein in der Torfüllung angebrachtes Schiebfensterchen und rief dann die Herrin herbei. Djiharah, wie immer mit dem schwarzen Halbschleier vor dem Gesicht, ohne den sie keiner ihrer Gefolgsleute je gesehen hatte, hörte sich schweigend die Botschaft an, dachte kurz nach und befahl: »Bringe diesen Dichter, wenn die Sonne sinkt, in den Säulen-Saal. Er soll glauben, mit mir allein zu sein, und ich werde herausfinden, ob er wahrhaft einer der Unseren ist. Ihr aber steht, wie oftmals schon, hinter den Säulen; wenn ich mit dem kleinen Hammer an meinen Thronsessel schlage, kommt ihr hervor, holt ihn und tötet ihn. Rufe ich aber nur Suleiman, so bleibt er hier, und ihm geschieht nichts. Geh jetzt und laß ihn gut verpflegen.« Damit wandte sie sich ab und setzte ihre Schießübung fort, wobei die Dienerin Saleh geduldig, halb schlummernd in einer Ecke am Boden hockte, sie, die manche auch »Görge« nannten, das ist Schatten, sah man doch Djiharah niemals ohne sie.

Der Prinz Osman hatte Zeit, sich auf die kommende Begegnung vorzubereiten, und er hätte wohl gut getan, diese Spanne auch dichterisch zu nutzen. Statt dessen gab er sich ausgiebiger Ruhe hin, genoß dann zufrieden die ihm vorgesetzten Speisen und fühlte sich nur gestört durch ein aus dem Nebenraum kommendes unausgesetztes Gerede. Als er endlich einen Diener nach dem Ursprung des Lärmens befragte, lächelte dieser nachsichtig und sagte halblaut: »Es sind die Sklavinnen, Herr; sie langweilen sich, da zanken sie miteinander. Wenn du unser Gast bleibst, so kannst du dir beliebig eine befehlen zur Unterhaltung.« Osman wehrte fast erschrocken ab, hatte er doch selbst reichlichen Vorrat im Serail daheim und freute sich der Liebesferien.

Dieser junge Bruder des Sultan Mehmed war einer jener Menschen, die auch das Seltsamste zu genießen vermögen, weil sie nicht wissen, was Angst ist. So fühlte Osman auch nur freudige Spannung, als ihm Suleiman, der sich zu seinem besonderen Dienst bereit hielt und ihm sichtlich wohlwollte, bekanntgab, daß er Befehl habe, den jungen Dichter vor die Herrin zu führen. Freudig schritt er des Weges durch die weiten Gänge des geräumigen Serails hinter seinem Führer her und ahnte nicht, daß sich ein starkes Aufgebot von Bewaffneten sorgfältig verborgen zu seiner Beseitigung bereit hielt. Suleiman geleitete Osman zu einem hohen und weiten Saale, rings mit Säulen umgeben, die zum Teil verhängt waren – man weiß warum –, und ließ ihn allein.
Prinz Osman stand vor einem leeren Thronsessel, der mit kunstvoll getriebenem Metall bedeckt war und sich an der Schmalseite des Saales befand. Er hatte nicht lange zu warten, da wurde der Vorhang hinter dem Sessel gehoben, und hervor trat ein schlanker Jüngling, gekleidet in eines jener schmiegsamen schwarzen Kettenhemden, die uns von Yemen kommen. Der Kopf des Jünglings war mit einer kleinen kronengleichen Kappe aus einem goldartigen Metall bedeckt, die Haare verhüllend, und daran war ein schwarzer kurzer Schleier befestigt, der herabhing und kaum den Mund freiließ. Voll Ruhe und Sicherheit bewegte sich der junge Krieger zu dem Thronsessel hin, ließ sich in der Art nieder, wie es wohl ein großer Vogel getan hätte, und sagte mit einer dunklen, wohlklingenden Stimme: »Sei gegrüßt, Fremdling. Man sagt mir, du seist ein Dichter? Nun also, Dichter, dichte!«
Osman hatte sich tief verbeugt und betrachtete nun eingehend die seltsame Erscheinung dieses schlanken jungen Wesens, das sogar der große Sultan Mehmed seiner Beachtung würdigte, wenn auch nur als Störung. Aber in

den Worten, die ihn zum Dichten aufforderten, hatte so etwas wie ein verstecktes Lachen geklungen, und das war es, worauf der Prinz Osman antwortete, er, der das Spiel mit der Gefahr mehr als alles liebte und wohl wußte, daß eben dieses jetzt und hier gespielt werde.
Aber es war seltsam, daß ihm vor diesem verhüllten Geheimnis, das Djiharah oder Djiharun sein konnte, wirklich so etwas wie Dichterworte zuflossen, und er sagte halb lachend: »O Herrin... sei's auch o Herr, du befiehlst das Dichten und weißt nicht, daß du gleicherweise dem rinnenden Wasser befehlen könntest? Es läuft nicht aufwärts, Herrin oder Herr, es rinnt seines Weges unbefohlen dahin... so auch das Dichten.« Die Gestalt auf dem Throne beugte sich vor, stützte den Ellenbogen auf ein Knie, legte das Kinn in die haltende Hand, fragte neugierig: »So kommst du hierher und hast nichts vorbereitet an Dichtung? Weißt nichts zu sagen und nennst dich Dichter? Wie klärt sich mir das?« Osman ließ sich auf der niedersten Stufe des Thronsessels nieder, deren es drei gab, schlug einen Fuß unter das Knie, schaute auf, wo der schwarze Schleier lose und verräterisch wehte. Zwar zuckte der verhüllte Kopf ein wenig; aber die Haltung blieb dennoch die gleiche. »Du mußt nicht glauben, daß sich ein Dichter vorbereiten könne, wenn er dich aufsuchen kommt, du großes Geheimnis! Das wäre so, als wollte einer in einen Hain kommen, darin die Granatbäume voller Früchte hängen, und brächte auf seinem Rücken einen Sack mit Granatäpfeln mit... sinnlos, ist es nicht so?« Die dunkle Stimme gab nun deutlich lachend zur Antwort: »Du willst damit sagen, daß ich, das Geheimnis, in Wahrheit der Dichter bin?«
Osman rückte eine Stufe höher, und fast schien es, als bewegten sich die Vorhänge hinter den Säulen unruhig,

so als streiche ein Windhauch durch den Saal. »Wie recht hast du«, sagte er, ganz ehrlich erfreut, »wie du das Dichten verstanden hast! Und jetzt kann ich dir dieses Gedicht sagen, das du mir gabst... Höre mich an... nein, höre dich an: Verborgen und geheim bin ich, bin so das Leben wie der Tod, bin so die Liebe wie das Leid, verborgen und geheim, verhüllt... und bleibe Schönheit, bleibe Wunder, solang ich nur verborgen und geheim mich halte... Verstehst du dein Gedicht?«
Für eines Herzschlags Dauer blieb die junge Gestalt im Thronsessel regungslos, dann sprang sie plötzlich auf, und in dieser Bewegung fiel etwas klirrend nieder. Im gleichen Augenblicke stürzten sich, von allen Seiten kommend, Bewaffnete auf den ruhig vor dem Throne stehenden Osman, der sich ohne jede Hast von der Stufe, darauf er gesessen hatte, erhob. Er lachte hell, wie er es immer tat, wenn Gefahr drohte, wandte sich zu Djiharah, die unmittelbar neben ihm stand, fragte heiter: »War dein Gedicht meinen Tod wert, o seltsames Geheimnis?« Aber schon hatte sie sich gefaßt, hob die Arme, stellte sich vor Osman, rief: »Haltet ein, ihr irrtet! Nur ein Versehen rief euch herbei. Dieser ist in Wahrheit ein Dichter, zudem ein mutiger Mann. Ich will ihn weiter hören, laßt mich allein mit ihm... geht alle... nur Suleiman bleibe in der Nähe. Ich danke euch, geht!«
Osman gestand sich ein, daß die ruhige Befehlsgewalt dieser Stimme sogar seines Bruders beherrschende Kraft übertraf, und wieder fragte er sich, ob ein Weib sich hinter dem schwarzen Touareg-Schleier verberge, ob ein Mann. Wie dem auch sein mochte, als die Krieger grüßend gegangen waren, ließ sich Djiharah wieder auf dem Thronsessel nieder und Osman diesmal auf der zweiten Stufe. »Ich könnte jetzt ein Gedicht sagen über eine dunkle und befehlende Herrscherstimme, über jene

Kraft, die starken Männern befiehlt und schwache Dichter schützt, aber...« Ihn unterbrach ein freies Lachen. »Aber...« sagte Djiharah und beugte sich wieder vor zu ihm hin, »aber dir fällt kein Ebenmaß im Worte ein für den schwachen, den beschützten Dichter, sag, ist es nicht so?« Und sie lachten zusammen. »Nun aber sage mir, warum du kamst, o Fremdling? Es ist wohl möglich, daß du zu dichten verstehst, aber gewißlich liebst du die Gefahr, bist du ein Krieger – oder willst du mich glauben machen, du habest niemals dem Feinde ins Auge geschaut, du, der nur lachte, als diese meine Mannen dich anliefen?«
Osman überlegte blitzschnell und wußte, daß ihm keine Wahl blieb. Er stand auf, reckte sich und legte die linke Hand auf die rechte Schulter, wobei er dachte, wie gut erdacht dieses Zeichen sei, lasse es doch die Schwerthand frei; ob er log und betrog, war ihm einerlei, nur nicht, ob er es gut oder ungeschickt tat. Mit dem Dichten war er bisher ganz zufrieden; würde es ihm auch gelingen, den Gefolgsmann der Rebellen so zu spielen, daß dieses männlich verkleidete Mädchen ihm glaubte und von ihm späterhin lächerlich gemacht werden konnte, ihm, dem Bruder des Eroberers, gegen den sie kämpfte?
All dieses ging blitzschnell durch den Kopf des Prinzen Osman, während er feierlich dastand und sich als Rebell bekannte. Neugierig war er, was sie tun würde, diese Djiharah, deren Geschlecht an Haltung und Bewegung deutlich kenntlich wurde. Sie stand auf, legte ihre Hand auf die seine, sagte feierlich: »Ich grüße dich, Bruder und Getreuer, im Namen meines Vaters, des Scheich Aslan. Laß dich wieder nieder und sage mir nun, warum du kamst, o Dichter?« Sie schien hinter ihrem Schleier ein wenig zu lachen bei diesem letzten Worte, und Osman gefiel die versteckte Heiterkeit, wie er sich überhaupt

schon jetzt heimlich eingestand, daß ihn diese Art von Frau ebenso erheitere wie auch begierig mache, sie nahe kennen zu lernen. War es nicht zudem das erste Mal, daß er mit einer jungen Frau – und diese ihre Jugend ward in allem kenntlich und fühlbar – von anderen Dingen als von der Liebe sprach? Ein Gegenstand, so dachte Osman, der Verwöhnte, über den fast nichts zu sagen war und der nur Handeln verlangte. Etwas anderes, endlich einmal etwas anderes!

Und der Prinz Osman rückte sich behaglich auf dem Thronsitz zurecht, sah zu dem oftmals leicht hin und her wehenden schwarzen Touareg-Schleier auf, der ihn sehr erheiterte, und sagte, so ernsthaft er es nur vermochte: »Warum ich kam, o Herrin? Wohin sollte ich gehen, wenn nicht zu der Tochter des Scheich Aslan, da doch mein Vater mir sterbend anempfahl, zu dir zu ziehen und seinen Schwertarm bei dir zu ersetzen? Im Gewande des Dichters und Flötenspielers gelangte ich sicher zu dir... Und hier bin ich.« Wäre es nicht möglich gewesen, aus den zwei Gefangenen, die sich bei Sultan Mehmed in Gewahrsam befanden, allerlei Wissenswertes herauszubekommen, so würde Osman jetzt in Verlegenheit geraten sein, als Djiharah fragte, wer denn sein Vater gewesen sei. Aber nach der umständlichen Erzählung Osmans, der sich bei dieser Gelegenheit den Namen Machmud beilegte, und die seiner Behauptung, ein Dichter zu sein, alle Ehre machte, war Djiharah überzeugt, daß alles stimme, was dieser liebenswerte Jüngling vorbrachte. Mädchen, die sich innerlich und äußerlich nach Männerart gebärden, sind wohl am leichtesten nach Frauenart zu überzeugen.

So wurde denn Machmud, der Sohn des Freundes von Scheich Aslan, behandelt, als sei er ein geehrter Gast, und ein besonderes Gemach ward ihm zugewiesen sowie

Suleiman als Diener gesellt. Daß er so ärmlich daherkam, bewies nur die Wahrheit seiner Erzählung vom verfolgten Rebellensohn, und man machte sich eine Ehre daraus, ihn auch seiner Herkunft würdig einzukleiden. Erschien nun auch alles gut und recht, so fühlte sich Osman in seiner künstlichen Haut doch gar nicht wohl. Das Vertrauen, das ihm Djiharah entgegenbrachte, freute ihn nicht, behinderte ihn nur, und die Tage begannen sich endlos zu dehnen. Zwar war es nach wie vor unterhaltend für ihn, sich mit dieser eigenartigen Frau abzugeben; aber er sah nicht recht, zu was das Ganze führen sollte. Das Mädchen in sich verliebt machen und ihr nachher eröffnen, wen sie liebte? Das erfreute ihn selbst nicht und diente wohl kaum dem angestrebten Zweck seines Hierseins, da es vermutlich nur dazu führen würde, daß er sogleich getötet würde. Auch wußte er nicht, was sich unter dem Touareg-Schleier verbarg, und wenn er auch dichterisch viel vom Reiz des Geheimnisses vorbrachte, in Wahrheit war ihm der Gedanke nicht angenehm, es könne sich schließlich ein häßliches Gesicht enthüllen, würde doch ein solches auch die stets beibehaltene Kleidung und Verbergung erklären. Denn besaß jemals eine schöne Frau so wenig Eitelkeit, niemals ihre Züge auch nur flüchtig ahnen zu lassen? »Aman, mein Bruder Mehmed«, seufzte Osman im geheimen, »ich beginne mich zu langweilen und selbst lächerlich zu werden, nicht aber lächerlich zu machen!«
Gerade zu diesem Zeitpunkt aber geschah es, daß ein Bettler von der Torwache aufgegriffen und trotz seiner scheinbar flehentlichen Bitten nicht wieder fortgelassen wurde. Der Bettler saß im Hof herum und sang, wie es diese Leute zu tun pflegen, endlose Jammerlieder vor sich hin. Nahrung wurde ihm gegeben, aber sonst kümmerte sich niemand recht um ihn, da er sich als ganz un-

gefährlich und mehr als töricht erwies. Als Osman über diesen Hof zu den Ställen ging, um sich wenigstens mit Pferden zu beschäftigen, da man ihn nicht fortreiten ließ, hörte er den Singsang des Bettlers und blieb plötzlich wie angewurzelt stehen, denn Worte hatten sein Ohr getroffen, gesungen in der Sprache der Bauern des Landes, woher Mehmed und Osman kamen. Der Bettler sang: »Mehmed der Große ward klein vor Kummer, da sein geliebtester Knabe verlorenging; er sandte Jakub, den Ärmsten, aus zu singen... zu singen... o Osman!«
Der Prinz Osman beugte sich nieder, tat, als gäbe er ein Almosen, sah scharf in das von verfilztem Bart bedeckte Gesicht, das halb von einer Kufa verdeckt war, murmelte: »Mein Jakub...?« Der Bettler sang: »Eines Osman Jakub, der verschwand und kam ihn zu suchen, zu holen, diesen Mehmed-Osman, der Osman-Jakub... Jakub...« Sein Diener war ihn suchen gekommen! Das Herz hüpfte in des gelangweilten Prinzen Brust, der zwar ein gut gehaltener Gast, aber doch ein Gefangener war. Hier winkten neue Möglichkeiten. »Zum Abendazan im großen Saale, neben mir... Allah ismagladih«, sagte Osman und hörte hinter sich singen: »Wie gut ist das Azan, wie hilfreich Frömmigkeit...«
Osman stand bei den Pferden und überlegte sein künftiges Tun. Wenn Jakub sich hier befand, der mit der Mannschaft zusammengeblieben war, die ihm zum Schutz irgendwo in der Nähe wartete, so hieß das, man würde sich mit dieser Mannschaft verständigen können. Hauptsache, Jakub von hier fortzubekommen, wobei Suleiman helfen mußte. Vor dem Azan noch mit ihm sprechen, ja, das war richtig, aber es nicht zu früh tun.
Die Zeit schien stillzustehen, bis endlich die Sonne sich zum Sinken entschloß und die Stunde des Abendgebetes

herankam. »Befiehlst du etwas, Herr?« fragte Suleiman, der sich allabendlich nach den Wünschen des ihm anvertrauten Gastes zu erkundigen hatte. Osman, scheinbar in voller Ruhe rauchend, sagte lässig: »Ich hörte diesen Bettler singen im Hof; was ist mit ihm? Warum bleibt er hier? Will er nicht fort? Ist er krank?« Suleiman sagte erstaunt: »Nein, Herr, ich weiß nichts von Krankheit; aber wer kam, muß bleiben, so ist es bestimmt von der Herrin.« Osman winkte Entlassung und bedachte weiterhin seine Absichten. Zum Azan kniete er dann neben dem Bettler, und während sie sich beide zur Erde beugten, flüsterte Osman: »Ich lasse dich wegen ansteckender Krankheit fortweisen. Kommt in zwei Tagen alle als Kaufleute hier vorbei, ich stoße zu euch und liefere euch die Frau. Verstehst du?« Jakub erhob sich mit ihnen allen, hielt die Hände wie sie alle, als lese er, murmelte dazu: »Um diese Zeit in zwei Tagen; ich singe laut.« Dann schwiegen sie.

Unmittelbar nach dem Azan aber machte der Prinz Osman, vielmehr Machmud, ein großes Aufhebens davon, daß er gezwungen gewesen sei, neben einem von Seuche Befallenen das Gebet zu verrichten, und wie sie alle seuchenkrank würden, wenn dieser Bettler bliebe... Auch die Herrin, und sie alle! So viel Unruhe schuf er auf solche Art, daß die Männer, ohne Djiharah zu fragen, den Bettler auswiesen, ihn mit langen Stäben zu größter Eile antreibend, um ihn nicht zu berühren. Und nun hatte Osman zwei Tage, in denen er Djiharah sich ergeben machen konnte. Er mußte das tun, um sie an seiner Seite zu wissen, wenn der Ausfall geschähe; denn wenn sie nicht freiwillig mitkam, war alles umsonst. So wandte er alle Kunst an, die ihm unzählige Liebeserlebnisse geschenkt hatten, und fand es scheinbar nicht schwierig, die wohl sehr einsame, ganz einem einzigen Gedanken

verfallene Frau davon zu überzeugen, daß Liebe mehr sei als Waffenruhm, so man ein Weib ist.
Wie immer kam sie nur im Thronsaal mit ihm zusammen, wie immer saß er auf der zweiten Stufe und versuchte, unter den kleinen Schleier zu schauen. »Bedenke, Herrin«, sagte er leise mit jenem Tonfall, den er oftmals erprobte und wirkungsvoll wußte, »bedenke, wieviel ruhmvoller es ist, sich zu ergeben, als zu siegen... wenn man ein Weib ist, denn das Weib siegt, wenn es sich ergibt.« Djiharah schwieg, und diese ihre Fähigkeit, zu schweigen, erschien Osman an ihr die bemerkenswerteste. Wieder saß sie vorgeneigt und stützte das Kinn in die Hand, den Ellenbogen auf das Knie in seinem Kettenpanzer. »Weißt du, Machmud, ich mißtraue dieser vielgerühmten Liebe sehr... und ich sage dir auch, warum: nur die Männer besingen sie, die Frauen niemals. Warum ist das so, wenn nicht deshalb, weil die Frauen an ihr weniger zu besingen finden, sie also für die Männer erfreulicher ist? Sage mir, ob ich irre?«
Osman befand sich in der für ihn erstaunlichen Lage, hierauf keine Antwort bereit zu haben, keine in Worten, hatte sie doch so sehr recht! So tat er, was Männer allein in solcher Lage zu tun vermögen, er handelte. Sanft legte er seine Hand auf das freie Knie, umfaßte es weich und langsam... traute seinem eigenen Fühlen, seinem Tasten nicht... denn was war es, das er fühlte unter dem Kettenkleid? Knochen, feste Knochen nur! Wo war die weiche Schmiegung des Frauenknies, das sich in die Hand fügt, die es sucht? Und warum ließ sich Djiharah dieses tastende Fühlen gefallen, warum nur? Er sah auf und erstarrte vor Schreck: der kleine Schleier war fort, und auf ihn schaute, lachend und spöttisch, das Gesicht eines Jünglings, auf dessen Oberlippe ein dunkler Flaum sproßte!

Osman war aufgesprungen, und der Jüngling auch. »Djiharun!« rief der angebliche Machmud und fühlte sich unglaublich lächerlich, »wie konnte ich mich nur so täuschen lassen, gerade ich?«
Der Jüngling lachte fröhlich auf, riß sich die kronenartige Kopfbedeckung ab, schüttelte die dunklen Locken. »Es ist ein guter Spaß, nicht so, o Machmud, der du ebensowenig Machmud bist wie ich Djiharah? Wer du bist, weiß ich noch nicht, nur niemals der, als der du dich nanntest... es ist auch gleich, da wir beide bald sterben werden. Denn wisse, diese ganze Sache hat begonnen, mich erschrecklich zu langweilen, und wärest du mit deinem Dichten nicht gekommen, ich hätte schon eher hier alles aufgegeben. Ich war einmal ein großer Künstler im Orta Oyounou und Geselle der wandernden Schausteller, und es freute mich, zu erproben, ob mein Können in der Darstellung schöner junger Frauen mir treu geblieben sei. So spielte ich Djiharah, und nun müssen wir das Ende zusammen spielen, ob wir wollen oder nicht, wenn wir weiterleben wollen. Wie denkst du darüber, o Machmud?«
Der Prinz Osman erlebte es zum ersten Male, daß es ihm schwer wurde, sich zu fassen; denn es ist wirklich nicht leicht, wenn man sich eben mühsam darauf vorbereitete, den feurigen Liebhaber zu spielen, so wenig der Sinn auch danach stand, urplötzlich dem spöttisch-überlegenen Lachen eines Jünglings zu begegnen, der einen anscheinend durchschaute. Aber wie weit tat er das? Vorsicht! Langsam spielen, dieses hier glich dem Schach... aufpassen!
»Ich denke, o Djiharun, daß das Leben lebenswert ist und wir versuchen sollten, es weiter zu genießen. Was schlägst du vor – und vor allem: wissen die Männer von dir? Weiß diese Saleh, dein Görge, darum? Was auch

später geschehe, ich bitte dich, berichte mir von all diesem!« Der Jüngling hockte sich neben Osman auf eine Thronstufe und begann seinen Bericht:

»Weil du mir die Zeit gut vertrieben hast, will ich dir willfahren und dir sagen, daß ich einer von Zwillingen bin; sie, Djiharah, starb vor nicht langer Zeit; ich erfuhr von ihrem Kranksein, weil Saleh, unsere Amme, mir immer alles geheim berichtete, eilte hierher. Saleh ließ mich ein, und ich nahm Djiharahs Wesenheit an. Vorher war ich ein kleiner Räuber, jetzt bin ich ein großer, das ist der ganze Unterschied. Nein, noch dieser: Djiharah hat an die Sache der Rebellen geglaubt, ich tue es nicht. Mir geht es um Gewinn, um nichts anderes. Nun weiß ich, du bist der nicht, als der du hier bist; denn ich lasse mir berichten und weiß, du hast eines großen Herrn Gewohnheiten des Lebens, nicht eines kleinen Rebellensohnes. Wer also bist du?«

Osman hatte Zeit gehabt, während der Worte des Jünglings zu überlegen, und sagte sehr ruhig, scheinbar entschlossen: »Höre mich an: ich bin einer, der nicht weit vom Sultan Mehmed lebt und ihn verabscheut. Darum wollte ich Verbindung suchen mit dem Rebellen und kam zu euch. Das ist alles, und mein Name tut nichts zur Wahrheit. Wenn du willst, so suchen wir zusammen einen Ausfall zu machen, kämpfen gegen diesen Eroberer und werden größer und größer; denn ich kenne viele seiner Geheimnisse. Was denkst du davon?« Der junge Räuber überlegte nicht lange, und weil er sich für sehr klug und überlegen hielt, war er nicht schwer einzufangen in die Gedankengänge des ruhig Schritt für Schritt weiter ihn einspinnenden Osman. Da zudem der Prinz eine Bewunderung zur Schau trug, die den Verbrecher immer gewinnt, hatte er bald diesen Djiharun so weit, daß er ihm zusagte, auf den nächsten vorbeikommenden

Händlerzug mit ihm gemeinsam herabzustoßen und so viele Gefangene zu machen, daß sie mit Mitteln der Gewalt alles erfahren könnten über die Art, an den Hof zu gelangen und dort einen großen Raubzug auszuführen.
So wie geplant, so wurde es auch ausgeführt, will sagen, als der Zug derer daherkam, die Osmans Leute waren, verkleidet als Händler mit ihren Waren, da stürzte sich alles herab auf die reiche Beute, und neben Osman ritt der, den die Männer für Djiharah hielten. Es gab einen kurzen und blutigen Kampf, denn die vom Serail versahen sich nicht solcher Gegenwehr von Handelsleuten, wie ihnen hier geboten ward, und als seine Gefolgsmannen über den Besiegten standen, rief Osman klar und laut: »Hört, meine Krieger! Diesen hier neben mir tötet nicht, nehmt ihn lebend mit! Und einer ist noch... he, Suleiman, wo bist du?« Doch der war schon in das große Schweigen eingegangen. Aber Djiharun nahm, was ihm als der Verabredung gemäß erschien, ruhig hin und ließ sich gefesselt mitführen. Viel Unruhe und Gelächter gab es noch der Sklavinnen halber, und Osman ordnete an, daß eine Mannschaft zur Besetzung des Serails zurückbleibe, wonach er dann vom Hofe aus das Weitere veranlassen werde. Einen kleinen Trupp mit den Gefangenen führte er an, schied lachend von seinen zurückbleibenden Leuten und rief noch zurück: »Habt eine fröhliche Nacht, ihr Haremswächter!« Lachen antwortete ihm, und dann setzte sich Jakub, der den häßlichen Bart wieder abgekratzt hatte, neben ihn, und sie ritten zurück zum Serail des Sultan Mehmed.
Die Freude des Sultans über die Rückkehr des Bruders war unmäßig groß, hatte er doch schon das Schlimmste befürchtet. Als die Begrüßungen vorbei waren, bat Osman, einen, den wichtigsten der Gefangenen vorführen lassen zu dürfen, und gab Befehl, den Djiharun zu

bringen. Der kam, stolz und heiter, denn nun, so glaubte er, gehe der Tanz los wie abgesprochen. Aber Osman sagte ruhig: »Haltet ihn gut fest, Leute, denn er ist voll List. Und du, mein Herr und Bruder, sieh hier vor dir jenes Geschöpf, das sich Djiharah nannte, in Wahrheit aber Djiharun ist, ihr Zwilling. Sie starb und glaubte an ihres Vaters Sache; dieser spielte sie nur und war nichts als ein Räuber. Du wolltest, ich solle die Störung Djiharah der Lächerlichkeit preisgeben... das, Herr, vermochte ich nicht, denn sie ging längst in das Schweigen ein, mit ihren Ruhmesgedanken zugleich. Diesen aber, Herr, der ein Weib spielte, um ein Dieb sein zu können, diesen laß leben, um dem Lachen zu dienen; denn ein ehrlicher Tod wäre für ihn zu schade. Lacht, Leute, lacht über Djiharun, lacht seiner, der auch seiner Schwester Ruhm stahl... lacht... und machen wir aus ihm ein Gedicht... zum Lachen... nur zum Lachen!«

Ist Lachen nicht die grausamste Waffe, die es gibt, so einer sich ein Held dünkt und zudem ein großer Räuber und Betrüger? So einer vermeint, er habe etwas Besonderes vollbracht, als er sich unter dem Weiberschleier verbarg? Als er einen großen Gedanken zum Vorwand nahm, um nichts zu sein als ein Räuber? Und plötzlich ist er nichts; ist ein Etwas, das weder als Weib noch als Mann gesehen wird, ein Etwas, bei dessen Anblick nur Lachen entsteht, das nicht wert ist, zu sterben, und nur lebt, damit es verlacht werde. Könnte eine Strafe schrecklicher sein als diese?

Osman hatte sie sich erdacht, diese bitterste Bestrafung dessen, der es gewagt hatte, ihn irrezuführen; doch nicht allein deshalb, nein. Tief in sich fühlte der Prinz Osman Verstehen für die Tote, die um des verehrten Vaters willen ihr Frausein aufgab und sich zu einem Schreckbild machte. Er fühlte, daß, weil er ihrem Spiegelbild

Dichtungen schenkte, daß, weil ihr Name ihm für Mut und Hingabe stand, er ihrem Andenken verpflichtet sei. Daß er den Schänder ihres Namens, den sie allein zum Schrecken und zum Ruhm sich geschaffen hatte, dieses schlechte Spiegelbild, dieses zweite, schlechtere Sein, der Lächerlichkeit preisgab, das war das letzte Gedicht, das Osman ihr schenkte, der Räuberin Djiharah, die, wäre sie ein Weib und lebend ihm nahe gewesen, ihm vielleicht das Geheimnis der Liebe offenbart hätte, die nicht nur flüchtige Freuden gibt, sondern das tiefste Menschenwissen von einander, dem Leben, dem Leid und dem Glück.

Diesem nie erfüllten Traum, der wie ein Wolkenschatten über dem Leben des Prinzen Osman stand, über dem Schönen, dem Liebenswerten, der den Frauen alle Erfüllung bedeutete, dem Bruder alle Freundschaft, den Waffengefährten Stolz, dem Pferde die sicherste und leichteste Hand, diesem Unerfüllten sprach leise für sich Osman das Wort: »Du raubtest mir dich selber, Djiharah, und gabst mir stete Frage doch: Gibt es dich, Liebe? Gab's dich, o Djiharah?« Das große Schweigen... schwieg.

Drei Brüder, drei Ifrits und das Kismet

Der Sandsturm, der Schimum, legte sich, und langsam krochen die, die sich hinter den Höckern der liegenden Kamele verborgen hatten, wieder hervor, schoben die verhüllenden Enden des Burnus zurück und atmeten tief, um die Lungen vom Sand, den sie hatten schlucken müssen, zu reinigen. Nun war die Gefahr überstanden, nun konnte die Karawane weiterziehen... so dachten sie. Aber so hatte es ihr Kismet nicht bestimmt. Denn kaum hatten sie sich etwas erholt, als ein Geheul hörbar wurde, anders als es das pfeifende Heulen des Schimum gewesen war: das schreiende Heulen heranstürmender räuberischer Beduinen, die wohlweislich die Wehrlosigkeit ausnutzen, in die jede Karawane durch den Schimum versetzt wird. Sie selbst kamen wohl aus ihrem hinter den Dünen gelegenen Zeltlager, von dort, wo ihnen ein wenig Schutz vor dem Sandsturm geboten worden war. So schnell nun auch die Karawanenführer aufsprangen, so eilig sie nach den Waffen griffen – ehe sie diese vom Sande gereinigt hatten, waren die Räuber schon über ihnen, und keiner der Führer entkam, weder diejenigen, die Waren bei sich gehabt hatten, noch die Eigentümer der Kamele noch auch die, deren Ware in Menschenfleisch bestanden hatte, die Sklavenverkäufer.

Dieses Mal war allerdings von dieser einträglichsten aller Waren nur wenig vorhanden, nicht mehr als drei Stück, drei junge Knaben, die, bisher noch ganz verwirrt von ihrer Gefangennahme, kaum zum Bewußtsein ihres traurigen Loses gekommen waren. Es war alles so schrecklich schnell geschehen! Noch am Morgen, kaum war die Sonne aufgegangen, hatten sie zu dritt an der Drehscheibe gearbeitet, welche den Lauf des Brunnens regelt und mit der irgend etwas in Unordnung geraten war. Nun aber ist in den kleinen Siedlungen am Wüstenrand nichts wichtiger als Wasser, und deshalb arbeiteten die drei Brüder mit größter Aufmerksamkeit, sahen weder hoch noch rechts noch links. So hatten die Menschenräuber leichtes Spiel, als sie mit der dem Wüstensohne selbstverständlichen Lautlosigkeit herbeischlichen und jeder ein zappelndes Etwas aufgriff, es unter den Arm klemmte, mit der freien Hand des Knaben Mund verschloß und davonlief. Rechts und links jedes Kamels, in Säcke gewickelt und verschnürt, wurden die Knaben fortgebracht. So erschreckt sie auch waren und so unbequem diese Art des Reisens auch erschien, es erwies sich doch als sehr günstig, wurden sie doch vor dem überall eindringenden heißen Sand auf diese Art geschützt und blieben zudem nach dem Überfall der räuberischen Beduinen zunächst verborgen, denn für diese war mit dem Abladen besser verwahrter Waren vorerst genug zu tun; später mochte man sich dann an die sicher nicht wertvolle Ware heranmachen, die so schlecht verschnürt dort hing und vielleicht sogar aus einem oder mehreren geschlachteten Hammeln bestand, wer wußte es?

Genügend war ja seit dem Aufgang der Sonne geschehen, um den Brüdern Angst und Schrecken einzujagen, sollte man meinen; und was die zwei jüngeren Knaben anlangte, so stimmte das auch. Nicht so war es bei dem ältesten, nicht so bei Hassan. Er war ein kühner Knabe, einer, der

oft seine Eltern zur Verzweiflung brachte, weil er immer noch etwas zu sagen hatte, auch wenn die zwei andern schon gezähmt schwiegen, und einer, der sich stets neue Streiche erdachte, wobei die Brüder ihm getreulich folgten und gehorsam taten, was er befahl. Es fiel ihm auch immer etwas Neues ein, und seine Ausdauer bei allen schwierigen Unternehmungen war unzerstörbar. So hatte sich Hassan auch jetzt schon längst von Schreck und Erstaunen erholt, und alles, was ihn beherrschte, war lediglich Neugier. Mühsam hatte er während der gleichmäßigen Schaukelbewegung des Kamelschrittes sich die Hände freigearbeitet und, kaum daß er sich ein wenig regen konnte, ein Loch in den brüchigen Sack, der ihn einengte, gebohrt, um hindurchzusehen. Aber er vermochte nur die ewig wechselnden Dünen der Wüste zu erblicken, bis es ihm klar wurde, daß sich über ihm ein gleiches Bündel schaukelnd bewegte. Soeben wollte er stoßen und schieben, bis ihn der Bruder verstand, war er doch sicher, daß Haschem oder Hikmet dort eingebündelt war, als das pfeifende Heulen ertönte, das den Schimum ankündigt, und Hassan schnell das kleine, mühsam gebohrte Loch wieder verschloß und sich wie ein Hund zusammenkrümmte.
»Kismet«, dachte er, »was immer sie auch mit uns zu tun beabsichtigt hatten, nun werden sie es nicht ausführen können. Sei gegrüßt, Schimum!« Diese letzten Worte schrie er laut in das Wüten, Brausen und Pfeifen des Sandsturms hinein, und sein kühner junger Mut fühlte sich neu belebt. Das Kamel, wie es diese klugen Tiere immer beim Nahen des Schimum zu tun pflegen, legte sich langsam auf die Seite, und wieder freute sich Hassan, denn er vermochte sich etwas herum zu schieben und, unter dem Höcker liegend, mehr und mehr an seiner Befreiung zu arbeiten. Das morsche Sackzeug zerriß nun,

und Hassan hörte den Bruder im tiefer liegenden Bündel stöhnen. »Schweig still, ich hol dich raus!« rief er gegen das Heulen des Sandsturmes an, und jetzt vermochte er das kleine Messer zu packen, das er im Gürtel trug, und Sack und Verschnürung sogleich zu zerschneiden. Das erschreckte Gesicht Hikmets kam zum Vorschein. »Wo ist denn Haschem?« fragte Hassan besorgt und kroch um den Kamelhöcker herum. Da sah er, daß das dritte Bündel oben in voller Sicht befestigt war und es unmöglich sein würde, es heimlich zu öffnen und zu entfernen.

Schon aber entschied auch hier das Kismet für ihn, denn das Kampfgeschrei der räuberischen Beduinen erklang, und Hassan zog den schon befreiten Bruder wieder hinter das noch liegende Kamel. Von hier aus war die kurze Kampfhandlung zu beobachten, und jetzt galt es, jetzt half kein Verstecken mehr. »Brülle, wenn ich brülle, Hikmet, wir müssen Haschem holen, brülle!« So sehr war der Bruder gewohnt zu gehorchen, daß er aus Leibeskräften losbrüllte, kaum daß Hassan schrie, und mit ihm vorstürmte, Angst oder nicht. Die Verblüffung der Beduinen benutzten die zwei, um den Bruder mitsamt dem Sack herunterzureißen, und als sich die Räuber erholt hatten von ihrem Erstaunen darüber, daß es sich bei den ärmlichen Bündeln nicht um geschlachtete Hammel gehandelt hatte, standen ihnen drei Jünglinge gegenüber, die wie Erwachsene kampfbereit schienen. Drei? Waren es drei? Nein, es waren sechs! Wo aber waren die drei anderen plötzlich hergekommen, die hinter den drei ersten standen? Drei, die Schwerter in den Händen hielten, aus denen es wie Feuer sprühte, drei, die Gesichter hatten wie die Abendröte, drei, die Stimmen hatten wie der Schrei des Löwen in der Nacht, drei, mit denen zu kämpfen schlimmer denn Torheit gewesen wäre, sahen doch so irdische Jünglinge nicht aus! Ein Schrei stieg von den Beduinen auf, der Schrei der Wüstensöhne, wenn sie das sehen, was sie nicht erklären können, der Schrei der Kinder der Einsamkeit, für die das Unerklärte ehrfurchtgebietend ist. Als der Ruf der seltsamen Drei »Laßt ab von diesen!« verklungen war, hoben die Beduinen ihre Waffen hoch, riefen: »Ihr befehlt, wir gehorchen!« und sprengten auf ihren edlen, schnellen Pferden davon.

Regungslos hatte sich Hassan verhalten, lauschend, erstaunt. Jetzt drehte er sich blitzschnell um, starrte die drei, die hinter ihnen standen, an, rief erbost: »Wer seid ihr? Was wollt ihr? Warum mischt ihr euch in das ein, was uns geschieht?« Die drei lachten, und es klang, als wenn der Abendwind durch Schilf streicht. Einer trat vor und sagte: »Zürne uns nicht, wenn wir uns einmischten, aber es kam daher, daß wir einen Auftrag für euch haben und fürchteten, er könne nicht ausgeführt werden, wenn jene euch getötet hätten. Kismet, versteht ihr?« Hassan sah den andern an, und es wurde ihm sehr froh ums Herz, als er in diese Augen blickte. »O ja, Kismet, das verstehen wir gut«, sagte er, »und was befiehlt es uns?« – »Die Schlichtung eines Streites«, sagte der eine der seltsamen Drei und hob sein Schwert in die Höhe. Hassan wich nicht zurück, seine Brüder taten es. Der mit dem Schwert lächelte. »Sieh dieses Schwert«, sagte er, »und sieh in den Händen meiner Brüder, schau hin, eine Kappe und ein Fell; wir erbten die drei Dinge von unserm Vater, und wir wissen nicht, wie wir sie verteilen sollen, denn es sind seltsame Dinge. Hör zu: Die Kappe macht den unsichtbar, der sie trägt; auf das Fell kann man sich stellen und ihm zurufen, wohin man gebracht zu werden wünscht; und es trägt dorthin, wo immer er zu sein begehrt; das Schwert aber, das kann man heben und ihm sagen: ‚Eine Brücke sei!‘, und es spannt sich über die Wüste und auch über das Meer, wie man es befiehlt. Nun ist es unser Kismet, dich und deine Brüder zu befragen, wie diese drei Gaben verteilt werden sollen. So sprich. Wir gehorchen.«

Hassan sah den anderen an, schwieg, überlegte. Dann blitzte es in seinen Augen auf, und er sagte: »Gib mir die drei Dinge! Nein, besser noch, lege sie dorthin! So, ja. Nun werde ich einen Stein werfen... so ich einen hätte.« Etwas ratlos sah sich Hassan am Boden um; denn es ist nicht leicht, in der Wüste einen Stein zu finden. Da griff der eine der drei hinter sich und reichte ihm heiter lächelnd einen großen Stein. Etwas verwundert nahm ihn Hassan, wog ihn in der Hand und sagte: »Ich werfe ihn also, und wer von euch dreien ihn am schnellsten erreicht, dem gehöre das Schwert; kehrt hierher zurück, und ich werfe wieder, dann geht es um das Fell, zuletzt um die Kappe. Ist es euch recht so?« – »Wir gehorchen, denn so ist's bestimmt«, sagte der eine der drei. »So wirf denn!« Hassan sah ihn an, blinzelte ein wenig, und fast schien es, als blinzle der andere zurück, doch das war wohl ein Irrtum? Er warf. Weit flog der Stein, und hinter ihm flogen die drei so schnell, als berührten sie nicht den Boden. »Schnell, schnell«, sagte Hassan leise zu seinen Brüdern, »stellt euch auf das Fell, es reicht für uns drei. Gib her die Kappe, ich halte das Schwert. Und nun... Fell, trag uns hin zum Meeresufer!«

Das Fell hob sich, die Luft brauste um sie, sie hielten sich aneinander fest, und ehe sie noch siebenmal Atem geholt hatten, standen sie am Meeresufer. Ohne sich zu besinnen, nahm Hassan das Schwert, raffte Fell und Kappe an sich, warf das Schwert in die Luft, rief: »Eine Brücke sei!« Das Schwert bog sich, streckte sich wie ein edles

Pferd, und eine blitzende Brücke wurde, gebogen gleich dem Sprung einer Katze, leuchtend und fest. »Kommt, wir gehen hinüber, schnell, nur schnell!« Sie eilten, hinüberzugelangen, und sahen schon von weitem am drüberen felsigen Ufer einen Turm ragen, hart, grau und fest. Hassan raffte das Schwert, das sich in seine Hand wie ehedem fügte, stand dort und sah hinauf; was war es, was er sah? War es eine Ranke? War es ein Gesträuch? Dunkel wie eine Schnur war es. Er griff danach, zog daran. Da schrie von oben eine zornige Stimme: »Wer reißt an meinem Haar?« Hinauf schauten die drei Brüder... »Ein Mädchen«, murmelten sie, »ihr Haar!«

»Was tust du da oben, Mädchen?« – »Bin gefangen, törichter Knabe!« – »Du nur allein?« – »Viele gleich mir, Knabe! Sklaven alle, geraubt zum Verkauf.« – »Alle in diesem Serail, Mädchen?« – »Alle, Knabe. Aber was soll dein Gerede? Du kannst uns nicht helfen, du am allerwenigsten; denn es gibt keinen Zugang zu diesem Serail. Hinter dem Turm sind Felsen und wilde Tiere; vor dem Turm sind Felsen und das wilde Meer... niemand kann helfen, denn niemand gelangt zu uns.« Hassan lachte und seine Brüder mit ihm. Lachend rief er: »Glaubst du, Mädchen, niemand kann zu dir hinauf?... So tritt zurück und hab acht! Zieh dein Haar ein, mach schnell, wir haben nicht Zeit zu warten, schnell, nur schnell!«

Das Mädchen verschwand eilends von der Brüstung des Turmes, und ihr nach wand sich das dunkle Haar gleich einer Schlange hinauf. Hassan legte das Fell auf den Boden, umfaßte seine Brüder, rief: »Haltet euch fest, wir fliegen... Fell, flieg hinauf!« Und ehe sie noch richtig Atem schöpfen konnten, befanden sie sich schon neben dem Mädchen, das sich erschrocken an das Mauerwerk preßte und ängstlich flüsterte: »Oh, ihr seid Ifrits? Das

wußte ich nicht! Dann werdet ihr uns wohl helfen können, jetzt glaube ich es.« Hassan lachte wieder. »Unsinn, wir sind keine Ifrits, aber helfen können wir. Sage uns nun, wo sich die Wachmannschaft befindet und wo die andern Sklaven sind... wo die Knaben, wo die Mädchen, aber beeile dich zu sprechen, denn die Zeit drängt!« Dabei sah er immer wieder in die Ferne über das Meer; denn er glaubte, daß die drei Jünglinge, die er betrogen hatte, in irgendeiner Weise ihm und seinen Brüdern nachkommen würden, um sie zu bestrafen. Daß er so sehr drängte, war töricht und nur ein Zeichen seiner Furcht; denn wie sollten sie ihm folgen können, da allein das Fell und das Schwert ihnen selbst auf Zauberart dazu verholfen hatten, jetzt schon am Turm angelangt zu sein?
Das Mädchen berichtete nun, immer scheu vor den dreien zurückweichend, daß ihr, da sie eines großen Chans Tochter sei, das Turmzimmer gelassen worden sei mit diesem Aussichtsraum hier oben; von einer ihr zugeteilten Dienerin wisse sie, daß in diesem Turm sich nur Mädchen befänden und die Knaben in den anderen Räumen des Serails festgehalten würden; die Wächter aber seien überall verteilt. »Und selbst wenn ihr Ifrits seid, wie wollt ihr durchkommen? Alle Türen haben schwere Schlösser, überall sind Gitter, es ist unmöglich!« Hassan lachte wieder, hell und froh; seine Brüder kannten dieses Lachen gut, hatte es doch stets einen seiner Streiche verheißen; und doch sahen sie ihn nun sehr zweifelnd und bang erwartungsvoll an. Er aber zog aus seinem Wams die Kappe hervor, stülpte sie sich auf den Kopf, und allsogleich war nichts mehr von ihm zu sehen; aber sie hörten seine Stimme und sahen das Schwert hoch geschwungen sich bewegen. »Folgt mir jetzt, Hikmet und Haschem, greift zu, faßt irgend etwas an meinen

Kleidern, nun greift doch, ich bin ja hier... Wir gehen. Gehab dich wohl, Mädchen... hab keine Angst, es wird noch alles gut... Allah ismagladih!«
Mit diesem Segensgruß begann es... Gott befohlen, Mädchen... hatte der Unsichtbare gesagt, und plötzlich erschien es der jungen Djamilah, als habe schon alles Leid ein Ende. Sie wandte sich der Sonne zu und hob die Hände, als wolle sie beten; aber dann löste sich alles still ertragene Leid in einem Strom von Tränen. Erschöpft von all dem seltsamen Erleben, hockte sie sich am Boden nieder, wickelte sich in ihr langes Haar und schlief friedevoll ein... Gott befohlen!
Hassan aber, der ein Schwert geworden war, von unsichtbarer Kraft geschwungen, verbreitete überall Scheu und Schrecken. Er wußte zwar nicht, daß die drei ihm überlassenen Gaben ihre Wunderkraft verlieren würden, wenn sie zu eigensüchtigen Zwecken verwendet wurden, wußte auch nicht, daß er und seine Brüder nur Werkzeuge des Kismet waren, aber mit allem Feuer der Jugend stürmte er vorwärts, um zu helfen, nichts als helfen – und so besaßen die drei wundersamen Dinge mehr als Kraft in seinen Händen. Voll des Zornes, daß man auch ihn und seine Brüder der Sklaverei hatte zuführen wollen, konnte er nicht dulden, daß anderen solches Los beschieden sei, und so tat er das, was das Schwert beflügelte ... Er warf es vorwärts gegen das erste verriegelte Tor, das die Turmtreppe absperrte, und rief hell: »Hilf, öffne!«
Das Schwert schien zu einer Flamme zu werden, sprühte gegen das Tor, und alle Schlösser fielen wie Staub zu Boden. Die Wächter, die friedlich im großen Wachtraum unter der Treppe saßen und sich die Zeit mit Würfelspiel vertrieben, fuhren in die Höhe und vergaßen alles, wußten auch nicht mehr, daß sie grobe, wilde Kerle

waren, gewohnt, Gefangene zu peinigen, ohne Güte und Erbarmen... wußten nur eines: ein Schwert, das sich bewegte, das vorwärts zückte, von unsichtbarer Hand geführt. Eine Stimme aus unsichtbarem Munde, die hell und freudig rief: »Nehmt denen, die fallen, die Waffen ab, kommt mir nach, nur mir nach!« Und das Schwert traf, wen es auch nur wenig berührte, traf ohne Erbarmen, auch dann zum Tode des Verblutens führend, wenn es vielleicht nur den Arm oder den Schenkel ritzte... Tot blieb liegen, wen immer es traf. Hinter dem lachenden Hassan her stürmten seine Brüder, und wenn sie auch zu sehen waren, so hatte doch keiner mehr Zeit, sie zu betrachten, denn alle lagen da wie vom Blitz getroffen und vernichtet.

»Hoho«, rief Hassan, sah sich um, streifte sich, weil ihm heiß geworden war, die Kappe ab, stand sichtbar da. »Hoho, ihr Brüder und Freunde, wo seid ihr? Ruft mich an, daß ich euch befreie! Die Stunde der Freiheit kam, ruft, ruft, daß ich euch finden kann!« Da erhob sich von überall her ein Rufen, ein Jubeln, ein Toben, daß die drei Brüder Mühe hatten, zu unterscheiden, woher es komme. »Wißt ihr was?« sagte Hassan, als sie ganz ratlos dort standen, »wir lassen uns von dem Fell zu allen bringen, die uns brauchen. Haschem, stell dich auf das Fell, wünsche in dir ganz stark, es solle dich zu den verborgenen Gefangenen bringen; du, Hikmet, setz die Kappe auf! Für den Fall, daß böse Hunde oder so etwas versteckt sind, kannst du warnen; ich nehme das Schwert... führe uns, Haschem, wir halten uns aneinander fest!«

So geschah es, und so gelang es, und nur so wurde es möglich, die geheimen Verliese zu entdecken. Zeit verging, Freude stieg, Tränen flossen, Gebete klangen, dann aber wurde alles Jubel, nur Jubel. Sie fanden sich zusammen, alle die Jünglinge und Männer, in dem großen

Wachtraum, wo die toten Wächter lagen. Hassan gab Befehle, denn ihm war, als fühle er ungeahnte Kräfte in sich. »Diese werden wir alle an der Rückseite zu den Felsen hin fortschaffen, ich hörte, dort sind allerlei wilde Tiere... wohl bekomm's ihnen! Aber vorher nehmt alle Waffen an euch, denn wir brauchen sie... haben wir doch einen weiten Weg bis zu den Euren. Wählt einen, dem ihr folgen wollt, einen auch, dem ihr vertraut, die Mädchen zu führen, die nicht eher herabkommen sollen vom Turm, ehe diese Toten nicht entfernt worden sind. Nun also, wartet nicht, wählt!« – »Du, nur du allein sollst uns führen!« riefen die Befreiten; aber Hassan sagte nichts, sah sich im Kreise der Jünglinge um. Er blickte, während alle wartend schwiegen, hin zu denen, die an die Wand gelehnt standen, zu drei Männern in gesetztem Alter, würdig und edel anzuschauen, die in ruhiger Haltung und fast unbeteiligt die Vorgänge zu beobachten schienen. Dann schob er leicht die ihn umgebende Jugend beiseite und schritt auf die Drei zu. Er verneigte sich, legte die Arme auf der Brust zusammen und sagte mit jener Ehrfurcht, die ihm gelehrt worden war: »Edle Herren, vergebt meiner Jugend die Anmaßung, wie auch allen diesen Brüdern und Freunden, und wollet uns gewähren, unsre Führer und Helfer zu sein in den Kämpfen und Fährnissen, die uns jetzt bevorstehen.« Wartend stand er dort, gefaßt auf die Worte der drei würdigen und edlen Männer, die Blicke, wie es sich geziemt, gesenkt; als das Warten ihm aber allzu lange währte, hob er die Augen und... erstarrte vor Staunen! Denn vor ihm standen nicht mehr die würdigen Männer, sondern mit lachenden und jungen Gesichtern eben jene Drei, denen er die Talismane gestohlen hatte.

Vor Scham und Schuldbewußtsein wollte Hassan auf die Knie sinken, aber die Drei ließen es nicht zu. »Was denn,

Bruder, du, der du dem Kismet so edel gehorcht hast, du, der sogar seinen Ehrgeiz noch überwand und die Führung ehrfurchtsvoll abgab, du willst um Vergebung bitten? Dir sei nicht nur verziehen, sondern du sollst wissen, daß ihr, du und deine zwei Brüder, uns, die wir drei Ifrits sind, übergeben wurdet als Prüfungen. Von dir und deinen Brüdern hing es ab, ob wir alle drei von einer Strafe befreit würden, die uns wegen Ungehorsams auferlegt worden war. Hilfe, Mut und Demut – diese drei sollten bewiesen werden. Es geschah durch dich und deine Brüder, und so sind wir frei! Und frei werden wir dir und denen, die du befreitest, helfen, bis sie wieder bei den Ihren sind. Du aber, Hassan, du darfst wählen: was willst du sein, was werden? Sprich, und wir gewähren es dir.«

Hassan sah die drei schönen und frohen Jünglinge an und sagte leise: »Ich möchte ein Mann werden, der den Unterdrückten hilft, den Gefangenen, den Versklavten, und ich möchte bitten, daß ihr mich nicht ganz verlaßt.« – »Wie du gesagt hast, so sei es dir gewährt«, sagten sie zu dritt, die starken Ifrits Sadur, Sahir, Sadar.

Dieses nun ist der erste Teil der Geschichte von den drei Brüdern, den drei Ifrits und dem Kismet. Genugsam ist es schon bekannt, daß Hassan und seine Brüder an der Spitze derer in die Welt zogen, die sie befreit hatten, um anderen, die gleich ihnen gefangen gewesen, in gleicher Weise zu dienen. Genugsam weiß man, daß immer wieder versucht wurde von denen, die des Schwertes Wesen nun auch begriffen hatten, Hassan zu verführen, sich an Schatzsuchen und Raubzügen zu beteiligen, wobei das Schwert Meere und Bergschluchten überbrücken sollte. Genugsam auch, daß er versucht wurde, mittels der Kappe unsichtbar geworden, selbst zu rauben und zu stehlen.

Geschah es aber so und schien es einmal, er werde schwach, dann rief er in die Wolkenferne hin: »Sadur, Sahir, Sadar, helft mir!« Und allsogleich strahlten die schönen, lachenden Antlitze der drei Ifrits auf ihn herab, und in ihrem Anblick vergaß er all diese Torheiten der Menschen und vermochte es, die drei Wundergaben niemals zu entweihen. Serails besaß er nicht, nicht Reichtum, nicht Macht. Und doch nannten sie ihn »das Schwert des Islam«, denn rein wie die leuchtende Spitze seines Schwertes, so rein blieb sein Sinn und sein Wollen... so rein wie es eben dieses sein muß, wo es auch immer geschwungen werde für das Recht: – das Schwert des Islam!

Der schwarze Mehmed

Sie nannten ihn den schwarzen Mehmed, nicht, weil ihm Haar und Bart wie die beste chinesische Tusche so dunkel waren, denn das ist in unserer Heimat nichts Besonderes, nein, weil er so schwarz wie ein Touareg gekleidet ging und weil er nur schwarze Pferde besaß. Er war ein finsterer und einsamer Mann, und seine Diener hatten Verbot, jemals mit ihm zu sprechen. Er selbst aber redete nur zu seinen herrlichen schwarzen Pferden, deren Fell leuchtete wie die Nacht der Meere. War Mehmed auch reich, so versorgte und pflegte er seine Pferde doch ganz allein, und sie liebten nur ihn, sie lauschten nur auf seinen Schritt. Kein Weib befand sich in seinem weiten Serail, in dem vollkommenes Schweigen herrschte und alle Gänge mit dicken Teppichen belegt waren, auf daß kein Laut das Ohr des gefürchteten Herrn treffe.

Wenn es irgendwo Kampf gab, so war der schwarze Mehmed da, wenngleich niemand wußte, woher er Kenntnis habe von dem auszutragenden Streit. Er kämpfte einmal auf jener, einmal auf dieser Seite; wo aber immer er und seine schwarzen Pferde erschienen, da war auch der Sieg. Er ritt eines, er führte deren drei oder vier an langer Leine mit sich und wechselte im schnellsten Lauf oftmals das Reittier, war wie eine schwarze Wolke anzusehen, wenn er sich so hoch

schwang, von einem dunklen Pferderücken zum anderen, wie eine Wolke, die auf gewitterschwarzer Woge sich niederließ.
War er allein in seinem hohen Gemach, das durch einen Gang mit den Ställen verbunden war, dann durfte bei Verlust des Lebens kein Diener sich ihm nahen. Einer, der es dennoch einmal wagte, wurde auf der Stelle getötet durch ein Messer, das geschleudert ward von Mehmeds Meisterhand und im Herzen des Vorwitzigen steckenblieb. Denn hier hatte der schwarze Mehmed das Geheimnis seines Lebens zu wahren.
Wenn rings die Stille wie eine Mauer um das Serail stand und die Furcht als ein unsichtbarer Riegel vor dem Eingang des hohen Gemaches lag, dann öffnete Mehmed das dunkle Gewand über seiner Brust und holte eine Kapsel hervor, die er an einer langen Kette um den Hals trug. Die Kapsel war aus ganz dünnem Feingold gebildet und mit Edelsteinen reich verziert, aber sie wog kaum mehr in der Hand als eine reife Feige. Nahm er sie aus ihrem Versteck, so hielt Mehmed sie behutsam in seiner Hand, umschloß sie weich und klopfte dann dreimal auf den Deckel, dabei mit vorgeneigtem Kopf angestrengt lauschend. Wenn er etwas hörte, das wie ein leiser Lautenton klang, drückte er auf die Stelle des Deckels, auf der in grünen Steinen das Zeichen des Halbmonds eingelegt war, und sanft hob sich der Deckel. Eine schmale Wolke stieg hervor, fein und dünn, solcherart, wie sie der erst gerauchte Tschibuk ergibt, ganz fein und schmal, ganz hoch und schwebend. Dann stand die zarte Wolke für eines Atemzuges Dauer in der Luft, um langsam niederzusinken zum Boden, Schleier zu werden, daraus sich die Gestalt eines zarten Mädchens zeigte.
Die Peri lächelte, aber sie tat es voll Schmerz, und Mehmed, der harte, der grausame, der einsame, beugte sich

tief herab und berührte mit der Stirn ihre zarten Füße. Die Peri neigte sich ein wenig, legte eine leichte Hand auf seine schwarzen Haare, sagte leise: »Auch heute, o Mehmed, hat dein Herz unter meiner engen Wohnung nur in Wildheit, in Zorn, in Lust am Kampf geschlagen. Wirst du mir nie, niemals die Freiheit geben, Mehmed?« Er sprach, von unten her zu ihr aufschauend, leise und wie in Verehrung, mit jener Stimme, die man für das Gebet verwendet. Er sagte: »O schöne, gesegnete Peri, wann werde ich dich umschlingen dürfen? Wann durch dich die Wonnen des Paradieses kosten?« Sie antwortete leise und sanft: »Du weißt es, Mehmed, und du allein kannst mich aus meinem engen Kerker befreien. Wann endlich wirst du es tun?« Er streckte verlangend die Hände nach ihr aus, aber sie löste sich auf zu einem Hauch, und mit einem Schnappen schloß sich die Kapsel wieder von selbst. Der schwarze Mehmed hielt sie in der Hand und starrte auf sie hin, Trauer und Verzweiflung im Blick. »Was soll ich nur tun, was tun, um sie mir zu gewinnen? Dieses mein Herz kann nicht anders schlagen. Was nur soll ich tun? Reiten, das ist es, nur Reiten, um zu vergessen!«

Er verschloß sein Gewand über der Brust und war mit einigen schnellen Schritten bei seinen Pferden. Sie wandten die Köpfe beim Erklingen des vertrauten Fußfalls, so leise der auch war. »Djan, Dew, Dereh!« rief er die drei schnellsten Pferde, und sie kamen, die niemals angehängt waren, tänzelnd zu ihm. Er schwang sich, sattellos wie immer reitend, auf eines der Tiere, es war Dew, faßte die Mähne, und sie brausten hinaus, nachdem die zwei anderen Tiere die weite Stalltür mit der Stirn aufgestoßen hatten. Und die Nacht der Berge mit ihrem Duft und ihrem geheimen Leben umfing Mehmed, die Nacht, die er bis dahin nur als einen Mantel betrachtet hatte, der sein geheimes Tun verbarg, dieses, das Raub, Mord und Gewalt war und daran er Genuß fand. Aber in dieser Nacht, welche die Geheiligte war, die mittelste des Bairam, die, in der die Lichter aller Djamis des Islam brennen, in der Freude und Freiheit herrschen und das Land singt – in dieser Nacht war alles anders. Djan und Dereh gingen einen zierlichen Schritt, brausten nicht wie sonst daher, und Dew, auf dem er saß, als sei er ein Teil des schwarzen Pferdes, Dew hob und senkte sich unter ihm so sanft, wie Meereswellen es tun. Ihm aber war, als höre er noch immer die Stimme der Peri fragen, wann er sie aus dem engen Kerker befreien werde, und als sich ein kläglicher Ton in der Nacht erhob, ein Wimmern, ein angstvolles Klagen, da vermischte sich diese Klage im Ohr des Mehmed mit der Stimme der Peri.

»Djan, Dereh, steht!« rief er und verhielt Dew. Sie lauschten nun zu viert, und plötzlich wurden die Pferde sehr unruhig. »Was ist denn, was hört ihr? Was klagt so?« In jeder anderen Nacht wäre Mehmed weitergeritten, ohne das klagende Wimmern zu beachten; denn was sollte es schon anderes sein als ein gefangenes Tier, und was gingen ihn Tiere und ihr Klagen an? Aber es war die Geheiligte Nacht, Kadir Gedjessi, und das viele Beten, das überall im Lande aufstieg, mochte schuld daran sein, daß man Klagen nicht überhören konnte, zumal geheim eine zarte Stimme flehte: »Wann wirst du mich befreien?« So geschah es denn, daß Mehmed sich vom Pferde schwang, die drei Tiere zusammen führte in die Nähe eines Felsens, wo etwas Deckung für sie war, und zu Fuß durch die Nacht auf die Suche ging nach jenem Klagen. Wie er so dahinschritt und der Duft der zertretenen Kräuter zu ihm hochstieg, da war es ihm, als spüre er auf seiner Brust ein Gewicht, ein fremdes seltsames Drücken, das mit jedem Schritt stärker und beengender wurde. Aber er achtete dessen nicht, denn nun kam er dem klagenden Tone näher und immer näher, und plötzlich stieg hinter seiner linken Schulter über einem Hügel der Mond auf, war so hell und leuchtend wie eine kleine matte Sonne, und bei diesem Lichte sah Mehmed, daß er fast unmittelbar vor einem Tier stand, das sich am Boden wand und verzweifelte Versuche machte, die verlorene Freiheit wiederzugewinnen.

Halb aus Neugier, halb weil das Gewicht auf seiner Brust so schwer geworden war und das Ziehen der Kette, daran die Kapsel der Peri hing, ihn herabzwang, hockte sich der schwarze Mehmed am Boden nieder und betrachtete die wilde Bergziege, deren eines schmale Bein eingezwängt war zwischen einigen Steinen, die offenbar eine Falle verbargen. Eine Bergziege! Djanoum, ein Nichts von einem Tier, deren es unzählige in dieser Gegend gab, die von Fels und Bergströmen durchzogen war. Was tat es, wenn sie zugrunde ging, diese elende Ziege der Berge? Seltsam nur war es, daß seine Hand, während er diese Worte dachte, schon begann, die Steine vorsichtig beiseitezuräumen, und er beruhigend sprach zu dem geängstigten Tier, mit jener Stimme, der seine Pferde gehorchten. Vorsichtig, ganz vorsichtig mußte er sein, sagte sich Mehmed, denn die Falle konnte auch über seiner tastenden Hand noch zuschnappen. Da aber war der Mond schon hoch gestiegen und beleuchtete den Platz, und im gleichen Augenblicke, als seine Hand die Falle fühlte, fiel das Gewicht von seinem Halse ab, die Kapsel folgte, es gab einen kleinen Knall, und blitzend, leuchtend rollte sie zwischen das Gestein. Erschreckt fuhr Mehmed hoch; denn seine kostbare Kapsel zu verlieren, die seines Lebens geheime Qual und hohe Freude enthielt, das durfte nicht sein, das nicht!

Als er nachlassen wollte im Suchen nach der Falle, hörte er deutlich die Stimme der Peri rufen: »Befreie uns, o befreie uns!«, und zugleich stieß die Bergziege wieder einen Klagelaut aus. Da packte Mehmed zu, fand die Falle, griff nach seinem Dolch und vermochte die grausame Zange zu heben und zu lösen. Das befreite Tier sank auf dem duftenden Bergboden zusammen und begann sogleich, sich still und eifrig den verletzten Fuß zu lecken, doch Mehmed wich erschreckt zurück, denn an der Stelle, wo die Falle verborgen gewesen war, sprang zwischen dem Gestein eine Quelle hervor, sprudelte, gebärdete sich wie wild, als sei sie befreit aus Verborgenheit. Die Quelle sprühte über der Bergziege verletzten zierlichen Fuß, und plötzlich sprang das Tier hoch, stand auf dem geheilten Bein, als habe es niemals klagen müssen. Es blieb auch stehen, hastete nicht nach der Art scheuer Bergtiere davon, und Mehmed, immer noch am Boden hockend, sah, daß das Gehörn des Tieres, das ein Bock war, leuchtete und glänzte in Gold. Stolz aufgerichtet stand es dort, den Kopf zurückgeworfen, und schaute auf den Mann, der es befreit hatte. Der wandte verwirrt den Kopf, und da schwebte sie, seine geliebte Peri, über der Quelle, in der Quelle, durch die sprühenden Tropfen, von ihnen übergossen und umglitzert, denn in jedem Tropfen spiegelte sich das Mondlicht, und die ganze Erscheinung war so strahlend, daß Mehmed geblendet die Augen schloß. »Dank dir, Mehmed, daß du mich befreitest, mich und diesen Ifrit, den Herrn dieser Berge. Daß dein hartes Herz Mitleid spürte mit eines Tieres Klage, das ist es, was uns befreite, die wir dir zur Prüfung bestimmt waren, o du gepeinigter Mensch. Geh nun zurück zu deinen Pferden, und du wirst sehen, was du sehen wirst, erleben, was dir bestimmt ist, und so gehab dich wohl, auch du ein Befreiter...«

Mehmed streckte die Hände nach ihr aus, aber sie löste sich auf im Sprühen des Wassers, und dann war es ihm, als schwebe um das goldene Gehörn des Bockes etwas wie eine Wolke. Fort! Seine Peri fort, die kostbare Kapsel verloren und damit sein Geheimnis. Was hatte sie gesagt? Er solle zu seinen Pferden gehen und sehen, was er sehen werde? Recht, das wollte er tun.
Eiligen und leichten Schrittes ging er zu seinen Pferden zurück, die er bei jenem Felsen gelassen hatte. Wo aber waren sie? Und was war das für ein Licht, für ein fremdes, was auch für ein gleichmäßiges, dumpfes Erklingen, so als werde in einer Djami das Gebet von vielen Stimmen zugleich gesprochen? Und wo war er denn? Diese Gegend kannte er gar nicht. Seine Pferde, wo? »Djan, Dew, Dereh!« rief er ganz verloren und von einer ihm fremden Angst befallen. Alles, was Antwort gab, war das verstärkte Aufklingen der betenden Stimme. Da geschah es dem schwarzen Mehmed, daß er niedersank auf den Boden der Berge und nach langen, langen Zeiten wieder das Gebet des Moslim sprach, alle gebotenen Bewegungen machte, aufstand, niederfiel, zu Allah voll Ehrfurcht und Vertrauen seinen Sinn hinsandte. Und nun war es nicht mehr Bergboden, nun war es eine hohe, hell im Glanz der Öllampen erstrahlende Djami, und rings um ihn waren viele, viele andere Beter. »Kadir gedshessi«, sagte er heimlich für sich, und drei Jünglinge, die dicht neben ihm sich niederwarfen, gaben Antwort, sagten das gleiche und fügten hinzu: »Sei dir die geheiligte Nacht gesegnet, o Mehmed, unser Freund und Bruder.« Sie sagten es hauchleise, neigten sich zu ihm, flüsterten: »Kennst du nicht deine Freunde Dew, Djan und Dereh, o du, der du immer gut zu uns warst?« Da begriff Mehmed, daß diese seine geheiligte Nacht schon im Paradies begangen wurde und daß er nun zu denen gehörte, die auf

den Wegen ihrer guten Taten langsam, ganz langsam bis hin zum Lichte Allahs gelangen. Tief neigte er sich, ganz Demut, ganz Hingabe, ganz Islam, und sagte in seinem Herzen: »Nur drei Pferde und ein Tier der Berge werden für mich bitten, nur sie... Sei erbarmend, Allah, zu deinem niedersten Diener...«

Um ihn herum aber war das gleichmäßige Erheben und Niederfallen, war das gedämpfte Beten und leuchtete das Licht der vielen Lampen aus geheiligtem Öl, und es war schön, friedevoll und verheißungsreich, es war der Friede Allahs...

In dieser selben Nacht brannte das prächtige Serail des schwarzen Mehmed nieder, und es blieb nichts, gar nichts davon erhalten. Die Leiche des Herrn fand man nicht, wie auch nicht die der Pferde. Es gab es alles nicht mehr. Nur die Sage blieb, die Sage vom schwarzen Mehmed; doch wurde das Harte und Grausame vergessen und nur eines behalten: der Mann, der reiten konnte wie keiner sonst und sich von einem schwarzen Pferde schwang zum anderen, so als wenn sich eine dunkle Wolke über eine gewitterschwarze Welle schwingt ... Reiten, nur Reiten! Welche Lust der Freiheit!

Halimeh

Ein besonders fleißiges und wissensdurstiges Mädchen war sie, und sie hatte eine Verehrung für ihren Lehrer, die schon nahezu der Anbetung glich. Es lag ihr viel daran, immer die erste zu sein, die zum Unterricht erschien, und so eilte sie auch an diesem Tage zur allerfrühesten Stunde schon die schmale Straße hinunter, die zum Hause des Lehrers führte, wo er den Unterricht erteilte. Ehe sie eintrat, blieb sie draußen vor dem großen Fenster stehen, das den Einblick in das weite Gemach gewährte, darin der Verehrte unterrichtete; denn sie dachte, vielleicht anf diese Art ihn beobachten zu können und sein Antlitz zu betrachten, ohne daß er sich dessen bewußt würde. Und das gelang ihr auch; aber was sie sah, war so schrecklich, daß sie sich beim Erspähen nur mühsam aufrecht halten konnte. Denn der verehrte Lehrer stand inmitten des Raumes und hielt in seinen Händen ein Wesen, das Halimeh als ein kleines Kind erschien; dieses Wesen zerriß er mit leichten Händen in kleine Teile und verzehrte sie. Am Fenster hielt sich Halimeh bebend fest, dann warf sie ihr Schreibgerät fort, verhüllte sich das Haupt und eilte blinden Blickes weiter, unbewußt den Weg findend, der in das freie Land hinausführte.

Sie lief und lief und langte endlich todmüde in der Nähe eines Wasserbeckens an, wo sie ihren Durst stillte. Sie

befand sich jetzt in einem weiten Gehölz, und als sie sich umschaute, erblickte sie am Ufer dieses Wasserbeckens einen Baum mit reichem und vollem Geäst; dort hinaufzusteigen beschloß sie sogleich, denn auf diese Art würde sie vor dem Getier des Waldes geschützt sein und in den Ästen für die Nacht ruhen können. So tat sie auch und schlief, immer wieder erweckt und gepeinigt von dem schrecklichen Bilde, das ihr inneres Auge nicht verließ. Was sollte sie nur tun, um niemals die Schande des verehrten Lehrers zu verraten, weder im Wachen noch im Schlafen durch ein unbedachtes Wort? Es war in der Morgendämmerung, daß ihr die Lösung kam, fast zugleich mit dem Aufgehen der Sonne... das war es, nur das allein: niemals ein Wort mehr sprechen, weder in Schmerz noch in Freude, niemals! So nur konnte sie sicher sein, dem trotz allem geliebten Lehrer Hilfe zu leisten.
Große Ruhe überkam Halimeh nach diesem Entschluß, und sie saß noch eine Weile in den Ästen droben, rastend und sich fragend, was sie nun beginnen solle, denn daß sie niemals in ihr Heim zurückkehren könne, stand für sie fest. Während sie so halb wachend, halb träumend dort oben lehnte, hörte sie von fern her den Klang des Jagdhornes und lauschte freudig darauf, ist doch dieser Ton wohl der lebensvollste und freudigste, den es gibt. Gleich danach erspähte sie, durch das Laub herabschauend, eine Anzahl Hunde, die zu dem Wasserbecken hinstrebten, daraus auch sie am Abend vorher sich erquickt hatte. Sie beugte sich vor, um die Tiere zu beobachten, und nach einer Weile kam dann auch der Hüter der Hunde herbei und tauchte seine Hand in das Wasser, um aus ihrer Höhlung das erquickende Naß zu trinken. Doch stockte er in diesem Beginnen, sah nochmals in das Wasser und blickte dann nach oben, lachend, fröhlich, stolz seiner Entdeckung.

»Du da oben im Baume«, rief er, »wer bist du? Was bist du? Ein Baumgeist? Ein Wassergeist? Was bist du, deren Abbild ich hier im Wasser sehe... rede, sprich!« Sein hinaufgewandtes Antlitz war jung, stark, froh, und Halimeh hätte ihm gerne Antwort gegeben, aber sie hatte nun einmal für sich das Gelübde des Schweigens geleistet, und davon gab es kein Zurück. So lächelte sie nur, strich über ihren Mund, schüttelte den Kopf und gab so alle jene Zeichen von sich, die bedeuten konnten, sie vermöge nicht zu reden. Der Jüngling dort unten inmitten seiner Hunde kam einen Schritt näher, so daß er sie besser sehen konnte, und nun zeigte sich in seinen beweglichen Zügen deutliche Anteilnahme. »Du kannst nicht sprechen?« fragte er. Halimeh nickte eifrig. »So bist du stumm?« war seine nächste Frage, und Halimeh zögerte ein wenig, denn in Wahrheit war sie doch nicht stumm, war es nur freien Willens für den verehrten Lehrer, aber dann bejahte sie auch diese Frage. »Du armes schönes Wesen!« sagte er weich und voll Teilnahme. »Bist du denn ein Baumgeist?« Sie schüttelte den Kopf, mußte bei der Frage ein wenig lachen, wie auch bei der, ob sie ein Wassergeist sei. »So kannst du lachen«, rief er, »dann bist du ein Menschenwesen. Komm herab, daß ich dich näher betrachte, und fürchte dich nicht vor meinen Hunden, sie werden dir nichts tun, komm, ich fange dich auf!«

Nach dem schrecklichen Erlebnis und dem schweren Entschluß, den sie gefaßt hatte, wurden Jugend und Lebensfreude in Halimeh wieder wach, und sie schleuderte sich mit einem kühnen Satz in des Jünglings Arme hinab. Der stand bei dem Anprall mit gespreizten Beinen fest am Boden und hielt die ihm vom Baum herabgefallene Beute eng an sich gepreßt. Er schaute in das lebensvolle Gesicht so nahe bei dem seinen, sagte

leise: »Wer und was du auch seist, du mußt mit mir kommen, du mußt mein Weib werden! Nein, entferne dich nicht aus meinem Halten, ich will es so, denn ich denke es mir unsagbar schön, ein stummes Weib im Arm zu halten. Versteh mich recht... sie vernichten immer so vieles durch ihre Worte, die Frauen, und wenn du nicht sprichst und dennoch liebst, so könnte das die Vollendung sein. Glaubst du, du könntest mich lieben? Blicke mich gut an und gib es mir zu verstehen, ob du es vermöchtest.«
Der Jüngling sah sie sehr ernst und fragend an, und Halimeh forschte in seinen Zügen, suchte dieses geheimnisvolle »Lieben« zu begreifen, das ihr zum ersten Male begegnete und davon man deshalb nichts wußte, weil die Wahl von Mann und Mädchen üblicherweise durch die Eltern erfolgte. Nun sah sie dieses junge Männergesicht dicht vor sich, traf mit ihrem Blick in die forschenden Augen, und plötzlich stieg es wie eine Welle in ihr hoch, trug ihr Fühlen weit fort, und auf einem Strom der Zärtlichkeit verlor sie sich und ihr Denken. Sie streckte eine zaghafte Hand aus und strich vorsichtig, ganz zart über seine gebräunte Wange, ohne zu ahnen, wie unsagbar lieblich ihr weiches Lächeln war. Ihm hob es die Brust in einer heißen Aufwallung, und er griff nach der zärtlichen Hand, drückte seine Stirn darauf und sagte leise, ganz leise: »So mögest du unter Allahs Hand mein Weib sein, du Geschenk des Morgens! Komm mit mir, denn heute erjagte ich edelstes Wild, und die Jagd blase ich ab.« Er hob das Jagdhorn, das ihm an der Hüfte hing, zum Munde, und der Ruf »Jagd aus« drang weit über Tal und Hügel dahin. »Sie werden gleich hier sein«, sagte er und löste das feine Seidentuch, das ihm als Gurtband diente, »nimm dieses und lege es dir um den Kopf, ich will nicht, daß das Auge meiner Diener dich erblicke, dieses Antlitz gehört nur mir allein.«

Halimeh tat, wie er befahl, und er legte sich einen der Hunderiemen um die Mitte. Bald darauf wurden die Gefährten schon sichtbar, und der Jüngling ging ihnen entgegen, sagte einige Worte, in denen »verirrt« und »im Walde verloren« vorkamen, und dann stellten sie aus Zweigen eine kleine Trage her, weil auch angeblich ein verletzter Fuß zu berücksichtigen war. Auf diese Weise dann wurde Halimeh inmitten der Jagdgefährten getragen, und die Blicke, die sie streiften, waren nicht allzu freundliche, hatte ihnen doch dieses unversehens aufgefundene Mädchen das Jagdvergnügen zerstört. Doch getraute sich niemand etwas zu äußern, denn der Jüngling schritt unmittelbar neben der Trage, und man hütete sich, ihn zu reizen, war er doch der reichste und einflußreichste junge Bey in der weiten Runde. Halimeh aber fühlte sich, als lebe sie in einer Traumwelt und als habe seit jenem schrecklichen Geschehen alles ein fremdes Gesicht angenommen und sie wisse auch von sich selbst kaum noch etwas. Erschreckend in seiner Plötzlichkeit war auch jetzt, was geschah, und nur die Blicke, die sie unter dem leichten Seidentuch hervor auf das Gesicht des Jünglings tun konnte, gaben ihr ein wenig Ruhe und Sicherheit. Außerdem, was war denn noch zu tun? Nichts. Alles war Kismet.

So langten sie endlich bei dem Serail des Bey an, und hier nun begannen die eigentlichen Schwierigkeiten, denn es ging darum, das stumme Mädchen aus dem Walde in das Haremlik der Mutter des Bey zu bringen. Er konnte unmittelbar vor dem Ende des Weges noch hastig flüstern: »Nicht vergessen, der Fuß ist verletzt«, sah den verhüllten Kopf sich zustimmend neigen, mußte unbewußt lächeln und verschwand dann im Inneren des großen Hauses, während die Jagdgefährten als schweigende Wache um die kleine Trage herumstanden, höflich fortschauend, wie es die Sitte gebot. Nach kurzem dann erschienen einige Diener und Dienerinnen, und der Tragsessel wurde schweigend in das Innere des Hauses gebracht. Halimeh hatte die Schwelle überschritten, deren Betreten ihr sowohl höchstes Glück wie bitterstes Leid bringen sollte, nach dem Willen des Kismet.

Es begann nun ein harter Kampf zwischen dem jungen Bey und seiner Mutter, und je heftiger sie sich gegen den Willen des Sohnes, das fremde stumme Mädchen zu seiner Frau zu machen, sträubte, desto entschiedener bestand er auf seiner Absicht. Halimeh wurde indessen von den dienenden Frauen mit jener Achtung behandelt, die der künftigen Herrin geziemte; aber solche, die an der Mutter des Bey hingen und sich von dieser größere Vorteile erhofften, waren kalt und, wenn es ging, auch rücksichtslos zu ihr. Sie selber ahnte nicht, wie sehr ihr Lächeln und sein bittender Ausdruck zugleich mit der Stummheit ihr halfen und welche Flut von Mitleid für sie gegen den haßerfüllten Unwillen der Mutter des Bey anströmte.

Der Tag der Hochzeit kam, und sie wurde mit so geringer Feierlichkeit wie nur irgend möglich begangen. Unmittelbar vorher hatte die Mutter den Sohn noch einmal beschworen, von seinem Vorhaben abzustehen, den Walddjin, wie sie Halimeh nannte, zu ehelichen, aber er blieb bei seinem Entschluß, und endlich hatte er dann dieses Mädchen, das er zärtlich und voll Sehnsucht liebte, für sich. Ihm war es, als umschließe er ein unlösbares Geheimnis in dem stummen jungen Weibe, und das erschien ihm als höchstes Glück. Zudem bildete sich bald mittels der Zeichensprache eine Verständigung zwischen ihnen aus, und Halimeh, die sich von der Mutter des Bey fernhielt, war sonach zuerst ganz glücklich, liebte sie doch ihren jungen Gatten zärtlich. Dann aber fühlte sie sich Mutter, und nun begann die alte Herrin sich mehr um sie zu kümmern, denn sie hatte ihrer alten vertrauten Dienerin gesagt: »Wenn mein Sohn ein richtiges Kind bekommt, eines, das kein Walddjin ist, wie dieses schreckliche stumme Geschöpf, dann muß es seiner Mutter gleich fortgenommen werden, auf daß es einem Menschenwesen gleich erwachse. So müssen wir aufpassen, nur aufpassen!«

Und sie paßten auf. Sowie der Bey seine Frau verließ, waren sie da, die alten Frauen, und bewachten jede Bewegung, welche Halimeh machte, und es war eine stündliche, niemals aufhörende Pein. Als Halimeh endlich ihrem jungen Gatten klar machen konnte, daß sie allein sein wolle, und er das seiner Mutter vorhielt, überfiel diese ihn mit einem solchen Schwall von Hinweisen über das Verhalten einer werdenden Mutter, daß er nichts mehr zu erwidern wußte. Und endlich, ach, endlich kam dann die Stunde, von der sich Halimeh Befreiung erhoffte, die der Geburt. Sie vergaß schnell alle Schmerzen und Quälereien, als sie ihren kleinen Sohn im Arme hielt, und auf eine flehende Gebärde zu ihrem Gatten hin brachte er es fertig, daß sie für kurze Zeit allein gelassen wurde, während er Mutter und Dienerinnen vor dem Schlafraume im Gespräch hielt.

Da lag sie nun, die junge Mutter, und wie alle gleich ihr schaute sie in das kleine Gesicht des neuen Menschleins, allerlei Schönes darin suchend und es zärtlich, o so zärtlich betrachtend. Doch dann... ja, dann geschah es! Da ward die Wand, an der ihr Lager stand, durchsichtig und im Lichte, das die Fläche ausstrahlte, erschien die Gestalt des Lehrers. Er hielt in den Händen zwei weiße Tauben, neigte sich Halimeh ein wenig zu und sagte mit seiner tiefen, ruhigen Stimme, die sie so sehr verehrt hatte: »O Halimeh, du, die mir ihre Stimme schenkte,

Stimme des Leibes und der Seele... wem, wenn nicht mir, gehört diese deine Seele?« Halimeh sagte, zum ersten Mal seit Monaten sprechend, heiser und leise: »Dir, o Herr.« Er neigte sich noch etwas tiefer, sagte: »Und wem die Seele gehört, dem gehört auch das Kind, das Seele und Leib schufen – so...« Und er riß den Tauben, die er hielt, die Köpfe ab, bestrich mit dem frischen Blut Brust und Mund der jungen Frau, ergriff das Kind und war verschwunden. Die Wand war wie vorher und an ihr nichts mehr zu sehen oder zu erkennen. Halimeh sank in tiefe Ohnmacht, und so ward ihr erspart, zu hören, was nun geschah, als die Frauen wieder in das Gemach strömten. Die Mutter schrie und gebärdete sich solcherart, daß der Sohn sie gewaltsam hinausführte. »Ein Walddjin, der seine Kinder frißt... ein böser Geist ohne Stimme... hinaus aus meinem Hause... fort von hier soll sie...« und so mehr, ohne Ruhe oder Einhalten.

Der tief betroffene junge Bey ging zögernd zurück zu seiner Gemahlin, die inzwischen gesäubert und frisch gebettet worden war. Sie lag stumm und stumpf dort, und er schickte die Dienerinnen fort, die nur allzu gern die unheimlich gewordene junge Herrin verließen. Er nahm die müden Hände der jungen Frau in die seinen, beugte sich zu ihr, fragte leise: »Wo ist unser Kind, kannst du es mir nicht sagen, da ich dich liebe und dich beschützen möchte?« Halimeh sah ihn voll tiefster Traurigkeit an, hob die Hand, mit der er die ihre hielt, an ihre Stirn, um ihre Ergebenheit zu zeigen, schüttelte den Kopf und schwieg. Er tat einen tiefen Seufzer und senkte den Kopf, und in ihr ging der härteste Kampf vor sich, der grausamste, der erbarmungsloseste. Sie konnte diesem ihrem geliebten Gatten sagen, was ehedem geschehen war und was sich heute zutrug, und er würde ihr glauben, da er sie liebte, würde vielleicht sogar von hier, wo sie verhaßt war, mit ihr an einen anderen Ort gehen, da seine Mittel das erlaubten. Was aber war dann? Dann würde er das gleiche Entsetzliche vermuten, was sie zermarterte, daß der Lehrer auch ihr kleines, hilfloses Kind zerrissen hatte, und die Qual würde für den geliebten Mann dann ebenso groß sein wie nun für sie. Besser, zu schweigen, besser noch, daß er an ihr litt als an etwas, das nicht zu erklären war.

So gingen ihre Gedanken im Kreise, stets im Kreise, und es war grausam genug, daß ihre gesunde Jugend sie alles überwinden ließ und daß nichts ihr das Furchtbare verhüllte. Doch genas nur ihr Leib, während ihr Geist sich langsam umdüsterte. Kein Lachen kam mehr über ihre stummen Lippen, das schöne Lächeln, das so bittend gewesen war, schwand, und da den Bitten und Beschwörungen der Mutter nach der junge Bey nicht mehr das Gemach mit ihr teilte, wurde ihr auch nicht der Trost seiner stillen Gegenwart zuteil. Und es kam ein Tag, da ertrug es Halimeh nicht mehr.

Leise und verstohlen, kaum daß die Sonne aufgegangen war, schlich sie aus dem Hause und glaubte so allen Haß hinter sich zu lassen. Sie hatte sich in ein dunkles, schlichtes Gewand gehüllt und einen farblosen Mantel umgeworfen, den Kopf mit einem schwarzen Schleier verhüllt. Ihr Ziel war der Wald, aus dem der Bey sie damals geholt hatte, und sie hoffte, so etwas wie eine Erdhöhle zu finden, um dort eine Zeitlang noch das Leben zu fristen. Tödlich erschrak sie, als sie das kleine Seitentor verließ, das zum Wald einen Zugang gab; denn einer der großen Jagdhunde des Bey sprang sie an. Aber dann erkannte sie ihn, der von jenem ersten Tage an ihr besonderer Freund gewesen war, dieser Tareh, der sie suchte und umschmeichelte, wo er ihrer nur ansichtig

wurde. So legte sie die Hand auf den Kopf des schönen, großen Tieres und sagte ganz leise, fast nur gehaucht, so schwer wurde ihr das Sprechen: »Dank, Tareh, gutes Geschöpf Allahs.« Und verließ mit dem Hund zusammen das Haus ihres Gatten und seiner haßerfüllten Mutter.
Lange war sie nicht draußen in der Freiheit der Felder und des Waldes gewesen, und trotz ihrer tiefen Geistesverwirrung genoß sie alles ringsum in der lieblichen Frische des frühen Morgens. Sie schlug die Richtung ein, die unverkennbar zum Walde führte, und der große Hund begann bald aufgeregt hin und her zu laufen, denn auch er war ein Flüchtling und hatte am Abend vorher die Wachsamkeit seiner Wärter betrogen. Halimeh aber dachte nicht darüber nach, wie es kam, daß sie so ungehindert das große wohlbewachte Serail verlassen konnte, sie, eine Frau, die sich im Haremlik aufzuhalten hatte. Ihre dumpfe Wirrnis nahm es alles als gegeben hin. Und doch lag dem allen die Voraussicht der Mutter des Bey zugrunde, die Befehl erteilt hatte, falls einmal die von einem bösen Geist besessene junge Herrin das Haus zu verlassen gedenke, sie nicht daran zu hindern, könne sie doch nur auf diese Art befreit werden von ihrer Besessenheit. Wer weiß denn immer, was er sagt, besonders dann, wenn er in Tücke und voll List redet? Oftmals spricht aus ihm die Wahrheit, und er kennt sie doch nicht.
So ging denn Halimeh auf das Versteck des Waldes zu, und sie vermeinte nach kurzem, als sie den kühlen Schatten erreicht hatte, den Baum entdeckt zu haben, auf dem sie damals die Nacht verbrachte. Dennoch war sie weit davon entfernt, hatte aber eine Quelle gefunden und war so vor Durst bewahrt. Müde ließ sie sich im Schatten nieder, streckte sich auf dem Moosboden aus, und der Hund legte sich neben sie, barg den schönen

Kopf in ihrem Gewande. Dann begab sich das ganz einfache Geschehen, daß oben in des Baumes Gezweig ein Vogel sein Morgenlied anstimmte. Halimeh blickte hinauf, und während die kleine Kehle dort oben dem werdenden Lichte Preis sang, löste sich von dem gepeinigten Herzen des jungen Weibes eine Last, und sie vermochte unversehens zu sprechen, ohne zu denken, ob diese ihre Stimme nun Leid bringe oder Freude, Verhängnis sei oder Schuld. Sie sagte ganz leise, heiser, wie die so lange nicht geübte Stimme geworden war: »O Vogel da oben, nimm auf deinem Liede meine Seele mit, bringe sie dorthin, wo sie Ruhe findet, o Vogel, hilf!«

Das war ein Gebet, nicht an den Vogel, nein, an das, was aus seinem Singen klang und auch von Allah kam, und es mag gewesen sein, daß die Botschaft an ihr Ziel gelangte. Denn Halimeh, schon erfrischt von ihrer kurzen Ruhe, richtete sich auf, schaute um sich, sah am Boden einen feinen Stab liegen und nicht weit von sich einen moosbewachsenen Stein. Sie sagte zu dem Hunde: »Tareh, guter Freund, es hilft, zu sprechen, o ja, die Stimme, die so lange gefangen war, ist auch wie jener Vogel, frei. So will ich auch wieder sprechen, so will ich es alles sagen, dir, Tareh, mein Freund, der du es nicht verstehst, und diesem Steine, der es nicht weitersagt. Höre jetzt, Stein, ich berichte dir, vernimm und höre... mit diesem Stecken hier werde ich dich berühren, Stein, und so oft ich es tue, so oft hat mein Herz gebebt, so oft zerriß es vor Qual und Schmerz. Möge es aber dir, o Stein, kein Leid bereiten, denn mit dir, der du von dem friedlichen Grün umhüllt bist, mit dir ist ein Schutz, so denke ich. Und nun sei du, o Stein, mein Vertrauter und laß die Last auf meiner Seele leichter werden.« Und sie schlug mit dem Stecken leicht auf den moosigen Stein; lautlos war es, wie der Schlag eines Flügels.

«Hast du Geld…

...so bist du weise. Hast du keines, bist du ein Narr.» Eine alte Weisheit aus der Türkei, die jedem einsichtig ist. Und wenn sie nicht sagt, wie man am besten zu Geld kommt, so deshalb, weil es damals noch keine Pfandbriefe und Kommunalobligationen gab.

Versteckt hinter dichtem Gebüsch stand einer, der schaute, der lauschte mit aller Hingabe, und Halimeh merkte es in ihrer Versunkenheit nicht, daß der Hund Tareh sie verlassen hatte. Der Bey hielt ihn fest, streichelte seinen Kopf, um ihn zu beruhigen, und hätte gerne auch den wilden Schlag seines Herzens beruhigen wollen. Er war geweckt worden aus unruhigem Schlummer von einer jungen Dienerin, die zu denen gehörte, in deren Sinn noch Mitleid für die junge Herrin lebte, und sie hatte ihm schnell flüsternd verraten, was die alte Herrin befohlen hatte und wie die junge nun ihrer Wege gehe, beschützt zwar vom großen Hunde, aber doch so verlassen, so verraten und einsam. Hastig hatte die Dienerin noch angeben können, welche Richtung die Flüchtige eingeschlagen hatte, und dann war es für den Bey eine Kleinigkeit gewesen, der zu folgen, die er verzweifelt in Schmerz und Trauer liebte, immer liebte. Nun stand er dort und hörte zum ersten Male die Stimme seines jungen Weibes, eine müde, heisere kleine Stimme zwar, aber er vernahm sie doch, und bald, o bald würde er nun wissen, was es alles bedeutete, dieses Furchtbare um sie, das er stets nur für Verhängnis, niemals für Schuld gehalten hatte. Und nun schlug sie sanft und lautlos zum ersten Male auf den Stein, den moosigen, und sprach:
»Stein, höre! So jung und voll Wissensdurst war ich, so innig liebte ich den erhabenen Lehrer, stand und schaute hinein in sein Gemach – und was sah ich, o Stein? Er hielt in seinen Händen ein Wesen, einem Kinde gleich, zerriß es und verzehrte es – hörst du mich, Stein?« War es Täuschung, oder kam es aus dem Stein hervor wie ein Seufzer? Die heisere, matte Stimme fuhr fort: »Ich lief davon, und ich gelobte um des verehrten Lehrers willen, nie mehr zu sprechen, auf daß nicht ein unversehenes Wort ihn verrate in Wachen oder Traum. Und hielt mein

Gelübde. Wie gerne hätte ich oft ihm, den ich liebe, meinem treuen, schönen, edlen Gatten, ein leises Wort der Liebe gesagt! Ich tat es nicht, ich hielt mein Gelübde. Hörst du mich, Stein?« Wie das Atmen des Waldes klang wieder der leise Seufzer. »Um mich war Haß und Mißtrauen; er aber zweifelte nicht an mir. Wie gerne hätte ich ihm einmal seine Treue gelohnt, aber ich hielt mein Gelübde. Und dann, o Stein, dann ward mein Kind geboren, sein Kind, dessen, den ich liebe, und ich hatte es im Arm, betrachtete es glückselig. Da, o Stein, höre mich an, da schwand die Wand neben meinem Lager, und der Lehrer, der verehrte, stand dort, hatte Tauben, denen er die Köpfe abriß, beschmierte mich mit der Vögel Blut, nahm mir mein Kind, sagte, weil ich ihm meine Stimme geweiht habe, sei meine Seele sein und so auch mein Kind... und ich schwieg. Was ist dir, Stein? Du zersprangst! Zerriß auch dich der Schmerz, o du barmherziger Stein?«

Tief neigte sie sich über den zersprungenen Stein, und so sah sie nicht, wie ihr junger Gatte nahe neben ihr am Boden lag, niedergeworfen von einem erschrecklichen Schmerz, einem unerträglichen. Sie sah auch nicht, daß hinter ihr die dichte Laubwand sich aufhellte, durchsichtig ward, blickte erst auf, sprang auf, als sie die Stimme hörte, die unvergeßliche, des Lehrers. Er sagte: »Halimeh, mein Kind, du warst treu, wie es nie Menschen sind, und ich will dir künden, was du damals sahest. Es war ein Trugbild, Halimeh, ein Nebelstreif, dem Menschen angeglichen, der sollte das Böse darstellen, das zerrissen und vernichtet werden muß... auch verzehrte ich es nicht, ich bespie es nur, um es zu zerstören. Du aber gabst mir dafür deine Stimme, das Lied deiner Seele, o Halimeh, und ertrugst, was sogar Steine bersten macht. Darum wisse, o du vielfach Gesegnete, zu den vierzig

Seligen gehört dein Lehrer, und du gehst nun mit ihm ein in das Licht, das von der Nähe Allahs strömt. Dein Kind aber, in ebendiesem Lichte schon zu einem Knaben erwachsen, das brachte ich ihm, der dich liebt, zum Troste. Geh zu deinem Vater, o Osman, und schenke ihm die Liebe deiner Mutter auch dazu!«

Der junge Bey hatte sich aufgerichtet, starrte geblendet in das Leuchten um die erhabene Gestalt, vermochte nicht zu sprechen, sich nicht zu rühren. Er sah, wie sich die, die sein Weib gewesen war, zu der strahlenden Gestalt hinbewegte, wie etwas, das einem Schleier glich, sie zu umhüllen schien, und dann war sie fort, war nicht mehr zu sehen.

Hier murmelte nur eine Quelle, neben der ein geborstener Stein lag, und im Morgendämmern des Waldes stand ein Knabe, der leise fragend sagte: »Vater?« Der junge Bey umschloß ihn fest, ganz fest und schämte sich der Tränen nicht, die seines Sohnes Haar benetzten. Allahu akbar...

Iskender

Da war ein Fischer, der von der See lebte und seine Tage so verbrachte, wie es die Herrin See verlangt. Er hatte ein Weib und einen Sohn, und dieser Knabe war ein seltsames Kind, fremdartig in Gebaren und Wesen. Von Heiterkeit zwar beseelt und kindlichen Vertrauens voll, aber schon seinem Anblick nach befremdlich. Denn der Knabe hatte nicht wie andere Kinder dunkle Augen, nicht wie sie schwarze Haare, nein, seine Augen waren vom tiefen Grau des Meeres an Sturmtagen und seine Haare vom rötlichen Gold des Sonnenunterganges. Seine Mutter begriff diese Fremdartigkeit ihres kleinen Sohnes nicht, und da er zudem, seit er allein zu laufen vermochte, immer die Einsamkeit aufsuchte, stets an menschenfernen Stellen der Küste saß, so hatte sie etwas wie Scheu vor ihrem Sohne. Diese Scheu wurde dann zu einer an Abneigung grenzenden Befremdung, als das Kismet es zugelassen hatte, daß ein Derwisch, ein frommer Bettelmönch, ehrfürchtig von den Fischersleuten in ihrer Hütte aufgenommen worden war und ihm Nachtruhe und Verweilen angeboten wurde.

Als die Frau die wandermüden Füße des heiligen Mannes wusch, stand schweigend und beobachtend der Knabe dabei, blickte mit seinen seltsamen grauen Augen den frommen Mann an und schien über vieles nachzusinnen. Da er damals nicht älter war als fünf Jahre, wirkte die gesammelte Ruhe seines Ausdrucks um so merkwürdiger, und der Derwisch erwiderte den ernst forschenden Blick mit gleichem Ernste, ohne sich bewußt zu sein, daß er dem Schauen eines kleinen Kindes Antwort gab. So sahen sie sich eine Weile an, der weitgewanderte fromme Mann und der kleine Knabe, und dann zog der Derwisch den Kleinen an sich, während die Frau weiterhin seine Füße badete. Doch sah sie in diesem Augenblicke auf, und jetzt geschah das, was sie ihrem Sohne niemals verzieh, obgleich er ganz unschuldig daran war. Es wurde solcherart: Der Derwisch sagte: »Wie ist dein Name, mein Kind?« Der Kleine machte eine Schulterbewegung und schwieg. »Hast du keinen Namen, Knabe?« fragte der Derwisch erstaunt. Die Mutter sagte zornig und leise: »Er heißt Osman.« Der Knabe sah den Derwisch an und sagte, mit erstaunlich gesammelter Ruhe sprechend: »Ich heiße nicht Osman.« – »Immer wieder spricht er so«, rief nun erregt die Mutter und rieb an einem der Füße des Derwisch so heftig, daß dieser den mißhandelten Fuß zurückzog, »und es ist doch sein Name, der ihm ordnungsmäßig gegeben ward. Auch folgt er nicht, wenn ich ihn Osman rufe. Ein böser, ein verstockter Knabe ist er und gezeichnet mit diesem Haar und diesen Augen!«

Der Derwisch zog den Knaben noch etwas näher an sich, sah zu ihm herab und fragte leise: »Warum gehorchst du der Mutter nicht, mein Knabe? Ist das auch recht?« Der Kleine lächelte in das ernste und ruhige Gesicht hinauf, und dem Derwisch wurde bei dem Anblick dieses Lächelns seltsam zumute, so als habe er unversehens in eine weite, lichte Ferne geblickt. Der Knabe sagte: »Ich würde der Mutter gerne gehorchen, wenn sie mich richtig riefe, so wie es meine Vögel tun.« Ehe der Derwisch auf diese seltsamen Worte etwas zu sagen vermochte, begann die am Boden hockende Frau laut zu jammern und zu schelten. »Das ist es ja, was mich so zornig macht, o Ehrwürdiger, daß dieser Mißratene behauptet, die Vögel sprächen zu ihm! Da sitzt er unten am Meer, und um ihn herum sind alle Vögel des Meeres, und seine Haut wie seine Haare werden beschmutzt, und er lacht und spricht mit ihnen... Nicht mein Sohn ist dieser, er ist ein Ifrit oder wer weiß was... o Ehrwürdiger, ich bin ein geschlagenes Weib!«

Damit erhob sich die Frau, ließ den Derwisch mit einem nassen und einem trockenen Fuß zurück und begab sich jammernd, das Gesicht im Schleier verborgen, davon. Der alte und der junge Mensch sahen ihr beide mit dem gleichen forschenden und fernen Blick nach, so wie man etwas Fremdartiges betrachtet, das zwar seltsam ist, aber einen nicht berührt. Dann sagte der Knabe, immer mit der gleichen leisen und versonnenen Stimme sprechend: »Sie kann es nicht verstehen, die Arme, und sie zürnt mir darob; aber ich bin doch nicht schuld daran, Ehrwürdiger. Die Vögel sagen mir vieles, sehr vieles, und sie rufen mich... warte, o Ehrwürdiger, ich muß mich besinnen... sie rufen mich... ja, jetzt höre ich es: Iskender rufen sie mich.«

Er hatte, um sich des fremden Namens zu erinnern, die Augen geschlossen, nun blickte er wieder zu dem Derwisch auf, und dem stand das Herz fast still vor der Tiefe dieses Blickes und dem Klang des wunderbaren Namens. Er legte die eine Hand auf das rötliche Lockenhaar des Knaben, den er mit dem anderen Arm fest umschlossen hielt, und sagte, indem er in eine nur ihm sichtbare Ferne schaute: »Iskender, o herrlicher Name eines großen, eines weltweiten Herrschers, dessen Reich vom Untergang zum Aufgang reicht und der alle Fernen vereinen wird! Iskender, du Großer, vor dem sich die Völker beugen werden – und du wirst deinen Fuß dennoch nicht auf ihren Nacken setzen. Gesegnet ich, der ich Iskender schauen und erkennen durfte... Yah Allah...«

Während dieser sehr langsam und leise in großen Zwischenräumen gesprochenen Sätze war der Knabe an der Schulter des heiligen Mannes in einen seltsamen Halbtraum verfallen und hatte keines der seherischen Worte mehr vernommen. Anders die Mutter; sie stand lauschend am Vorhang, der das Vorgemach von den inneren Räumen trennte, und jetzt stürzte sie hervor, warf sich nieder vor dem Derwisch, hob die Hände hoch und stammelte flehend: »Herr, Herr, welch schreckliche Worte hast du gesprochen! Von einem Herrscher und von dem fremden Namen... dieser mein Sohn und der eines Fischers, meines Ehemannes... o Herr, was soll das besagen?« Dem Derwisch aber hatte sich das Vermögen der Vorschau auch schon verwischt, und er antwortete nur noch leise: »Dein Ehemann und du, Frau, ihr werdet euch gleich allen Menschen vor diesem hier beugen müssen... so und nicht anders will es das Kismet.«

Die Frau sagte nichts mehr, trocknete des Derwisch noch unversorgten Fuß und bediente ihn ehrfürchtig, bis er am nächsten Tage seines Weges weiterzog. Ihm trug sie nichts nach, doch der Unvernunft gemäß, die vielen Frauen eigen ist, ließ sie das Geschehen den Knaben büßen. Bitter und hart wurde sie zu ihm, und es kam ein Tag, an dem sie seinen Anblick nicht mehr zu ertragen vermochte. Ihr Ehemann, der Fischer, hatte keine guten Tage, denn von abends bis in die Nacht und wieder vom Abend bis zum Morgen lag ihm die Frau in den Ohren. »Willst du das ertragen, daß wir uns vor unsrem eigenen Kinde beugen müssen? Das ist nicht nach Allahs Willen, das darf nicht geschehen. Schaffe ihn fort, diesen Knaben, der uns nicht gleicht, ich flehe dich an, schaffe den Ifrit fort!« So lange redete und schalt sie, bis endlich der Fischer es nicht mehr ertrug, und als ein Jahr nach des Derwisch Besuch vergangen war, stimmte er seinem törichten und angstgeplagten Weibe zu. Doch die Ausführung bedingte er sich als die seine allein aus. Wolle die Frau sich einmischen, so tue er nichts mehr, gar nichts. Und sie fügte sich, denn auch sie war der ganzen Pein herzlich müde.

Der Fischer nun hatte es immer gerne gesehen, wenn der Knabe so still am Strande saß, umschwirrt von allen Vögeln des Meeres. Ihm wollte es zwar auch scheinen, als sei dieser sein Sohn nicht wie andere Kinder und als wolle es das Kismet des seltsamen Knaben nicht anders, als daß er aus der kleinen Enge dieses Lebens eines Fischers hinausgelange. Würden vielleicht die Vögel, die des Kindes Diener zu sein schienen, ihm Schutz und Hilfe gewähren? Solcherart stellte sich der Fischer alles selbst dar, um das Unrecht, das er auf Begehren seines Weibes zu begehen im Begriffe stand, vor sich zu entschuldigen. Er begann das Ganze sehr klug und schlau, wie er glaubte. Eines Tages, als der Knabe wieder von seinen Vögeln umschwirrt war, kam der Fischer heran, wo der Kleine abseits saß, und fragte freundlich: »Sage, mein Sohn, würdest du nicht, von deinen Vögeln begleitet, gerne eine Fahrt auf dem weiten Meere machen?« Helles Entzücken antwortete dieser Frage, und die Vögel gerieten in die größte Erregung, riefen ihre schrillen Möwenschreie und zwitscherten mit den feinen Stimmen der Seeschwalben allerlei durcheinander. »Was sagen deine Vögel, sind sie einverstanden?« fragte der Fischer. »O Pederim, sie sagen, endlich ist es soweit, und du sollst alles bereiten, ehe die großen Herbststürme anheben, sagen sie.«

Der Fischer nickte sein Einverständnis und begann mit der geplanten Arbeit. Er hatte schon eine feste Kiste beschafft, die stattete er innen mit Stroh und weichen Decken aus, versah sie auch mit Taschen, darein er Trinkgefäße und Eßvorräte verwahrte, und sorgte für einen festen Deckel, der von innen beweglich und zu öffnen war. Als alles fertig war, fragte er seine Frau, ob sie von ihrem Sohne Abschied nehmen wolle; doch das verblendete Weib wollte nichts, gar nichts mit dem allen zu tun haben und begab sich zu einem Besuch bei ihrer entfernt wohnenden Schwester fort, feige und voll Bangen, nun nach ihrem Wunsch gehandelt werden sollte. So holte der Fischer den Knaben und wußte ihm das Ganze als ein schönes Abenteuer darzustellen. Aber er hätte sich gar nicht zu bemühen brauchen, denn der Knabe fürchtete sich nicht, wußte er sich doch von seinen Vögeln beschützt.

Voll freudiger Gelassenheit kletterte er in die so sorgfältig vorbereitete Kiste, die unmittelbar am Ufer des Meeres stand und leise von den trägen Wellen umspült wurde. Nun es so weit war und seines Sohnes leuchtender Kopf aus der Kistenöffnung hervorragte, schlug dem Fischer doch das Herz vor Bangen, und er rief erschreckt, angstvoll: »Nicht, nicht, o mein Kind, nicht fort von hier!« Da aber erfaßte eine größere Woge die Kiste und trieb sie in das Meer hinaus. Der Knabe klammerte sich lachend an den Rand der oberen Öffnung, um das Ducken mitzumachen, und im nächsten Augenblicke hatte die Welle die Kiste schon ein ganzes Stück weit hinausgetragen. Vögelumflattert segelte sie auf den Wellen dahin, und die höher steigende Sonne umspielte sie mit Licht, so daß des Knaben helles Haar aufstrahlte. Der Fischer, von Reue und Bangen gepeinigt, wollte nun sein Boot losmachen und die Kiste zurückholen; doch hatte das

Boot sich losgerissen und trieb weit draußen. Hilflos stand er dort, und dann sah er, wie aus der Bahn der Sonne hervor ein großer grüner Vogel niederschwebte, auf weiten Schwingen sich spähend eine kleine Weile hielt und dann auf die schwimmende Kiste niederschoß. War es ein Raubvogel, der dem Knaben etwas antun würde? Aber nein! Der grüne Vogel ließ sich auf die Kiste nieder, und der Fischer konnte noch erkennen, daß der Knabe sich hochreckte und nach dem Vogel griff. Er sah, wie das rotgoldene Haar sich in das grüne Gefieder schmiegte, und geblendet von so vielerlei Glänzen schloß der Fischer die Augen. Als er sie wieder öffnete, konnte er nichts mehr von der Kiste sehen, vermochte nur noch ferne einen Vogelschwarm zu unterscheiden. »Er ist doch ein Ifrit, das Weib hatte recht«, murmelte der Mann, wandte sich ab und ging seiner Arbeit nach, gewiß, daß der Wille des Kismet nunmehr erfüllt worden sei. Und damit hatte er recht.

Iskender aber in seiner über die Wogen schaukelnden Kiste war vollkommen glücklich. Dieser schöne, große grüne Vogel, dessen Gefieder in der Sonne glitzerte, hatte sogleich zu ihm gesprochen, will heißen, der Knabe hatte verstanden, was der Vogel in seiner Art mit den Lauten seiner Vogelrufe sagte, und das war so schön und trostreich, daß es wohl glücklich machen konnte. »Endlich, o mein Iskender, ist die Stunde gekommen, auf die ich schon so lange warte, die, da ich mit dir beisammen sein kann, dein Leben zu teilen, dir Freund und Helfer zu sein, du, der das helle Licht auf dem Haupte trägt. Wir werden gemeinsam alles Ungemach überwinden, und von diesen deinen goldenen Haaren wird dir keines beschädigt werden, solange ich bei dir sein darf. Ist es dir recht so, o mein Iskender?« Der Knabe jubelte, legte seinen Kopf ganz fest an des grünen Vogels Brust, und um sie beide schwirrte das Gevögel der Meere in erregtem Hin und Her und steten Freudenrufen. Als die Nacht kam, hockte der grüne Vogel oben auf dem Rand des Kistendeckels und ermahnte den Knaben leise, der Ruhe zu pflegen, denn er sei wohl behütet und beschützt. Iskender rollte sich in der weich ausgepolsterten Kiste wie ein Jungtier zusammen und schlief sogleich ein, mit einem Gefühl glücklicher Sicherheit, wie er es solcherart noch nie kennen gelernt hatte.

Der Nachtwind blieb milde, und die Kiste schaukelte gemächlich weiter über die Wogen dahin. Bei Morgengrauen war sie nicht mehr allein auf dem Meere, vielmehr zeichnete sich am Horizonte ein Segel ab, und bald wurden die Mastspitzen eines großen Schiffes sichtbar. Der grüne Vogel reckte sich hoch, erkannte das, was er zu sehen erwartet hatte, und rief den schlafenden Knaben aus dem Traum. »Erwache, Iskender, mein Schach, denn das Schiff, das uns bestimmt ist, naht schon, und weiterhin wirst du sehen, was du sehen wirst. Erwache!« Iskender hob sogleich den leuchtenden Haarschopf aus der Kiste, sah sich um, erblickte rings das so sehr geliebte Meer und seine Weite und über sich schützend den großen grünen Vogel. Er streckte ihm wieder die Arme entgegen und rief froh: »Wie wunderbar ist es, dich wiederzusehen, mein schöner grüner Freund! Schon hatte ich einen Herzschlag lang Angst, ich hätte dich nur geträumt!« Der Vogel rieb seinen Kopf an der Wange des Knaben und sagte mit dem leisen Singen seiner Stimme: »Habe niemals Angst, denn dann wirst du Kraft verlieren. Und sieh dort das Schiff, das in der Morgensonne leuchtet... wir werden uns nähern, und es wird dich aufnehmen. Habe auch dann niemals Angst und wisse, ich bin bei dir, immer bei dir, Iskender, mein Schach.« Und wie der Vogel gesagt hatte, so geschah es.

Die Kiste trieb nah und näher an das Schiff heran, und als sie gesichtet werden konnte, rief der grüne Vogel leise: »Schließ den Deckel und sei ohne Sorge!« Iskender gehorchte und lauschte begierig, was sich nun weiter begeben würde.

Auf dem Schiff, das den stolzen Namen »Ispahan« trug, war inzwischen die Kiste gesichtet worden, und der Matrose, der sie entdeckt hatte, begab sich eifrig zum Steuermann und wies auf das in den Wellen treibende Ding, das so auffällig von Vögeln umschwirrt wurde. »Seht, Herr, wäre es nicht klug, diese Kiste an Bord zu nehmen und ihren Inhalt zu prüfen? Wer weiß, sie könnte von einem Wrack stammen, was meinst du?« Der Steuermann gab zu bedenken, daß die vielen Vögel, die um die Kiste flögen, darauf hindeuteten, daß sich etwas in ihr befinde, was vielleicht schon verdorbene Nahrungsmittel seien, und daß es besser wäre, sie schwimmen zu lassen. Aber der Kapitän, der hinzukam, fand, man solle wenigstens prüfen, worum es sich handle, und so wurde denn mittels ausgeworfener Stricke und Enterhaken die Kiste an Bord gehievt, wobei Iskender sich eisern festhalten mußte, um nicht hilflos hin und her geworfen zu werden. Den Deckel hatte er innen zugeklemmt; aber als das Wackeln seiner Behausung aufhörte und ein Stoß vermuten ließ, daß die Kiste auf Deck stünde, hob er ihn vorsichtig hoch und spähte hinaus. Er sah einige Männer um sich stehen, die erschreckt und nahezu entsetzt zurückwichen, als sich der Deckel hob und ein leuchtender Haarschopf sichtbar wurde. Ausrufe erklangen, solche des Staunens und des Schreckens wie auch des Unwillens, denn diese Seeleute hatten gehofft, etwas von Wert in der treibenden Kiste zu finden, nicht aber einen für sie wert- und nutzlosen Knaben, wie sie annahmen.

Doch ehe sie noch irgend etwas unternehmen konnten, wichen sie noch weiter zurück, und den wilden Söhnen des Meeres ward kalt vor Schrecken, als sich ein großer grüner Vogel am Rand der offenen Kiste niederließ. Iskender umfaßte seines Freundes Hals und schwang sich aus dem engen Raum heraus, stand mit einem Satz neben dem grünen Vogel an Deck. »Ein Ifrit und sein Begleiter! Seht nur das Haar – und wie der Vogel neben ihm steht... laßt sie uns beide ins Meer werfen, so schnell wie möglich, denn sie bringen Unheil!« So sprachen die Seeleute zueinander, und während sie erregt redeten, sagte leise der grüne Vogel einiges zu Iskender. Der wandte sich an die Männer und erklärte heiter: »Wenn ihr uns ins Meer werft, so wird mein Freund fliegen und mich mitnehmen, wir ertrinken nicht. Aber er sagt vorher, ihr möget doch mehr westlich fahren, dann werdet ihr einer starken Bö ausweichen, die euch Schaden bringen könnte. Doch werde ich noch die Möwen für euch befragen, so seid ihr doppelt sicher.« Und Iskender hob die Arme, rief leise lockend, wie er es am heimischen Strand immer getan hatte, die Möwen herbei; sie ließen sich ihm auf Schultern und Armen nieder, begannen aufgeregt zu rufen. »Ja, ja, ich verstehe, es ist schon recht«, sagte er beruhigend, warf sie hoch und wandte sich an die Männer. »Sie sagen das gleiche. Wollt ihr nicht versuchen zu tun, was euch geraten wird? Und wenn es nicht stimmt, könnt ihr mich immer noch mit meinem grünen Freunde fortwerfen... wie ist es?«

Hier nun geschah es, daß der Kapitän, der bisher schweigend alles beobachtet hatte, den Steuermann zu sich heranwinkte, zugleich den leisen Befehl gab, daß ein anderer indessen das Rad versorge. Er zog den Mann etwas abseits und sagte kaum hörbar: »Erkennst du, was sich uns hier bietet, mein Freund? Wollten wir nicht rechtzeitig zum Sklavenmarkt von Djidda kommen, und sind wir nicht ohne jeden Sklaven zur Stunde, haben keine Ware, nichts, was wir anbieten könnten? Hier aber, dieser Knabe... er versteht die Vogelsprache... erkennst du, was sich uns bietet?« Der Steuermann sah seinen Kapitän und Freund, mit dem er nun seit Jahrzehnten die Meere auf Sklavenjagd befuhr, verblüfft an, schlug sich auf die Schenkel, bog sich in wilder Heiterkeit tief zusammen, rief allerlei Beschwörungsworte und konnte sich kaum fassen. »Hör auf, sie schauen auf uns, sei still!« mahnte der Kapitän, »achte auf, was ich nun sagen werde!« Er begab sich zu dem Haufen unentschlossener Seeleute und bemerkte ruhig: »Wir wollen sehen, ob dieser und seine Vögel wahr gesagt haben, und beidrehen, wie sie uns raten. Danach dann werden wir weiterhin entscheiden. Inzwischen gebt dem Knaben Speise und Trank und behandelt ihn gut, denn vielleicht ist er, wenn auch ein Ifrit, so doch für uns von Nutzen. Tut nach meinem Willen, sonst trifft euch harte Strafe.« Damit wandte er sich ab, und den Seeleuten blieb nichts als zu gehorchen.

So kam es, daß Iskender auf dem Sklavenhändlerschiff zwar mit Scheu, aber doch auch mit pfleglicher Sorgfalt behandelt wurde. Er aß und trank, was ihm gereicht wurde, und reckte seine jungen, kraftvollen Glieder nach der mühseligen Verrenkung in der Kiste. Alles auf diesem großen Schiff betrachtete er und blickte immer wieder zu der Mastspitze hinauf, auf der sein grüner Vogel saß und in der Sonne leuchtete, als bestehe er aus lauteren Smaragden. Mißtrauisch hatte der Steuermann den neuen Kurs angesegelt; aber als nun aus heiterem Morgenhimmel eine Bö herangebraust kam, die dunkel und drohend dahinfegte und alle Segel zerrissen haben würde, wenn der alte Kurs beibehalten worden wäre, da änderte sich mit einem Schlage alles. Der Kapitän kam aus seiner Kajüte, holte selbst Iskender herbei, war nahezu zärtlich zu ihm und ließ sich berichten, woher er komme und wie denn das mit den Vögeln und ihm sei. Dazu fütterte er den Knaben mit allerlei erlesenen Süßigkeiten, wie sie in solcher Vollendung nur in den Gegenden hergestellt werden, wo viele Rosen wachsen, wenngleich niemand zu sagen vermag, was diese zweierlei Dinge miteinander zu tun haben.

Man denke nun nicht etwa, daß dieses Verhalten des Kapitäns der Gutherzigkeit entsprungen sei, denn wie kann ein Sklavenverkäufer gutherzig sein? Das geht ebensowenig zusammen wie Gewitter und sanfte Zephirlüfte. Aber dem Kapitän war ein Gedanke gekommen, dessen Ausführung mit einem Schlage seine Reise, die bisher eine ganz unglückliche gewesen war, zur gewinnbringendsten wandeln konnte, die er noch je getan hatte. Dieser Gedanke war sein Wissen um das furchtbare Mißgeschick, das den Herrscher betroffen hatte, der nicht weit von Djidda in seinem Serail lebte und litt. Wenn es also gelang, mit diesem günstigen Winde, der sie zu treiben schien wie eine stoßende Hand, noch rechtzeitig zum größten aller Sklavenmärkte zu gelangen, so war alles gerettet. Dafür aber mußte dieser kostbare Knabe gehegt und gepflegt werden, und weder ihm noch seinem grünen Vogel durfte es an irgend etwas fehlen. Welch ein Kismet, Maschallah, welch ein unübertrefflich gewaltiges Kismet!

So geschah es, daß Iskender an Bord dieses Sklavenschiffes eine herrliche Zeit hatte, denn als die Seeleute erfuhren, um was es ginge, gab es keinen, der sich nicht bemühte, dem in Wahrheit kostbaren Knaben die Stunden auf See zu verkürzen und ihm jeden Gefallen zu erweisen, den sie nur ersinnen konnten. Sie fütterten auch mit Sorgfalt seinen grünen Vogel, der immer wieder Hinweise über Wind und Wellen gab, die Iskender dann mitteilte, so daß diese Fahrt des Sklavenschiffes so verging, als werde der Kiel auf Samt von Syrien weitergeschoben und als umwehten die »Ispahan« nur jene lieblichen Düfte, die eben dieses Land in seinen kostbaren Wohlgerüchen erzeugt. Um noch ein übriges zu tun, hatte der Kapitän veranlaßt, daß der Schneider an Bord für den Ifrit-Knaben, wie sie alle Iskender nannten, ein schönes und kostbares kleines Gewand herstellte. Das Lendentuch, des Fischersohnes einzige Bekleidung, wurde ersetzt durch eine richtige Kleidung; denn an Bord dieses Schiffes befanden sich vielerlei verborgene Schätze aller Art. Da ward zunächst ein Hemd aus weichster Seide von Brussa hergestellt, dazu eine prächtige Hose aus rotem Samt, ein grünes Jäckchen mit Goldstickerei kam hinzu und ein gelber Mantel nach Art eines Burnus, wieder aus Brussa-Seide. Die leuchtenden Haare aber wurden verdeckt von einer Kufiah, deren Enden weit am Rücken herabhingen und so den Knaben größer erscheinen ließen. All das aber erfreute Iskender nicht sehr, denn er war gewohnt, an seinem nackten, schlanken Körper die Liebkosung der Himmelswinde zu spüren, und kaum ließ man ihn frei, so lief er wieder nur mit dem Lendentuch bekleidet glücklich überall herum.

So kam endlich der neunte Tag dieser Reise, die sicher die schnellste gewesen war, die jemals ein Sklavensegler zurücklegte, und die Kuppeln von Djidda wurden schon ferne sichtbar. Der Kapitän holte sich den Knaben, nahm ihn zu sich in seine Kajüte, stellte ihn zwischen seine Kniee und sagte ernsthaft: »Mein kleiner Ifrit, sind wir gut zu dir gewesen, sprich?« Iskender sah ihn mit den seltsamen großen Grauaugen an, sagte auch ganz ernst:

»Sehr gut; aber ich weiß nicht warum?« Der Kapitän lachte ein wenig, und wäre Iskender älter gewesen, so hätte er an diesem Lachen den Mann erkannt, dem er zwar dankbar war, aber nicht vertraute. »Warum? Das sollst du hören, und wenn du ein guter kleiner Ifrit bist, wirst du dein Glück machen. Vernimm also: Wir kommen jetzt an einen Platz, da ist ein Sultan, der kann seit vielen Zeiten nichts essen und nichts trinken. Der Arme vergeht trotz Macht und Reichtum in Elend, Hunger und Durst; denn sowie er eine Speise anrührt oder einen Trunk zu sich nehmen will, stürzen sich viele schwarze Vögel auf ihn und entreißen ihm das, was er berührte, beschmutzen und zerfetzen es, und er muß weiter hungern und dürsten. Es sind alle Weisen unserer Lande schon herbeigerufen worden, um ihm zu helfen oder doch herauszufinden, was es mit den Vögeln auf sich hat; aber keiner war, der etwas zu tun oder zu erkennen vermochte. Verstehst du mich, kleiner Ifrit?«

Iskender hatte atemlos zugehört, und die großen Augen verließen keinen Herzschlag lang das Gesicht des Kapitäns. Jetzt nickte er eifrig, sagte einfach: »Und nun bringst du mich hin, damit ich dem Sultan helfe, weil ich die Vögel fragen kann, warum sie das tun... ist es nicht so?« In seiner Freude über das nun sichere Gelingen seines klugen Planes zog der Kapitän den Knaben an sich und sagte ernsthaft: »So ist es, mein Knabe. Und das ist es, was du als Dank uns tun kannst, nur das.« Iskender sah den Kapitän an und sagte ganz leise, aus einer ihm selbst noch nicht erkenntlichen Tiefe heraus sprechend: »So bist du also doch ein guter Mensch!« Der Kapitän, seltsam zu vermelden, ertrug den tiefen Blick der grauen Knabenaugen nicht, er wandte sich ab. Aber der Klang dieser wenigen Worte blieb in seinem Inneren haften, und es gab Zeiten in seinem weiteren

bewegten Leben, da er diese Worte wieder in sich klingen hörte und eins oder das andere unterließ, was er sonst bedenkenlos getan hätte. Seltsam, ist es nicht so? Für jetzt antwortete er nur: »Wer weiß das, mein kleiner Ifrit?« Und damit war diese Besprechung beendet.
Iskender ließ sich später widerspruchslos in die beengenden Gewänder kleiden, und der grüne Vogel kam herab von der Mastspitze, saß dicht neben dem Knaben, als das große Schiff den Anker fallen ließ.
Dann wurde die lange Gangplanke auf die weit ins Meer hinaus gelagerten Steine gelegt und der Kapitän in seiner Festtagskleidung, zusammen mit dem Steuermann, der auch prächtig hergerichtet war, führten Iskender an Land. Kaum setzten sie den Fuß auf festen Boden, als sich dem bekannten Sklavenhändler auch schon diejenigen entgegenwarfen, die er zu beliefern pflegte. Aufgeregt redeten sie auf ihn ein, der zunächst nicht zu Worte kam, und zornige Ausrufe erklangen von allen Seiten. »Das ist alles, was du bringst?« – »Was sollen wir mit diesem aufgeputzten Spielzeug beginnen?« – »Hast du den Verstand verloren zusammen mit deinem Gelde?« Doch plötzlich verstummte das Gerede und Gefrage, denn über Iskender kreiste der große grüne Vogel, und alle schauten erschrocken und in Scheu zu ihm hinauf. In diese Stille hinein sagte der Kapitän: »Laßt mich durch zu Mahmoud Ali, ihm bringe ich etwas, nur ihm.«
Sie gaben Raum, denn der Name des großen Sklavenverkäufers, des anspruchsvollsten, des reichsten und angesehensten, wirkte wie ein Zauberwort. Murmeln erhob sich, und alles fragte sich, was es wohl mit dem Knaben auf sich habe, über dem dieser seltsame Vogel kreise? Unbehelligt konnte der Kapitän jetzt seinen Weg zum Zelte des Mahmoud Ali nehmen. Er überließ der Obhut des Steuermanns mit einem bedeutungsvollen Blick den

Knaben und verschwand im Inneren. Aber es dauerte kaum die Zeit, »Maschallah!« zu sagen, da stürzte mit allen Zeichen der Erregung der sonst undurchdringliche große Händler hervor, schrie erregt: »Wo ist Hassan? Man suche Hassan! Man finde ein Pferd für Hassan! Es muß schnell sein wie der Wind, und seine Hufe werden mit Gold bestrichen werden! Ist dieses der Knabe? Aferim, wie schön er ist! Hassan! Wo ist denn dieser Sohn des Sheitan? Hassan!« Schon stürzte der so heftig Gerufene herbei, und von einer anderen Seite her wurde das verlangte Pferd gebracht. Der Kapitän und der Steuermann standen mit gelassenem Lächeln dabei und sahen ruhig zu, wie Hassan in das Zelt des Mahmoud Ali gerissen wurde, um nach kürzester Zeit wieder hinausgestoßen zu werden. Einen scheuen Blick warf er auf den Knaben zwischen den beiden Männern, sprang dann vom Boden aus auf das Pferd und war schon in einer Staubwolke verschwunden.

Ganz heiter und gelassen bei dem allen blieb nur Iskender; er blickte manchmal hinauf, wo sein grüner Freund sich auf die Spitze von Mahmouds Zelt niedergelassen hatte, und dann versank er wieder in eine freudige Ruhe. Er dachte an den Sultan, dem er so leicht würde helfen können, und hoffte, dann auch nicht mehr bei dem Kapitän bleiben zu müssen, dem er tief mißtraute. Er wandte sich jetzt an ihn und fragte: »Wann können wir zu dem Sultan gelangen, ich und mein Freund?« Freundlich und gelassen wurde ihm Auskunft. »Du sahst den Boten soeben abreiten; ich bin sicher, man wird dich alsbald holen.«

Dieser Hassan, der Bote, der das geduldige Pferd fast zuschanden ritt, langte in heftigster Erregung beim Serail des Sultans an. Er wurde am Eingang aufgehalten, doch hatte er von Mahmoud die für solche Fälle nötigen

Überzeugungsmittel in Gestalt von goldenen Zechinen erhalten, und so glückte es ihm nach kurzer Zeit, vor den Geheimkämmerer des Sultans zu gelangen. Der war zunächst versucht, ihn für einen Irren zu halten dem Bericht gemäß, den er atemlos gab; aber nach einiger Zeit sagte sich der kluge und verschlagene Mann, daß Mahmoud Ali, dessen Ruf allgemein bekannt war, es sich nicht leisten konnte, die höchsten Würdenträger zum besten zu haben, und so gab er seufzend den Befehl, ihm ein Pferd zu satteln.

»Du weißt, daß du hundert Stockhiebe zu gewärtigen hast, du Bote, wenn das, was du berichtest, nicht der Wahrheit entspricht?« fragte übelgelaunt der Kämmerer, dem es durchaus nicht behagte, daß er sich in Lärm und Staub des Sklavenmarktes begeben sollte. Hassan verbeugte sich schweigend, denn auch ihm war bei der ganzen Sache nichts weniger als wohl. So warteten sie gemeinsam vor dem Portal des Serails, bis die Pferde vorgeführt wurden und der Kämmerer befahl, noch ein reiterloses Tier mitzuführen für den kleinen Betrüger, wie er bei sich dachte. Dann aber packte auch ihn die Neugier, und sie brausten alle zusammen dahin, daß die, welche sie vorbeistieben sahen, erschrocken glaubten, die Diener des Sultans seien einem Übeltäter auf der Spur.

Von weitem schon kündigte sich das Nahen der Reiter durch das Donnern der Hufe auf dem harten Boden an, und Mahmoud eilte aus seinem Zelt herbei, wo er inzwischen mit dem Kapitän handelseins geworden war. Sie waren beide noch atemlos, denn es war das größte Geschäft ihres Lebens, das sich hier anbahnte, und die Erregung, die sonst immer sorgfältig verborgen wurde, ließ sich hier nicht verheimlichen. Der Kapitän aber war dennoch der Ruhigere von beiden und sagte auch jetzt, da sie die vom Serail schon heransprengen sahen, nur halblaut: »Es bleibt dabei: Hassan wird mitreiten und wird zurückkehren, uns zu berichten, was geschah. Dann erst ist die Zahlung fällig, aber dann sogleich, denn ich möchte noch heute wieder in See gehen. Ist es dir so genehm, Mahmoud Ali?« Der nickte nur und sah gespannt dem Kämmerer und seinen Leuten entgegen. Der hohe Würdenträger stieg nicht ab, winkte nur den Sklavenhändler herbei. »Was ist das für eine Lügengeschichte, die du mir vermelden ließest, Mahmoud Ali? Ein Knabe, der die Vogelsprache versteht? Wo ist er?« Eine helle Stimme sagte zu dem Fragenden auf: »Hier, Herr!«

Und der Kämmerer schaute zum ersten Male in die Augen von Iskender, ein Geschehen, das er niemals vergessen sollte. Jetzt sah er aber zunächst nur das aufgeputzte Bürschchen da unten stehen, und der Zorn wollte schon in ihm aufsteigen, daß man ihn für solche Spielerei hergesprengt hatte. Schon hob er die Reitpeitsche, um den lästigen Knaben zu verjagen, da fegte aus der Luft her ein großer grüner Vogel, desgleichen er noch niemals erblickt hatte, herab und schlug mit seinem scharfen Schnabel die Hand, die den Reitstab hielt, nieder. Erschrocken sprang des Kämmerers Pferd zur Seite, und die Diener, die hinter dem hohen Beamten hielten, hatten alle Mühe, ihre Tiere zu bändigen. In dieses Durcheinander klang ein helles Lachen, und die Kinderstimme rief: »Mein grüner Freund, wie kannst du diese guten Leute so erschrecken? Sieh nur, wie die Pferde sich fürchten – es sind doch Pferde, ja? Ich sah noch niemals welche, aber ich kenne sie dennoch. Nimmst du mich mit, Herr, damit ich dem Sultan aus seinem Elend heraushelfe? Es wird ganz leicht sein und schnell gehen, wenn wir so rechtzeitig kommen, die Vögel anzutreffen. Wollen wir nicht jetzt hin? Er tut mir so leid, der Sultan.« Der Kämmerer war jetzt völlig verwirrt und kam sich vor, als sei er in ein Reich der Djinnen geraten und nicht mitten in einen Sklavenmarkt. Er strich an seiner verletzten Hand entlang und sah hinunter auf die kleine bunte Gestalt, schaute wieder in die seltsamen Augen, wußte nicht, was er tun sollte, fühlte nur, es mußte schnell etwas geschehen, denn schon waren sie der Mittelpunkt eines immer anwachsenden Menschenhaufens. Entschlossen wandte er sich zu Mahmoud Ali. »Dieser ist zu klein zum Reiten, schaffe schnellstens eine Sänfte herbei. Dein Diener und einer der meinen geleiten die Sänfte mit dem Kinde. Ich reite voran. Habt gut acht auf alles.«

Ohne zu grüßen, war der Kämmerer schon davon und hatte die tiefen Verneigungen des Händlers und des Kapitäns nicht einmal bemerkt. In Hast wurden dann die Sänfte sowie zwei der schnellsten Läufer zum Tragen beschafft, und mit zärtlicher Sorgfalt wurde Iskender in das köstliche Innere des kleinen Gehäuses gehoben. Als sich die Läufer in Bewegung setzten, ließ sich der große grüne Vogel auf dem Dach der Sänfte nieder, und in dieser Art hielt Iskender seinen Einzug in das Serail des Sultans.

Der Kämmerer hatte inzwischen Befehl gegeben, den Knaben sogleich, wenn er anlange, in die großen Gärten des Serails zu führen und ihn dort nahe dem Kiösk sich aufstellen zu lassen, diesem Kiösk, in den sich der Sultan zurückgezogen hatte, seit ihn das schreckliche Ungemach verfolgte. In der Sänfte hatte sich Iskender die Kufiah vom Kopf gestreift und auch den Burnus von sich geworfen; denn in der Enge des kleinen Raumes hatten ihn seine vielen Kleider allzusehr bedrückt. Daher leuchtete, als er ausstieg, sein rotgoldenes Haar wie eine Flamme über seiner Stirn, und die Diener, die ihn durch lange Gänge des Serail führten, um dann mit ihm in die weiten Gärten zu gelangen, sahen scheu und verwundert zu diesem seltsamen Knaben hin. Kaum verließen sie das Serail, als auch der große grüne Vogel, der auf dem Dach der Sänfte gesessen hatte, wieder über dem Knaben schwebte, und all diesen Wunderlichkeiten waren die Diener nicht gewachsen. Zwar fürchteten sie sich vor Strafe, wenn sie den erhaltenen Befehl mißachteten; mehr aber noch fürchteten sie diesen fremdartigen Knaben und seinen Begleiter. So kam es, daß an jedem Seitenwege einer der Diener verschwand, bis endlich keiner mehr blieb und Iskender mit seinem Freunde allein war. Er ließ sich auf dem Boden neben einer Zypresse nieder und rief seinen Freund neben sich. »Führe du mich jetzt zu dem armen Sultan, mein Freund und Beschützer, und sieh zu, daß wir die schwarzen Vögel bald finden, willst du?« Der grüne Vogel rieb seinen Kopf an Iskenders Wange und sagte in seiner leise singenden Weise: »Da ist schon das Dach des Raumes, darin sich der Sultan befindet, beuge dich ein wenig vor, siehst du es? Sie werden wohl bald kommen, die dunklen Brüder, und wir werden alles von ihnen erfahren. Komm, geh weiter, o mein Schach.«

Iskender streichelte das weiche grüne Gefieder, erhob sich und ging auf den Kiösk zu, der zwischen den Bäumen sichtbar wurde. Ein wenig scheu kam er näher, spähte vorsichtig umher, sah die Tür des Kiösk weit offenstehen und hörte eine müde, matte Stimme halblaut sprechen, sah aber niemanden. Die Stimme des Unsichtbaren sagte voll klagender Trauer: »Allah, aman Allah, auch der Ärmste an den Straßen der Welt hat ein Recht auf deine Gabe, das Wasser... warum nur ich nicht, Allah?« Iskenders warmes junges Herz preßte sich schmerzhaft vor lauter Mitleid zusammen, und er wäre gleich hingelaufen, den Klagenden zu trösten, wenn der grüne Vogel, der neben ihm saß, ihn nicht zurückgehalten hätte, indem er sich mit dem Schnabel fest in die rote Samthose verbiß. Das war deutlich, und so entschloß sich der kleine Mensch, gehorsam zu warten, schlich aber doch näher, um einen Blick auf den zu erhaschen, der soeben gesprochen hatte. War das der Sultan? Und ließ man ihn hier so allein mit seinem Leid? Wie konnte so etwas geschehen? Iskender wußte noch nicht, daß an Höfen nur der gilt, der Macht besitzt, nicht aber der, dem sie entgleitet, sei er auch der Herrscher selbst. Die Höflinge hatten sich längst dahin geeinigt, daß sie den geschlagenen Mann nur gelegentlich aufsuchten, zumal er nunmehr so schwach war, daß sie alle mit seinem nahen Ableben rechneten. Wozu sich da noch bemühen? Es brachte ja keinen Gewinn mehr. Und so blieb er allein, sich und seiner Pein überlassen, dieser Sultan, der ein mächtiger Herrscher gewesen war.

Ratlos und bedrückt stand Iskender dort, vermochte aber ein bleiches Gesicht zu erkennen, das wahrhaft erschrekkend elend und abgezehrt aussah. Er sah auch, wie eine schwache, zitternde Hand sich ausstreckte und nach einem Becher tastete, der wohl mit Wasser gefüllt sein mochte, und in diesem Augenblicke war Flügelrauschen zu vernehmen und zwischen den Bäumen ward ein Schwarm schwarzer Vögel sichtbar. »Sie kommen, aman Allah, sie kommen wieder!« klang die matte Stimme klagend auf, und da brausten sie schon in das Innere des Kiösk hinein. Jetzt aber ließ sich Iskender nicht mehr halten, und der Vogelfreund hielt ihn nicht mehr zurück, flatterte aber neben ihm auf die Vögel zu. Ein wildes Geschrei erhob sich, und sie stießen nieder auf den rotgoldenen Kopf, umflatterten heftig kreischend die kleine Gestalt, doch ehe sie Iskender etwas tun konnten, war der grüne Vogel schon zwischen ihnen und rief ihnen vielerlei zu, das sie zum Verstummen brachte. Iskender aber hatte die Hände und Arme gehoben und stieß seine Lockrufe aus, die sonst den Möwen galten, und da ward Ruhe. Dann kamen die großen schwarzen Vögel nahe und näher, ließen sich auf des Knaben Armen nieder, bis Iskender auflachte und rief: »Oh, ihr seid mir zu schwer, ich kann euch so nicht halten! Laßt mich niedersitzen, und wir werden miteinander sprechen; kommt herbei, kommt zu mir, meine dunklen Freunde!«

Er ließ sich auf dem Boden nieder, und die Vögel saßen um ihn herum, schnatterten, riefen, schienen sehr erregt zu sein, und immer wieder kam das gleiche Wort vor, vielmehr der gleiche Vogellaut, der gerufen, geschrieen und mit Flügelschlagen begleitet wurde. Iskender hob die Hände, und die Vögel schwiegen, saßen still um ihn, der grüne Vogel in ihrer Mitte. »Mein Freund«, sagte Iskender zu ihm, »ich verstehe nicht, was dieser eine Laut bedeutet; mir scheint, es ist ein Name, ein besonderer für irgendein Ding. Ich bitte dich, frage sie nach diesem Laut, denn immer, wenn sie es sagen, dieses eine Wort, werden sie wild. Und finde, ich bitte dich, was es mit jenem Armen dort drinnen zu tun hat.«

Der große grüne Vogel rief einige hohe Laute, und die schwarzen Vögel kamen nahe zu ihm. Wieder und wieder erklang der Iskender fremde Laut, und endlich dann sprach der grüne Freund zu ihm. »Du hast recht, mein Schach, es ist der Name einer Krone, die sie zu bewachen bestimmt sind, dieser Laut, den sie rufen. Die Krone gehörte einem gewaltigen Herrn, der einstmals in ihrer Heimat ein Serail besaß, in welchem sie Schutz fanden. Als er zu seinem letzten Kampf auszog, befahl er ihnen, diese Krone, die Juwel genannt wird, zu bewachen, bis er wiederkomme oder aber einer, dessen Haupt

wie ein Juwel leuchte, an seiner Statt erscheine – dem sei sie zu geben. Nun aber hat ein Feldherr dieses Sultans hier ihnen die Krone geraubt, und um ihretwillen ist es, daß sie den peinigen, der anscheinend den Raub befahl. Das ist alles. Haben sie ihr Juwel wieder, so lassen sie diesen Sultan in Frieden leben.« Iskender hörte gesenkten Kopfes zu, fragte jetzt zweierlei: »Wollt ihr, meine schwarzen Freunde, mir erlauben, den Sultan zu befragen nach eurer Krone? Und gewährt ihr mir, daß ich ihm erst einen Trunk Wassers reichen darf?« Wild war das Geschrei, das sich erhob, aber Iskender hob wieder die Hand und fragte in das Verstummen hinein: »Ist dem Boten kein Lohn gewährt? Und wenn ich dürstete, dürfte ich nicht trinken, o ihr freien Herrscher der Lüfte?« Der grüne Vogel erhob seine Stimme, und Iskender wartete. Dann drehte sein Freund den grünen Kopf zu ihm hin und rief leise: »Es ward gewährt.«
Iskender erhob sich und glitt in den Kiösk hinein, still, wie es ein Lichtstrahl tun würde. »Herr«, sagte er zu dem abgezehrten Manne, der ihn mit angstvoll fragenden Blicken betrachtete, »ich komme, dir einen Trunk Wassers zu reichen – ja, ganz gewiß, einen Trunk köstlichen Wassers. Hier sehe ich den Krug und hier den Becher. Laß mich dir helfen, Herr, und trink, du kannst es ohne Bangen tun.« Zwei schwere Tränen rannen über die bleichen Wangen, und die matte Stimme sagte: »Bote der Gnade, sei gesegnet.« Dann trank der Sultan zum ersten Male seit langen Zeiten, so voller Andacht, so voll Genuß reinster Art, wie der Verschmachtende das geheiligte Naß zu sich nimmt. Lächelnd sank er zurück.
»Und jetzt, Herr, da du gelabt bist, sollst du wissen, warum dich diese Vögel plagten und was sie von dir begehren. Du aber wirst mir sagen, wo ich das finden kann, was sie zu holen kamen. Wenn sie ihr geraubtes

Eigentum zurückerhalten, werden sie dich in Frieden genesen lassen.«

Vorgeneigt, mit großen, ungläubig das Wunder anstarrenden Augen, schaute der Sultan auf diesen aus dem Nichts zu ihm gekommenen Knaben mit dem Sonnenhaar, der seinen qualvollen Durst gelöscht hatte. Er versuchte, alles zu verstehen, was ihm gesagt wurde von Kronen und Feldherrn und Raub; aber er war so schrecklich ermattet, daß er Iskenders Bericht kaum zu fassen vermochte. Nur das wiederholte er wieder und wieder: »Ich weiß von keiner Krone, von keinem Raub und keinem Feldherrn. Ich gab keinen Auftrag und erhielt nichts. Frage den Großvezier, Wunderknabe, nur er vermag alles klarzustellen.« Danach verließen den geschwächten Mann die Kräfte, und er sank zurück in einen tiefen Schlaf vollkommener Erschöpfung. Iskender sah ihn mitleidig an, war aber ratlos, wie er sich weiter verhalten sollte. Die schwarzen Vögel saßen wartend dort und unter ihnen sein großer grüner Freund; zu ihm ging Iskender, berichtete, was der Sultan gesagt hatte, und schlug den schwarzen Vögeln vor, ehe etwas Genaues über den Verbleib der Krone zu erfahren sei, ihre Aufmerksamkeit dem Großvezier zuzuwenden, denn dieser Unglückliche dort im Kiösk wisse offenbar von nichts. »Habt ihr noch nie vernommen, daß Diener ihre Herren betrügen, meine schwarzen Freunde? Glaubt ihr nicht, daß etwas gestohlen werden konnte, das der behielt, der es stahl, und wollt ihr nicht versuchen, nun den heimzusuchen, der ein Dieb sein könnte?«

Die Vögel umflatterten Iskender unruhig, riefen: »Weisheit aus so jungem Munde? Woher, o goldner Knabe, ward sie dir?« Iskender hätte keine Antwort geben können, erhielt aber nach kurzem Hin und Her das Versprechen, daß die schwarzen Vögel den Sultan für die

Dauer von vierzig Tagen verschonen und indessen den Großvezier prüfend heimsuchen wollten. Zufrieden mit diesem Ergebnis, aber ganz unsicher, was er nun tun solle, wandte sich Iskender zum Gehen und sah im gleichen Augenblicke, in dem die dunklen Vögel sich erhoben und davonflogen, eine Menge von Männern aus allen Seitenwegen des Gartens daherkommen, voran den Kämmerer, der ihn geholt hatte. Sie kamen auf ihn zu voll Scheu, Bangen und Ehrfurcht, verneigten sich und standen dort, so als wüßten sie nicht, wie sie sich verhalten sollten. Iskender jedoch, der Scheu und Bangen nicht kannte, ging auf den Kämmerer zu, sagte: »Herr, der Sultan schläft, nachdem er sich erquickte. Würdest du, Herr, dem Sultan Nahrung bringen lassen und erfrischende Getränke? Wenn er erwacht und die Diener haben indessen alles für ihn hergerichtet, wird er wissen, daß alle Qual vorbei ist. Ist es dir so genehm, Herr?«
Der Kämmerer sah herab auf den Knaben, der so vernünftig redete, blickte auf den großen grünen Vogel, der nahe bei ihm saß, und glaubte weiterhin an Ifrite, was er sich auch späterhin niemals abstreiten ließ. »Wie du gesagt hast, soll es geschehen«, sagte er nur und gab den Dienern seine Befehle. Anderen wieder trug er auf, die vereinbarte Summe an Mahmoud Ali zu bringen und Hassan, dessen Diener, ehrend zu behandeln, wenn sie ihn zurückgeleiteten mit dem Gelde. Soweit so gut. Was aber mit diesem kleinen Ifrit tun? Wie sich ihm gegenüber verhalten? Wohin ihn bringen? Diese Schwierigkeit löste Iskender selbst. Als die Diener nach allen Seiten auseinandergelaufen waren und er mit dem Kämmerer allein blieb, sagte er leise und eindringlich: »Herr, willst du mir erlauben, für jetzt, bis er sich ganz erholt hat, bei dem Sultan zu bleiben? Ich werde am Boden schlafen und mein Freund auf dem Dach des Kiösk; so

werde ich Tag und Nacht den Sultan bedienen können, bis er ganz genesen ist. Willst du es mir erlauben, Herr? Ich allein kann ihn vor der Furcht bewahren, die dunklen Vögel könnten wiederkommen; ist es nicht so, Herr?«

Der Kämmerer sah gedankenvoll auf den kleinen Knaben, der in seiner bunten Kleidung vor ihm stand, wie ein Spielzeug anzuschauen, und so vernünftig redete. Er entschloß sich, ihn zu behandeln wie einen Erwachsenen und ihn zu befragen um die Vögel. »Was aber ist es, das die Vögel wollten? Warum plagten sie unseren erhabenen Sultan so grausam?« Iskender überlegte kurz, sah zu dem Kämmerer auf, traute ihm zwar nicht, dachte aber, es könne gut sein, wenn er Bescheid wisse. So sagte er, ruhig und klar sprechend: »Sie suchten eine Krone, um die der Großvezier weiß, nicht aber der Sultan. Nun sind sie zum Großvezier geflogen.« Diese ungeheuerlichen Worte ließen den Kämmerer nahezu erstarren. Ungläubig sah er auf das kleine Menschenwesen herab, das es wagte, den Großvezier, den mächtigsten Mann im Lande, anzutasten, und er stammelte endlich: »Aber... aber... sage mir, wie willst du das wissen?« Iskender sah den Mann erstaunt an, antwortete ruhig und etwas befremdet: »Ich, Herr? Ich weiß es doch nicht. Ich wiederholte dir nur, was die schwarzen Vögel mir sagten.«

Hier aber überwältigte die Neugier den hohen Würdenträger, und er hockte sich nieder auf seine Fersen, um in gleicher Höhe mit dem Knaben zu sein, fragte ihn eindringlich und sehr ernsthaft: »Sage mir, o Ifrit, du sprichst mit den Vögeln, wie wir jetzt miteinander sprechen?« Die großen, ernsten grauen Augen Iskenders sahen den Mann forschend an, und der wandte den Blick ab, er ertrug es nicht, so angeschaut zu werden. »Ja, Herr, ich spreche mit ihnen, nur nicht in dieser gleichen

Sprache, wie wir sie benutzen, vielmehr in der ihrigen.«
Der Kämmerer rückte noch ein Stückchen näher zu dem Knaben heran, fragte ganz hingerissen: »Du kannst in ihrer Sprache reden, will sagen, du vermagst ihre Laute nachzuahmen?« Iskender lachte und dachte daran, wie es ihm zuerst am heimatlichen Strand schwer geworden war, diese Laute zu erlernen, antwortete dann heiter: »Gewiß, Herr, sie würden mich doch sonst nicht verstehen, ist es nicht so?« Der Kämmerer senkte den Kopf und überlegte. Welche Möglichkeiten waren hier gegeben! Was konnte man zur Zeit, da die Zugvögel auf ihrem Fluge hierorts rasteten, nicht alles erfahren über die Länder, aus denen sie kamen! Welche fernen Völkerschaften und ihr Tun konnte man nicht erforschen, wenn das in Wahrheit sich so verhielt, wie der Ifrit es sagte!
»Ich bitte dich, o Ifrit, sage mir, vermagst du auch die Sprachen der fremden Vögel zu verstehen, derer, die nur kurz bei uns rasten auf ihrem Weg von Nord nach Süd... auch das?« Iskender sagte heiter: »Es gibt nur eine einzige Vogelsprache, Herr, auf der ganzen Welt, so sagten mir die Möwen, die weit über die Meere hin fliegen und es wissen müssen... nur eine, Herr.« Der Kämmerer wiederholte: »Nur eine einzige Vogelsprache auf der ganzen Welt, und du, o Ifrit, verstehst sie... Yah Allah, welch ein gewaltiges Kismet!« Immer wenn sie ihn mit »Ifrit« anredeten, verschloß sich Iskender ganz in sich selbst und bemühte sich auch nicht, zu widersprechen. Mochten sie denken, was sie wollten, von ihm, was machte es aus? Ihm lag jetzt und hier nur daran, den Sultan zu beruhigen und bei ihm zu bleiben, um zusammen mit ihm dann später herauszufinden, was es mit jener Krone, die die Vögel »Juwel« nannten, auf sich habe und was mit dem Großvezier.

Seltsamerweise kam der Kämmerer zu genau dem gleichen Schluß wie der kleine Knabe. Er dachte sich diesen Ifrit so zu sichern, daß niemand anders von dessen Fähigkeiten genau Bescheid wisse, und ihn späterhin für seine Zwecke zu verwenden. Was da vorhin von dem Großvezier gesagt worden war, einem Manne, der von allen am Hofe gehaßt wurde, und daß die schwarzen Vögel nun ihn plagen würden statt des Sultans, das gab dem Kämmerer viel, sehr viel zu denken. Schnell von Entschluß, wie er war, hatte er seinen Plan schon fertig, als die Diener mit den Nahrungsmitteln für den Sultan zurückkehrten. Er war jetzt urplötzlich wieder des Herrschers ergebenster und getreuester Diener und zugleich der großmütige Beschützer des Ifrit.

In dieser doppelten Eigenschaft begann der Kämmerer nun nach allen Seiten hin Anordnungen zu geben, wobei nicht vergessen wurde, immer wieder auf die unübertrefflichen Verdienste des Ifrit hinzuweisen, der dem Lande den Sultan erhalten hatte. Es wurde angeordnet, daß der Wunderknabe fürs erste in der Nähe des Sultans zu bleiben habe und daß er zu bedienen sei wie ein Schach. Des weiteren wurde alles getan, um für den Herrscher ein neues Behagen zu schaffen und ihm die so lange vernachlässigten Ehren zu erweisen. Bewaffnete Wächter bezogen ihre Posten um den Kiösk herum, und Diener hielten sich in der Nähe auf, um auf das leiseste Zeichen hin herbeizueilen.

In all diesem geschäftigen Treiben schlief der Sultan den Schlaf der Genesung, und Iskender stand abseits neben seinem grünen Vogel, sich mit ihm zu beraten. »Es wird gut sein, o mein Freund«, sagte der Knabe, in seinen seltsamen Vogellauten redend, »daß du herausfindest, ob die schwarzen Vögel den Großvezier aufsuchten und was weiterhin mit dem Juwel sich nun begeben wird. Wir müssen wissen, wo und wie es zu finden ist, damit der Sultan, wenn er erwacht, nicht aufs neue geplagt werden kann. Suche du die Vögel. Ich bleibe hier.« Der grüne Vogel erhob sich mit schwerem Flügelschlag in die Lüfte und stieß seltsame Rufe aus, nach allen Seiten hin spähend. Es dauerte nicht lange, da gesellten sich einige der schwarzen Vögel zu ihm, kreisten schreiend in seiner Nähe und schienen vielerlei zu vermelden, worauf der grüne Vogel mit ihnen gemeinsam davonflog.

Von dem, was sich in dieser Nacht begab und davon auch Iskender erst viel später erfuhr, wurde im Lande des Sultans noch lange gesprochen und berichtet. Es klang im Volksmunde solcherart, daß ein Ifrit erschienen sei, der dem Sultan das Leben rettete, das lange schwer gefährdet gewesen war, der dann seinen Dienern, die ihm untertan waren, einem Heer riesenhafter schwarzer Vögel, befohlen habe, denjenigen ausfindig zu machen, welcher das Leiden des Sultans verursachte. Solches sei dann geschehen, denn die Tochter des Veziers und ihr Gemahl, der Feldherr, den der Vezier insgeheim zum Nachfolger des Sultans bestellt habe, seien von ebendiesen schwarzen beflügelten Dienern des Ifrit mit dem goldenen Haar in der Nacht zu Tode gehackt und ihnen sei die kostbare Krone geraubt worden, welche Stolz und Freude beider gewesen war. Die Erzählung berichtete weiter, daß Hirten draußen in der Steppe gesehen haben wollten, wie ein großer Schwarm schwarzer Vögel unter dem Monde dahergeflogen sei und wie sie mit sich ein blitzendes und strahlendes Etwas führten, das einer Krone glich und das Licht des Mondes widerstrahlte. Daß der Großvezier aus Kummer über das schreckliche Geschehen sich selbst entleibte, das erweckte größte Freude; denn es gab wohl niemanden im ganzen Volke, ob hoch, ob nieder, dem dieser Mann nicht ein Leid angetan hatte.

Dieses war die Geschichte, die das Volk sich erzählte; doch barg die Erzählung viel Wahrheit. Der Tod der Tochter des Veziers und ihres Gemahls, der Raub der stolz gehegten Krone, die sich stets in der Nähe des Feldherrn und seiner Frau befunden hatte, entsprachen der Wahrheit. Doch hatte der Vezier sich nicht selbst getötet, war vielmehr in der allgemeinen Verwirrung von einem Diener niedergestochen worden, der beglückt diese Gelegenheit der Rache ergriff. Nun, wie dem auch sei, die Plage der schwarzen Vögel war abgewandt, der verhaßte Vezier war verschwunden, der ehrgeizige Gemahl seiner Tochter ebenfalls, und nun konnte ein neues Leben für das Volk anheben.

Es schien auch wirklich, als ob mit dem Kommen des goldhaarigen Ifrit sich alles gewandelt habe. Der Sultan genas, der Ifrit blieb bei ihm, und der große grüne Wundervogel horstete in den Gärten des Serails. Für den Sultan war das Erwachen aus seinem Traum der Qual zugleich das freudige Begrüßen seines jungen Erretters. Als er nach jenem erquickenden Schlafe zu sich kam, richtete er sich auf, fragte etwas angstvoll in das Schweigen um sich: »Wo bist du, goldener Knabe... oder warst du nur ein Traum?« Iskender, der zu Füßen des Lagers gekauert hatte, richtete sich auf, sah mit strahlendem Lächeln den Sultan an, sagte heiter: »Wenn du mich meinst, Herr, ich bin hier, und so du es erlaubst, bleibe ich bei dir. Jetzt aber wirst du erst einmal speisen, Herr. Sieh nur, was dir alles bereitet wurde... was wirst du zuerst genießen?« Der Sultan richtete sich auf, sah den niedern reich besetzten Tisch neben seinem Lager, lachte leise und fragte erstaunt: »Das alles für mich? Und ist es ganz, ganz sicher, daß sie nicht wieder...?« Er schau-

derte und schwieg, aber Iskender hatte ihn schon verstanden. »Die Vögel kommen nicht wieder, Herr, sie sind befriedigt fortgeflogen mit der Krone, die sie beim Großvezier fanden. Laß es nun dabei bewenden, Herr. Du mußt essen und an nichts anderes denken, Herr!«
Von draußen her überwachten unsichtbare Diener und Höflinge das Geschehen im Kiösk, getreu dem Befehl des Kämmerers, vorerst den Ifrit allein mit dem Herrscher zu belassen, bis der Sultan wieder voll bei Kräften sei. Das war dem Kämmerer um so willkommener, als er in der Zwischenzeit nach dem Tode des Großveziers alle Muße hatte, sich so etwas wie dessen Herrschaft anzueignen und zunächst einmal alle Freunde des Toten zu vernichten. So konnte er dem Sultan, kaum daß der Genesene sich wieder mit den Regierungsgeschäften zu befassen vermochte, gute und frohe Nachrichten bringen. Und wem verdankte man dieses alles? Dem goldenen Ifrit, nur ihm! Was bedeutete es schon, daß Mahmoud Ali eine hohe Summe für ihn bekommen hatte... vielfach, vierzig mal vierzigfach würde alles wieder einkommen, was um seinetwillen verausgabt worden war. Der Kämmerer war glücklich, der Sultan war glücklich, der »Goldene Ifrit« war glücklich. Kann man mehr vom Kismet verlangen?
Es war eine schöne, eine friedevolle Zeit; denn anders als bei Günstlingen sonst, handelte es sich ja hier um einen kleinen Knaben, der nichts verlangte, als den von ihm geliebten Sultan zu hegen und zu pflegen, und keine Ahnung von den vielen Schleichwegen eines Hofes hatte. Iskenders einzige Frage an den Sultan blieb sich stets gleich; es war diese: »Darf ich bei dir bleiben, Herr? Schickst du mich nicht wieder fort?« Der Sultan pflegte ihm mit frohem Lachen zu erwidern, er denke gar nicht daran, seinen Wunderknaben fortzuschicken, und zauste

dann den goldenen Haarschopf, bis Iskender lachend um Gnade bat.
Es kam ein Tag, da sich der Herrscher wieder ganz erholt fühlte und nunmehr alle Erinnerung an die bösen Zeiten, die er im Kiösk verlebte, auslöschen wollte. Zurück ins Serail wollte er und gab Befehl, den Kiösk abzureißen und an seine Stelle ein Wasserbecken mit einem Springbrunnen setzen zu lassen. Iskender war nicht ganz glücklich über diese Entwicklung; denn er fürchtete sich vor geschlossenen Räumen und würde zudem den grünen Vogel entbehren müssen, wie er sagte. Aber der Sultan wußte auch dazu Rat und ließ seinem Wunderknaben nach den Gärten zu offene Gemächer anweisen, vor denen auf den hohen Bäumen der grüne Vogel horsten konnte.
Als sie am ersten Abend in den weiten Sälen weilten, der Sultan wieder auf seinem niederen Thron sitzend wie ehemals und der Knabe klein und verloren ihm zu Füßen hockend, da neigte sich der Herrscher vor, zauste wieder in den goldenen Haaren und sagte heiter: »Mein kleiner Wunderknabe, weißt du, was ich zu tun gedenke? Ich werde dich vor aller Welt als meinen Sohn und Nachfolger erklären, habe ich doch nur einen Harem voll von Mädchen und keinen Sohn; einen lieberen aber als dich kann mir kein Weib geben. Was hältst du davon, mein kleiner Ifrit?« Iskender stand auf, kam nahe zum Sultan heran, lehnte an dessen Seite, sah ernsthaft zu ihm auf, fragte: »Wenn du das tust, Herr, dann bleibe ich immer bei dir?« Der Sultan, der ein kluger Mann war und auch nichts von der Vernachlässigung vergessen hatte, die ihm widerfuhr, als er der Pein preisgegeben war, beugte sich tief herab, fragte: »Warum denn willst du so gerne bei mir bleiben? Weil ich der Sultan bin?« Die großen Augen sahen ihn verständnislos an, und

Iskender sagte leise: »Der Sultan? Ich weiß nichts davon. Aber ich möchte immer bei dir sein. Mir ist so gut zumut, wenn ich bei dir bin, Herr. Und ich wußte davon früher nichts; meine Mutter mochte mich nicht, mein Vater tat mich in die Kiste und schickte mich fort über das Meer. Bei dir ist mir so wohl, Herr, lieber Herr.«

Diese lange Rede, vorgebracht nach der Art, wie vertrauende Kinder sprechen, griff dem Sultan ans Herz, da wo es am weichsten ist, und er schloß den kleinen Wunderknaben fest in die Arme, in einer ganz innigen Art beglückt. Iskender ließ sich ein Weilchen halten, machte sich dann los und sagte ernsthaft: »Ich habe eine Bitte, Herr, eine große, große Bitte!« Der Sultan sagte etwas betrübt: »Schon eine Bitte?« Von der Bedeutung dieser Worte merkte der Knabe nichts, sagte nur eifrig und vertrauend: »Ich möchte so sehr gerne, so gerne, wie ich nicht sagen kann, einiges lernen, ginge das wohl, Herr? Und dann dieses noch: Ganz früher hieß ich Osman, aber das ist mein Name nicht, ich heiße, wie der grüne Freund mich nannte, als er von oben zu mir herabflog, Iskender. Nun nennen sie mich hier oftmals Ifrit oder auch wie du, Herr, Wunderknabe... das klingt mir so fremd und fern im Ohr... würde es möglich sein, ich bitte darum, mich nur und immer Iskender zu nennen? Tätest du es, Herr?« Der Sultan hob den Knaben hoch, setzte ihn auf seine gekreuzten Beine, küßte ihn auf die Stirn und sagte feierlich: »Iskender, von nun an nur Iskender, ich verspreche es! Und lernen sollst du auch, du hast mein Wort, mein Sohn.« In sich verborgen schämte sich der Herrscher sogar ein wenig vor dem Knaben, dessen Bitte er mißtraut hatte und der um das Recht seines Namens und das des Wissens bat. Darum nannte er ihn zum ersten Male stolz »mein Sohn«.

Und nun begann für Iskender die friedevolle Zeit einer behüteten Jugend. Sein Geist, auf so seltsame Art in die Weite gerissen durch das Verstehen der Vogelsprache, nahm Kenntnisse mit der gleichen Leichtigkeit auf wie die Erde das Wasser, und seine Klarheit der Menschensicht, die ihn damals schon dem Kapitän des Sklavenschiffes trotz dessen Freundlichkeit mißtrauen ließ, vermochte ihn, auch jene abzuweisen, die ihn nach den verschiedensten Seiten hin in ihre Pläne einbeziehen wollten. Das gelang ihm auch deshalb, weil er nach wie vor mit abergläubischer Furcht betrachtet wurde, die ihren Ursprung in seiner Gemeinschaft mit den gefiederten Tieren unter den Himmeln hatte. Besonders zur Zeit der Zugvögel, wenn sie, auf ihren weiten Reisen kommend und fortziehend, an den wasserreichen Plätzen des Landes rasteten und Iskender, dorthin getragen auf dem Rücken seines grünen Vogels, sich von ihnen berichten ließ, was in allen Gegenden der reichen Welt geschah – besonders zu dieser Zeit fürchtete man ihn, und heimlich wurde immer wieder vom Goldenen Ifrit geflüstert.
Es darf bei all diesem nicht vergessen werden, daß in unsren Landen das helle Haar eine große Seltenheit ist und daß andere als dunkle Augen kaum vorkommen. Werden nun solche Zeichen einer Fremdartigkeit bei einem Menschen angetroffen, sei es in Haar- oder Augenfarbe, so wird sogleich angenommen, daß es sich um keinen natürlichen Menschen handelt, nicht wie der Nachbar oder der Freund, der über den Weg wohnt, und so entsteht etwas wie Scheu. Kommt zu solchen Seltsamkeiten nun noch hinzu, daß der mit den goldfarbenen Haaren und den grauen Augen als Freund und Gefährten einen grünen Vogel hat, größer als ein Adler, auf dessen Rücken er getragen wird, und außerdem noch dieser ungewöhnliche Knabe mit den Vögeln zu reden vermag,

so kann es nicht wundernehmen, daß alles Volk glaubte, es mit einem freundlich gesinnten Ifrit zu tun zu haben, der unter ihnen erschienen war, um den Sultan von einem bösen Zauber zu befreien. Deshalb wob es sich um Iskender wie ein freier Raum, wie ein Bannkreis, den niemand zu durchbrechen wagte. Und aus all diesem entstand für den Knaben eine große Einsamkeit.

Er besaß zwei Freunde: den Sultan und den grünen Vogel. Sonst kam er nur mit dem Manne zusammen, der ihm als Lehrer zugeteilt wurde und der ein hochgelehrter Derwisch war. Dieser ehrwürdige Mann hatte es zunächst als eine Beleidigung betrachtet, daß der Sultan von ihm verlangte, er solle einen kleinen Knaben unterrichten. Doch sagte der Herrscher mit einem eigenartigen Lächeln: »Ich bitte dich, Ehrwürdiger, sieh dir den Knaben an, diesen, der jetzt mein Sohn ist; sprich mit ihm und teile mir dann mit, ob du bereit bist, ihm Lehrer zu sein, oder nicht. Ich werde mich in jedem Falle deinem Entschluß beugen.« Dann hatte der Sultan den Raum verlassen und Iskender zu dem Derwisch hineingeschickt.

Der kleine Knabe und der hochgewachsene Mann in der dunklen Kleidung seines frommen Ordens standen sich gegenüber und betrachteten sich von ferne, durch die ganze Breite des großen Raumes getrennt. Der Derwisch sah mit Erstaunen das goldrote Haar über des Knaben Stirn sich locken, und als ihn der Blick der grauen Augen traf, da mußte er schnell nach seinem Tesbieh greifen und eine kleine Geistesübung der Sammlung in sich murmeln, denn er schaute nicht in die Augen eines Kindes, vielmehr traf ihn der Blick eines ernsthaft forschenden Menschen von reifem Geist. Erschreckt und befremdet fragte der Derwisch: »Du bist der Sohn des Sultans, dem ich Lehrer sein soll?« Da erhellte ein freies, ein vertrauendes Lächeln das Gesicht des Knaben und gab ihm den kindlichen Ausdruck, der vorher fehlte. Iskender kam nahe zu dem fremden Manne, von dem er sich das Wunder des Wissens erhoffte, verneigte sich tief und sagte ehrfürchtig: »Wenn du mir die Gnade erweisen willst, Herr, mein Lehrer zu sein?« Er richtete sich auf und sah den Mann scheu fragend an, und jetzt stand in den grauen Augen so viel Bangen, daß der Derwisch nicht anders konnte, er ließ sein Tesbieh fallen und nahm das Knabengesicht in die Hände, es weich umschließend, wobei er tief in jene seltsamen Augen blickte. »Ich will dein Lehrer sein, Knabe, doch will es mir scheinen, als hättest auch du mir etwas zu geben, das ich voll Demut annehme.«

Diese Worte verstand Iskender zwar nicht, aber dennoch war ein Bund besiegelt worden, der durch Jahrzehnte unzerstörbar blieb und dessen Bestehen den Derwisch Hadj Mehmed in Geschehnisse verwickelte, davon heute noch in unseren Landen überall berichtet wird. Für jetzt aber war es so, wie wir schon sagten, daß von Iskenders Geist alles Wissen aufgesogen ward gleich dem dürstenden Erdreich, das lang ersehnter Regen trifft, und daß auch das eintrat, was Hadj Mehmed erwähnt hatte: er lernte von dem, der die Sprache der Vögel verstand, und diesem weiten und starken Geist eines Gläubigen wurden Fernen eröffnet, davon er nichts geahnt hatte. So bildeten diese zwei eine Gemeinschaft, als lebten sie auf einer Insel zusammen, und das erregte und oftmals unsaubere Brandungswasser der höfischen Welt erreichte sie nicht.

Indessen war es geschehen, daß jener Kämmerer, der Iskender auffand, sich so stetig in die Gunst des Sultans hineingearbeitet hatte, daß der Herrscher ihn bedenkenlos zum Großvezier ernannte. Der ränkevolle Mann hatte

damit sein Ziel erreicht, und nun ging es ihm darum, den, den er noch immer den Ifrit nannte, in seine Pläne mit einzubeziehen. Er fing es klug an oder glaubte wenigstens, es zu tun, indem er Iskender bei dem nächsten Kommen der Zugvögel fragte, was er von diesen aus den fernen Landen erfahren habe und wie es vor allem in Arabistan stehe? Iskender, der den Tieren Fragen stellte, deren Sinn nichts mit dem zu tun hatte, was der Kämmerer anstrebte, antwortete, daß Arabistan das Land alles Wissens sei und daß er nur eine Sehnsucht kenne, dorthin zu gelangen. Geärgert über so viel Torheit, erwiderte der Kämmerer, daß es damit ja keine Schwierigkeiten geben werde, da Iskender jederzeit von seinem Vogel dorthin getragen werden könne. Der Knabe sah den Mann an, als habe der ihm das Wunder der sieben Säulen verkündet, strahlte auf und jubelte: »Du hast recht, o mein Freund, wie sehr du recht hast!«, wonach er sogleich zum Sultan eilte, bei dem er zu jeder Zeit Zutritt hatte. Er rief voll hoher Freude: »O Herr, da ist mir von den Zugvögeln ein herrlicher Gedanke eingegeben worden... Arabistan! Sie sagen, es ist das Land des Wissens, und sie sagen, daß dort, woher sie kommen und wo es kalte Winde gibt, nicht so viel Wissen lebt wie in Arabistan. Willst du mich hinlassen, Herr? Mich und den grünen Vogel, der mich tragen wird?«
Der Sultan betrachtete gedankenvoll den Knaben, der ihm nun schon bis zur Schulter reichte, der, schlank und stark, schon fast ein Jüngling geworden war. »Du willst uns verlassen, Iskender, mich und Hadj Mehmed? Was sollen wir ohne dich tun, mein Sohn?« Iskender strich sanft über den Ärmel des Sultans, liebkoste die schwere Seide und sagte leise: »Ich verlasse dich niemals, geliebter Herr, und Hadj Mehmed vergesse ich nicht. Aber Arabistan und sein Wissen! O bedenke, Herr: ich kann

das stolzeste Pferd zähmen; ich treffe mit meinem Pfeil das fernste Ziel; ich kann die Lanze werfen, als sei sie eine Feder; aber was ist das alles? Das kann auch ein Pferdeknecht, so er seine Kräfte richtig anwendet. Doch was, Herr, macht den Herrscher aus... ist es nicht Wissen? Mehr Wissen als die zu besitzen, die er beherrschen soll? Du nennst mich deinen Sohn; so laß es mich ganz werden, ganz deiner würdig sein, o mein Sultan.«
Der goldfarbene Kopf neigte sich, und die Stirn Iskenders legte sich auf des Sultans Schulter, mit dieser Gebärde der Ergebenheit alle Liebe und allen Gehorsam ausdrückend, die ihn beseelten. Des Sultans Hand, die früher die rötlichen Locken so gerne gezaust hatte, strich nun sanft darüber hin und über den gesenkten Kopf fort murmelte er: »Du sollst deinen Willen haben, mein Sohn; denn du hast recht. So flieg denn hin mit deinem grünen Freunde, ich weiß, er wird dich beschützen, daß du ungefährdet zu mir zurückkehrst, du mein Stolz und meine Freude.«
Leicht, leicht wie die Luft! Nur seinen Bogen über dem Rücken, den Köcher im Gürtel, nur einen federleichten Burnus umgeschlungen, so saß Iskender auf des grünen Vogels Rücken. »Reich mir die Hand, Arabistan!« jubelte er, als der Flug begann, und dann ward es ein ganz wundersames Erleben. Denn es war die Zeit, da die Zugvögel aus dem Norden herbeikamen, die Sonne zu suchen, und bald war ein gewaltiger Schwarm um den großen grünen Vogel und Iskender, und Rufe erklangen, fragende Rufe, die im scharfen Flugwinde nicht immer leicht zu beantworten waren. Aber die Stimme des Grünen war stark, und Iskender schwieg meist, um stärker genießen zu können. Leicht, herrlich leicht wie die Luft fühlte er sich, frei und glückselig, und als der Ruf der Vögel sagte, dort unten, was mit Kuppeln und

weißem Gestein glänzte, das sei das Ziel, da rief Iskenders helle Stimme wieder: »Reich mir die Hand, Arabistan!« Und langsam sank der grüne Vogel herab.
Sanft landete er auf einem Innenhof, daran kenntlich, daß er rings von Bogengängen in drei Stockwerken umgeben war. Iskender stand mit gespreizten Beinen über seinem grünen Freund und sah sich um; leise sagte er, sich zu des Vogels Kopf herabbeugend: »Wohin, o mein Freund, hast du mich gebracht, und wo sind wir hier?« Der Vogel schüttelte sich, um anzuzeigen, daß Iskender sich freimachen solle von ihm, und sagte kaum vernehmlich: »Hof des Serails, wo die Scheich-Zadehs aller Länder lernen. Schieß einen Pfeil ab auf jene Kupferschale hin, dann wird man herbeikommen, beeile dich.«
Iskender bemerkte erst jetzt die große, an einer Säule aufgehängte Kupferschale, spannte seinen Bogen und schoß einen Pfeil genau in ihre Mitte ab. Es gab einen schwingenden Ton, und nahezu gleichzeitig füllten sich die Säulengänge aller drei Stockwerke mit schlanken Jünglingsgestalten in allen Arten der Landeskleidungen. Köpfe beugten sich herab, Rufe erklangen in vielerlei Landessprachen, und Iskender blickte voll erstaunten Fragens und heiterer Anteilnahme von einem zum anderen. Da vernahm er das leise singende Geräusch der Stimme seines grünen Vogels: »Der zuerst dir entgegenkommt, auf ihn achte; Osman ist sein Name.« Leise und fragend wiederholte Iskender diesen Namen, der einstmals der seine gewesen war; da löste sich schon eine Gestalt von denen, die auf dem niedersten Säulengang standen, kam die wenigen Stufen herab und auf Iskender zu. Ein schlanker Jüngling, dunkel, mit dem schmalen, bleichen Gesicht des edlen Persers, schritt langsam herbei, blieb vor Iskender stehen und sagte: »Sei gegrüßt,

o Freund und Fremdling! Du kamst auf dem großen Vogel fliegend, ich weiß es, denn ich sah dich zur Nacht im Traume und wußte, du kämst zu mir, o Iskender... sei gegrüßt, mein Freund!«
Von diesen Worten verstand Iskender nahezu nichts, denn das edle Persisch, darin sie gesprochen wurden, war ihm noch fremd, und doch wußte er, was sie bedeuteten. Als sich der Jüngling mit auf der Brust gekreuzten Armen vor ihm neigte, tat Iskender das gleiche und gab leise zur Antwort: »Sei mir gegrüßt, mein Freund Osman.« Dann standen sie und schauten sich an, und in beiden jungen Gesichtern lebte ein strahlendes Lächeln auf, das Lächeln des Erkennens. Sie sahen sich zum ersten Male, wußten aber dennoch, daß sie Freunde waren, kannten sich, ohne sich zu kennen, und vermochten sich beim Namen zu nennen. Während sie noch so standen, einer in des anderen Anblick versunken, eilten die anderen Jünglinge voll Neugier herbei, umringten sie und fuhren erschreckt auseinander, als sich der grüne Vogel rauschend aus ihrer Mitte erhob und sich auf des Säulenhofes höchster Brüstung niederließ.
Hie und da verstand Iskender ein Wort all der vielen Ausrufe der Jünglinge, und er bemühte sich Antwort zu geben auf die Fragen nach seiner Heimat, seinem Vogel und seinem Namen. Unerwartete Hilfe ward ihm von Osman, der sich neben ihn stellte und den Namen Iskender immer wiederholte, auch den des Landes, über das der Sultan herrschte und das nun Iskenders Heimat war. Ein Geschehen wie ein Wunder! In ein fremdes Land unter fremde Menschen kam er, und ein Freund war da, der alles über ihn wußte und für ihn sprach, ein Freund von zarter und schmächtiger Gestalt, dessen feine Züge fast die eines Mädchens hätten sein können, würden sie nicht so in Klugheit und geistiger Freiheit geleuchtet

haben. Ein Freund! Welch ein atemraubend schöner Gedanke! Zum ersten Male ein Freund seines Alters und seiner Art. Ohne daß er sich dessen bewußt wurde, verließ Iskenders Blick keinen Atemzug lang das sprechende Antlitz des Jünglings Osman, und dann stahl sich seine Hand leise und geheim in des anderen Hand, deren Finger sich auch sogleich um die seinen schlossen. Merkwürdig war es, wie gleich zu Beginn die zwei so beisammenstanden, sie allein auf einer Seite, alle anderen Jünglinge fragend und forschend vor ihnen.

Und so auch blieb es durch alle die Jahre, die für Iskender die Welten der Freundschaft und des Wissens erschlossen. Er und Osman waren wie ein Mensch, wie der, der er einstmals hatte werden sollen dem Namen nach, und wie der, der er geworden war dem Kismet nach. Osman, der Sohn des Padischah von Ispahan, und Iskender, der Sohn des Sultans von Yemen, so waren sie bekannt. Leicht lernte Osman, leicht auch Iskender, doch vermochte der Schechzadeh von Ispahan kein Held zu werden mit Pfeil und Bogen, keiner mit dem Schwert, und so war ihm allerhand Spott gewohnt. Das änderte sich mit dem Kommen Iskenders. War irgendein Wettbewerb im Gange, sei es mit welcher Waffe immer, so stand Iskender hinter dem Freunde, und sein scharfer Hieb, sein sicherer Wurf waren so schnell, daß niemand sehen konnte, nicht Osman habe gezielt, nicht Osman den Arm gehoben, sondern jener rotgoldne Wunderknabe, der Herr des grünen Vogels.

Osman, nach Geist und Welt der Vorstellungen ein Dichter, wurde auch vom Los des Dichters betroffen, der Liebe zu verfallen. In einem zweiten Säulenhofe, dem gleich, darin die Jünglinge lebten, hausten die Frauen und Töchter des Padischah von Arabistan, und eine von diesen Mädchen war es, die des jungen Osman Seele entzündete. Er hatte sie nur verstohlen einmal gesehen, nicht sie, nur ihre Hand, die den Schleier enger um ihre Gestalt legte, und das war geschehen, als ein Pferd seiner weichen Hand nicht gehorchte und in jenen verbotenen Säulenhof gestürmt war. Da war ein leiser Schreckensruf erklungen, und jene Gebärde der scheuen Verborgenheit hatte des Jünglings Sinne entzündet.

Gedichte entstanden, und der sie mit anhören mußte, war Iskender. Er saß geduldig am Boden neben seinem Freunde, schnitzelte an einem Pfeil herum oder spitzte ein Schreibrohr und verstand von dem schwingenden Rausch der Sprache der Dichtkunst nur, daß sein Freund dieses Mädchen ersehnte. Er selbst konnte das zwar nicht begreifen, denn ihm bedeuteten Frauen gar nichts; aber wenn es seinen Freund beglückte, dann mußte es irgendwie geschafft werden, daß die in den Dichtungen seufzenden Sehnsüchte gestillt wurden. Der Sinn Iskenders, des Jünglings, war immer noch wie der des Knaben: was geschehen mußte, das sollte gleich in Angriff genommen werden. So tat er etwas ganz Einfaches, er vertraute sich dem Lehrer an, der ihm der klügste von allen Hodjas zu sein schien. Dem trefflichen Mann entfiel fast sein Tesbieh vor Staunen, als dieser seltsame Schechzadeh mit der fremdartigen Haarfarbe, der seine Worte der Gelehrsamkeit auftrank wie die Blüte den Tau, ihm einfach sagte: »Herr, mein Freund Osman, der Schechzadeh von Ispahan, hat seine Neigung einem Mädchen aus dem Harem des Padischah geschenkt. Ich weiß nicht, welche es ist, er weiß es auch nicht, doch geschah es auf diese Art...« Und nun folgte eine klare Schilderung des Vorfalls. »Kannst du mir sagen, Herr, wie man durch die Dienerschaft herausfinden könnte, welche der Töchter des Herrschers dieses Mädchen war, und dann später anfragen, ob der erhabene Herr sie meinem Freunde zum Ehegemahl zu geben geneigt wäre?« Der Hodja war entsetzt und erschreckt; aber Iskender, der inzwischen einiges gelernt hatte von der Menschenbehandlung, wußte ihn zu überzeugen, indem er wie aus Versehen neben ihm zu Boden einen der Edelsteine fallen ließ, die sein ihm vom Sultan mitgegebenes Besitztum ausmachten.

Danach dann gedieh die Sache schnell zur Reife, wenn auch an verschiedene Diener noch Edelsteine verteilt werden mußten. Es kam ein Abend, da Iskender seinem völlig überraschten Freunde sagte: »Osman, geliebter Freund, wenn die Dunkelheit gesunken ist, wirst du im Säulenhofe des Haremlik zu der zweiten Säulenreihe hinaufsteigen, und dort wirst du jene finden, der du deine Dichtungen geweiht hast. Sie heißt Kerimeh und ist des Padischah zehnte Tochter, auch sein Liebling, wie ich erfuhr.« Osman starrte den Freund mehr entsetzt als erfreut an; denn es ist etwas anderes, einen Gegenstand ferner Verehrung im milden Nebel dichterischen Sehnens anzubeten als sich plötzlich der Wirklichkeit gegenüber zu sehen. So mußte es Iskender zu seinem maßlosen Staunen erleben, daß er den begeisterten Dichter Osman noch zu überreden hatte, seine so oft geäußerte Sehnsucht nun zu stillen. Ja es kam so weit, daß aus Besorgnis, der Freund könne nach all der aufgewandten Mühe und den vielen verausgabten Edelsteinen endlich doch noch die verschleierte Schöne vergeblich droben stehen lassen, Iskender mitging und dieses Mitgehen damit begründete, daß die zweite Säulenreihe etwas schwierig zu besteigen sei und er dem Freund seine Schultern zur Stütze bieten wolle. »Sei unbesorgt, bist du erst oben, gehe ich«, sagte Iskender beruhigend, wurde aber auch hier enttäuscht, denn Osman bat ihn flehentlich, doch unten zu warten, da er sich sonst beim Abstieg verletzen

könne. »Wie du willst«, brummte Iskender, denn dieses ganze Geschehen gefiel ihm nicht sehr. Sich nehmen, was man haben wollte, es allein tun und allein die Folgen tragen, das war Iskenders Meinung... aber nicht um ein Weib, niemals um ein Weib!
Doch wartete er getreulich im Säulenhofe des Haremlik, im Schatten einer Schlingpflanze verborgen, und fing dann geschickt den Freund auf, der sich herabgleiten ließ. Jetzt aber fand er, er habe genug getan für diese Weibergeschichte, und sich nun noch die Ausbrüche des Entzückens anzuhören, dünkte ihm zuviel. So wandte er sich mit einigen gemurmelten Worten ab und ging in die lichte Nacht hinaus, sich Sinn und Seele zu erquicken im Gespräch mit den Gästen des Himmels, seinen Freunden und Gefährten, den Vögeln.
In den fast sieben Jahren, da er begierig das Wissen Arabistans in sich aufsog, hatte Iskender niemals versäumt, durch die Vögel alles zu erfahren, was in dem Lande vorging, das er als seine Heimat betrachtete. So wußte er, daß der Kämmerer, nunmehr der Großvezier, sehr mächtig geworden war, doch daß der Sultan mächtiger sei. Es waren auch mehrfach über die Karawanenstraßen Botschaften zu ihm gelangt, darin der Sultan ihn bat, zurückzukehren, und ihm vielerlei Geschenke schickte; in einem der Gewänder aber, das gesandt worden war, hatte sich, sorgfältig zusammengefaltet, im Gürtel verborgen, ein Schreiben befunden von der Hand des Großveziers selber. Iskender hatte es gelesen und fortgeworfen, denn darin befand sich das Angebot, der erhabene Schechzadeh möge zurückkehren und Gemahl werden der geliebten Tochter des Veziers, mit der zusammen zu herrschen eine Freude sein werde, da diese Tochter von ungewöhnlicher Klugheit sei. Iskender hatte auf dieses Schreiben hin seinen grünen Vogel nach

der Heimat gesandt, um durch ihn zu erfahren, wie alles dort stehe, und eben in dieser Nacht erhoffte er die Rückkehr des Gefährten, ohne den er sich immer vereinsamt fühlte, selbst in der Nähe des geliebten Freundes. So wanderte er durch die helle Nacht dahin und wußte nicht, daß diese Stunde für lange die letzte friedevolle sein würde, die ihm zu verleben bestimmt war.

So vollkommen war er in das Schweigen der Nacht eingesponnen, daß er erschrocken zusammenfuhr, als ein Schwarm von Vögeln, dunkler als die Schatten der Nacht, ihn urplötzlich umflatterte. Er hatte ihr Flügelrauschen nicht vernommen, weil sich ein leichter Wind erhoben hatte, der die Blätter der Korkeichen bewegte. Nun waren die großen dunklen Tiere um ihn, und er hörte sich angerufen, wieder und wieder. Reglos blieb er stehen und lauschte. »Iskender, du Schach der Welt, wir kommen, dir zu danken, der du uns die Krone, unser Elmas, das Juwel, wiedergabst. Und wir kommen, dir zu künden, daß nun dein langer Flug beginnt. Wenn du jetzt scheidest, denke an uns bei deiner Rückkehr, ruf' nur ‚Elmas', und wir bringen dir die Krone. Jetzt erst wissen wir, daß sie dir bestimmt war, die leuchtende Krone der Welt, und daß wir deine Diener sind, nur deine, Iskender.«

Mühsam nur verstand er das vielfache Rufen der Vögel, die sich überschrien, auf und ab schwebten und deshalb schwer zu verstehen waren. Vom Inhalt aber dessen, was sie sagten, begriff er nichts, gar nichts. Es ist ja so, daß, wenn einem Menschengeist Dinge des künftigen Geschehens verkündet werden, diese an seinem Erfassen vorbeigleiten und in tiefe Untergründe sinken, wo sie verwahrt werden, bis das Ereignis eintritt. Dann steigen die Worte wie Nebelgebilde wieder auf, und plötzlich wandelt der verstehende Geist sie zu faßbaren Tatsachen.

So wird das Geheimnis bewahrt, obgleich es mitgeteilt wurde, und der, dem die Erfüllung bestimmt ward, kann unbeirrt durch fernes Wissen seines Weges weiterwandeln. So auch geschah es hier Iskender, der sich nicht bemühte, das ihm Unverständliche zu erfassen, und nur den einen Wunsch hatte, sein grüner Freund und Gefährte möge ihm erreichbar sein und alle Rätsel lösen. Denn der grüne Vogel war nun seit sieben Tagen auf einem seiner Flüge, von denen er stets alles an Wissen mitbrachte, was für Iskender notwendig war. Doch schien es, als habe ihn der starke Wunsch des Jünglings herbeigerufen, denn während noch die dunklen Vögel um Iskenders lichten Kopf flatterten, wurde das unverkennbare starke Rauschen der großen Schwingen hörbar, und Iskender streckte die Arme hoch, rief in die schattenden Zweige hinauf: »Komm herab zu mir, o mein Freund, hier harre ich dein, hier!«

Ein heller Ruf antwortete ihm, und gleich darauf sank der große grüne Vogel neben Iskender nieder. Der Jüngling hockte sich zu ihm, liebkoste ihn, gab ihm viele Schmeichelnamen und drückte, wie er es gewohnt war, die Wange an den Kopf des Vogels. Da hörte er schon die leise singende Stimme sagen: »O Iskender, mein Schach, ich bringe ungute Kunde. Der Sultan ist krank. Der Vezier ist falsch, und es tut dringend not, daß du sogleich mit mir zurückkehrst, dein Reich dir zu wahren und dem Sultan zu helfen. Willst du es tun, mein Schach?« Iskender besann sich nicht, sagte hastig: »Ich gehe nur von Osman Abschied nehmen, mein Schwert holen und den Bogen, dann trag mich heim, Gefährte.«

Er wandte sich ab, sah noch, wie die dunklen Vögel sich um den Grünen scharten, wußte, er würde später alles erfahren, was ihm zu wissen not tat, und kam fast laufend zum Schlafraum, den er mit Osman teilte. Der Freund war so ganz in sein Liebeserleben eingesponnen, daß er den Schmerz der Trennung von Iskender nur milde fühlte. »Du kehrst mir zurück, ich weiß es, mein Herzbruder, und dann wirst du einen Glücklichen finden. Nimm diesen Ring, der meinem Vater gehörte, er ist mein kostbarster Besitz und darum der deine, mein geliebter Freund. Reise freudig und kehre bald zurück, Allah sei mit dir.« Zwar glaubte Iskender nicht, daß er bald wiederkehren werde; aber er sagte nichts derart, legte einen großen Smaragd neben des Freundes Lager, murmelte: »Zum Gedenken«, strich über Osmans dunkles Haar, nahm sein Schwert und den Bogen mit Pfeilen und war draußen im mondhellen Säulenhof.

Der grüne Vogel saß schon dort, Iskender schwang sich auf seinen Rücken, und gleich darauf wehte die Nacht ihm um die Stirne, strich durch seine goldfarbenen Locken und koste mit ihm. Iskender schloß die Augen und ließ sich wie im Traume tragen, wußte sich geborgen und wohlverwahrt. Ob lange, ob kurze Zeit verging, ehe er die Kuppeln der heimatlichen Stätte erblickte, das wußte er nicht, denn die Nähe des grünen Vogels ließ ihn immer alle Zeit vergessen; doch war es wiederum Nacht, als sie niedersanken und die vertrauten Schatten der Gärten des Serails den Heimgekehrten umfingen. Der grüne Vogel erhob sich sogleich wieder, sagte leise singend zu Iskender, der, an einen Baum gelehnt, am Serail hinaufsah: »Ich will suchen, in welchem Gemach sich der Padischah befindet, warte hier, o mein Schach«, und schwebte davon. Dunkel waren alle Räume, und ein Bangen sank über Iskender, ob er wohl schon zu spät gekommen sei. Aber gleich darauf hörte er des grünen Vogels Ruf von der anderen Seite des Serails und folgte leise. »Dort, sieh, mein Schach, dort ist ein matter Lichtstreif, und ein Fenster steht offen. Ich werde dich auf meinem Rücken hinaufheben, bis du auf dem breiten Gesims stehen kannst, und so wirst du sehen, ehe du selbst gesehen wirst. Eile, ich bitte dich.« Iskender tat, wie ihm geheißen wurde, und stand bald vor dem weiten Fenster, vermochte auch das Gemach zu überblicken. Auf einem Lager lag der Sultan, und wie schon einmal, schien er ganz einsam und verlassen zu sein. Lautlos schob Iskender die Vorhänge auseinander und schlich auf leisen Sohlen zu dem Lager heran. Zutiefst erschrak er, als ihm geistergleich derselbe gequält bittende, heisere Ruf entgegenklang wie einstmals: »Wasser, aus Erbarmen, Wasser!«

Iskender sah sich in dem reichen Gemach um, entdeckte einen Krug mit Wasser, der außer Reichweite des geschwächten Mannes fern dem Lager stand, fand einen Becher, füllte ihn, schlich zu dem Sultan heran. »Trink, geliebter Herr, hier ist Wasser«, sagte er und hob den Kopf des Ermatteten hoch, ihm den Becher an die Lippen haltend. Der Sultan trank, sah hoch, flüsterte ungläubig: »Iskender? Mein Sohn Iskender? Wieder mein Retter? Oh, Allah sei Dank!« Und noch einmal mußte es Iskender erleben, daß die schweren Tränen über des Mannes bleiche Wangen rannen. »Herr, geliebter Herr«, rief er, »was haben sie dir denn wieder angetan?« Der Sultan legte seinen müden Kopf in den haltenden Arm des Sohnes, lächelte und flüsterte: »Was immer es auch war, es gelang nicht, da du zurückkehrtest. Sie sagten mir, du seist tot und ich nun ohne Sohn, und dann ließen sie mich allein, wie damals. Nun du kamst, mein Kind, ist alles wieder gut, und ich werde genesen, ihnen allen zum Trotz – ist es nicht so?« Iskender stimmte leise zu; doch in ihm kochte ein Zorn, wie er wilder nicht sein konnte. Waren denn immer nur Verräter, nichts als Verräter um die Herrschenden? Und wie war das zu ändern, wie denn nur?

Er hockte sich nieder neben des Sultans Lager, gab ihm immer wieder zu trinken, fand dann auch noch einige Früchte in einer Schale, die er mit dem Sultan zusammen verzehrte, und dann begannen sie gemeinsam allerlei Pläne zu schmieden. Die ganze Nacht hindurch waren sie so in heiterer Zuversicht beschäftigt, und als es Morgen zu werden begann, sagte Iskender leise, wie sie immer gesprochen hatten: »Herr, ich werde mich in den Vorhängen verbergen, denn ich will sehen, wer zuerst zu dir kommt und was er zu sagen haben wird. Du, ich bitte dich, lege dich so tief ermattet wieder zurück, wie ich dich fand, und bitte um Wasser, dann werde ich handeln ... willst du es tun, Herr?« Der Sultan war freudig zu dieser Täuschung bereit, und nun warteten sie, Iskender verborgen, doch so, daß er den Raum zu übersehen vermochte. Der Sultan spielte ausgezeichnet den Matten, als sich leise Schritte hören ließen und ein Mann fast lautlos den Raum betrat. Genau wie er erwartet hatte, sah Iskender den Kämmerer, der nun Vezier geworden war, sich dem Lager nähern und auf den Sultan herabschauen; doch zu des Jünglings hohem Erstaunen schlich zusammen mit dem Verräter eine tief verschleierte Frau herbei. Gespannt, bereit, jeden Augenblick hervorzukommen, beobachtete Iskender das Geschehen, hörte er auf die leisen Worte der zwei. Der Kämmerer sagte: »Hier, Mirabah, siehst du den Mann, um den es geht. Du sagtest mir, wenn er genügend ermattet sei, wäre es für dich eine Kleinigkeit, ihm den Atem zu ersticken ... nun, er ist so weit, tu, was dir gut bezahlt werden wird.« Der Sultan stöhnte, wie verabredet, nach Wasser, und als sich die Frau über ihn beugte, war Iskender mit einem langen Schritt bei ihr, packte sie mit der einen Hand und den Kämmerer mit der anderen. Die völlig Überraschten vermochten sich nicht zu wehren, und dann erscholl die starke Stimme des Jünglings, die Wachen herbeirufend. Wieder und wieder hatte er zu rufen, bis sie kamen, und in der Zwischenzeit machte er sich eine Freude daraus, den stolzen Vezier mit dem giftkundigen Weibe einmal und noch einmal an den Stirnen zusammenzustoßen, bis ihm der Sultan Einhalt gebot. Das Weitere war dann sehr schnell erledigt, und die zwei lebten schon in der nächsten Stunde nicht mehr.

Bis nun der Sultan genesen war, suchte und fand Iskender die Freunde des toten Kämmerers zusammen und erfuhr, daß alles nur darum gegangen sei, den Ifrit nicht zur Herrschaft gelangen zu lassen. Der Sultan, sterbend, im Glauben, sein Sohn sei tot, würde kein Hindernis mehr gewesen sein für die Erfolge des Veziers, der dann die Herrschaft übernommen hätte. Viele wurden noch getötet, andere verbannt, und als vierzig Tage vergangen waren, befand sich der Herrscher wieder in voller Gesundheit auf seinem Throne, und es schien, als sei nun alle Gefahr beseitigt und jeder Verräter vernichtet.

Doch war dem nicht so. Einer war übriggeblieben, nur einer, und der ein Jüngling im Alter Iskenders; er war ein Schwestersohn des toten Veziers und von diesem bestimmt worden, seine Tochter zu ehelichen, dann sein Nachfolger auf dem Throne zu werden. Dieser Jüngling, schön von Ansehen und gerade gewachsen, war dennoch wie ein alter verkrüppelter Feigenbaum, so schief und krumm, von Gesinnung. Er verstand es, sich in das Vertrauen von Iskender einzuschleichen und auch des Sultans Freundschaft zu gewinnen, indem er unausgesetzt von seiner Treue und der Falschheit seines Oheims redete, bat, beschwor und versicherte, ja sich zu Diensten erbot, die weit unter seinem Stande liegen sollten. Iskender beachtete ihn wenig, glaubte aber seiner Treue, der Sultan tat ein Gleiches. Und es fand sich, daß dieser Sami es erreichte, dem Sultan einen Gedanken einzuflüstern, der, von Verrat ersonnen, auch wieder Verrat zeitigte. Sami war entschlossen, die ihm vom Oheim versprochene Herrschaft anzutreten, es aber so zu erreichen, daß niemand ihn beschuldigen konnte, den Sultan oder seinen Sohn getötet zu haben. Er wollte als der vollkommen Schuldlose das vollkommene Verbrechen begehen.

Zu diesem Zwecke bedurfte er einer ihm völlig ergebenen Frau, die in der Gestalt von des Veziers Tochter Alghina vorhanden war. Dieses Mädchen war dem Sami von je als Ehefrau versprochen gewesen, und sie dachte nur daran, einstmals des Herrschers Gemahlin zu werden. Kaum war ihr Vater getötet worden, als Sami sich ihr zu nahen wußte, was ihm stets gelang durch die altgewohnte Vermittlung der ehemaligen Amme des Mädchens. Sein Plan war von großer Kühnheit, und sogar Alghina erschrak, als er ihn ihr anvertraute. »Aber ich will dieses Ifrit Weib nicht werden, ich will es nicht!« stammelte sie erschreckt. Beruhigend versicherte ihr Sami, sie würde es auch nicht, wenn sie sich genau nach seinen Anweisungen richte, und die begann er ihr wieder und wieder zu geben. »Den für das Ganze nötigen Saft kann ich mir jederzeit verschaffen; denn wenn auch Mirabah starb, ihresgleichen gibt es viele bei uns. Sei sicher, ich lasse dich von keinem Manne anrühren, denn du bist mein und bleibst es.« So fügte sich denn Alghina.

Und nun galt es noch, den Ifrit zu überzeugen, was, wie Sami wohl wußte, die schwerste Aufgabe sein würde. Dennoch gelingt dergleichen auf der ganzen Welt und zu allen Zeiten dem Übeltäter, wenn er es versteht, des Hochgesinnten Gedanken auf ein Ziel zu lenken, das um einer erhabenen Sache willen eine große Tat verlangt, und das war bei Iskender nicht schwer. Der junge

Sami näherte sich ihm eines Tages mit der gebotenen Ehrfurcht und zur Schau getragenen Scheu, wobei er zwar sein Leben verspielen konnte, aber auch alles gewinnen. Als Iskender von der Jagd zurückkehrte, stand der junge Mann in ärmlicher Kleidung an seinem Wege, verneigte sich tief und sagte leise: »Herr, der du großmütig und gütig bist, höre einen Unglücklichen an, ich beschwöre dich.« Dabei ließ er sich in den Staub nieder und küßte den Steigbügel dessen, den er aus tiefster Seele haßte und zu verderben trachtete.

Iskender beugte sich vom Pferde herab, fragte freundlich, was das Begehren des Bittenden sei. »Ich bin, Herr, der Letzte derer, die vom Hause des Veziers sind, und ich bitte deine Großmut um Gehör. Du kannst mich danach töten lassen, doch höre mich zuvor.« Am Tor der Gärten des Serails fand dieses statt, und Iskender stieg vom Pferd, winkte dem Bittenden und sagte, während er in den Schatten der hohen Bäume trat: »Folge mir und sprich, ich höre.« Sami verneigte sich wieder, ihm kam es nicht darauf an, wie oft er es tat, und sagte, im gleichen Tone der Demut sprechend: »Herr, zwar bin ich des Veziers Schwestersohn, doch liebte ich diesen meinen Oheim nicht, und das ist der Grund, warum ich entfloh, als ich von seinem Anschlag auf das Leben des Sultans erfuhr. Ich kehrte heute aus meinem Versteck zurück, um dir zu berichten, Herr, daß es noch einen Menschen gibt, einen einzigen, der am Gedächtnis des Veziers hängt und bereit wäre, dich, Herr, zu töten und auch den Sultan. Vor diesem Menschen dich zu warnen, kam ich her und setzte meine Sicherheit aufs Spiel, deiner Großmut vertrauend, o Herr.« Von unten her blickte Sami lauernd in das helle Antlitz dieses verhaßten Ifrit und wartete auf die Wirkung seiner Worte. Er hatte sich nicht geirrt, die erhoffte Antwort kam: »Wer ist dieser

Mensch, und wo finde ich ihn, daß ich ihn mir gewinne und er mir zugetan wird wie du?«

Dummheit nennen die, welche verbrecherisch gesinnt sind, solche Art, die Dinge zu betrachten, und glauben mit dieser sogenannten Dummheit wie mit Federspielen sich ergötzen zu können. Sami senkte den Blick, um sein Lächeln zu verbergen, und sagte leise: »Herr, vergib mir, wenn ich zu dir davon spreche, es handelt sich um eine Frau, die Tochter des Veziers. Sie ist dir feindlich und voll des Verrates.« Iskender lachte sorglos. »Eine Frau? Mein guter Freund, dem ich dankbar gesonnen bin, komme mir nicht mit Frauen! Sie gibt es für mich nicht, und ich habe nichts mit ihnen zu schaffen. Du aber sei unbesorgt, dir wird nichts geschehen, und du kannst gehen und kommen wie du willst. Geh mit Allah.« Ehe Sami noch irgend etwas weiter sagen oder tun konnte, hatte sich Iskender abgewandt und ging raschen Schrittes davon. Haß blickte ihm nach, ohnmächtige Wut ballte Mörderhände, und es wurde Sami jetzt schon klar, daß dieser verabscheuenswerte Ifrit nicht so zu fangen sein würde, wie er geplant hatte. Denn sein Gedanke war gewesen, Iskender zu veranlassen, des Veziers Tochter zu ehelichen, angeblich, um diese Letzte des Blutes auf seine Seite zu ziehen, und ihn dann durch das Mädchen in der Brautnacht töten zu lassen. Wenn er aber mit Frauen nichts im Sinn hatte, dann würde dieser Weg allzu steinig und gewunden sein, und es mußte ein anderer gefunden werden. Großmut? Ja, diese Art Torheit war stets nützlich auszunutzen; aber es mußte noch einen kürzeren und leichteren Weg geben. Alghina war zu allem bereit, das wußte Sami, und würde es um so freudiger sein, wenn sie nicht gezwungen wurde, eine Scheinehe einzugehen mit dem Verhaßten. Sinnen hieß es, nachsinnen – war man nicht diesem hellfarbigen Toren viel-

fach überlegen an Klugheit, Witz und Mut? Nur nachsinnen, es mußte einen Weg geben.
Nun ist es, wie ein jeder weiß, mit dem Kismet eine besondere Sache. Sei es noch so günstig, schenke es noch so viele Freuden – wie der Tag, über dessen Helle manchmal Wolken ziehen, kann es und will es nicht immer gleich licht sein. Der, dem das Kismet dient, soll erweisen, welcher Art er ist, und je höher seine Berufung, desto größer wird auch die Last sein, die ihm auferlegt wird. Trägt er sie und kann trotzdem noch lachen, so zeigt er, welch hoher Taten er fähig ist; bricht er aber zusammen, so war er seiner Bestimmung nicht wert. Darum ist das, was manch einer Leid und Kummer nennt, nichts anderes als eine Frage des Kismet, die besagt: »Bist du es, den ich meine?« Und die Antwort muß klar kenntlich werden. Die Werkzeuge, welche das Kismet verwendet, sind nicht immer scharf geschliffene Waffen, nein, öfter stumpfe und schartige, rostbeladene alte Geräte. Sollte man sich darob beschweren und beklagen? Nein, man soll vielmehr stolz sein, an dem Druck der auferlegten Lasten den Grad der nachfolgenden Befreiung zu ermessen. So und nicht anders war es bestellt um das dunkle Kismet, das sich nunmehr an Iskender erfüllte.
Einfach und leicht geschah es alles, wie es bestimmt war, und weil der Bestimmung nicht zu entgehen ist, vermochte auch hier der grüne Vogel nicht zu helfen, ja, nicht einmal zu ahnen, was geschehen sollte.
Sami, gewiß, daß es noch viele derer gab, die des toten Veziers Anhänger waren und den hellen Ifrit haßten, wußte sie zu finden und sich ihrer zu versichern. Als er sie ausgesandt hatte, alle, die im Lande verstreut waren, zusammenzurufen, und diese Freunde unter dem Vorwand daherkamen, einen heiligen Mann zu verehren, der

ihre Stadt aufsuchen sollte, da setzte er den Tag und die Stunde des Handelns fest. Die Männer hatten ein kleines Lager vor der Stadt bezogen und verbrachten ihre Zeit angeblich mit frommen Übungen, bis der heilige Derwisch zu ihnen käme. Zu gleicher Zeit hatte Sami zu verbreiten gewußt, daß ein besonders edles Wild in den Abendstunden seinen Wechsel nahe einer Quelle habe, die in einstündigem Ritt zu erreichen sei. Es war ihm bekannt, daß der Sultan und Iskender es bevorzugten, allein miteinander auf die Jagd zu gehen, und ihr Gefolge stets am Waldessaum zurückließen. Auf all dieses bauend, hatte er nur zwei Dinge zu tun: er mußte sich an einer Stelle befinden, von der aus sein sicherer Pfeil unfehlbar traf, und zugleich mußte Alghina, unkenntlich verhüllt, mit dem vorbereiteten Saft zur Stelle sein. Seine Leute, die angeblichen Pilger, würden in der Zwischenzeit das Gefolge erledigen, und dann war die Macht in seinen Händen. Alghina war etwas zweifelhaft wegen dieses Saftes gewesen und hatte gefragt, warum denn Sami nicht einen zweiten Pfeil abschießen wolle, das sei doch viel einfacher und schneller. Da hatte Sami gelacht und erwidert: »Eben zu einfach und zu schnell. Der helle Ifrit soll leiden, ehe er vernichtet wird, nicht aber so schnell und leicht sterben, nein, das nicht. Frage nicht weiter, tu, was ich dir befahl.« Da gab es nichts zu fragen, nur zu gehorchen.

Und so brach der Tag an, der des Sultans letzter sein sollte. Mit freudigem Eifer hatte er von der Nähe des seltenen Wildes vernommen und genoß den herbstlichen Tag mit größter Freudigkeit. »Wie schön ist das Leben, seit du wieder bei mir bist, mein Sohn Iskender, und wie freue ich mich darauf, mit dir in der Frische des Abends heute zur Jagd zu reiten! Wir lassen die Pferde beim Gefolge und schleichen uns zur Quelle... o mein Sohn, seit du aus dem Nichts auftauchtest, hast du mir zweimal das Leben geschenkt, ist es nicht die verkehrte Welt zwischen uns zweien? Du der Gebende, ich der Nehmende... sei dein Weg immer gesegnet, mein geliebter Sohn Iskender!« Schweigend und ein wenig bedrückt hörte Iskender diese Worte, denn er war von denen, die frei geben und es nicht lieben, wenn ihnen Anerkennung gezollt wird. Er neigte nur, wie er es oftmals tat, die Stirn auf des Sultans Schulter, und dann verbrachten sie einen Tag frohesten Beisammenseins, dessen sonnige Stunden wie Perlen waren, aufgereiht auf die Strahlen des Lichtes. Als die Kühle des Abends bemerkbar wurde, machten sie sich auf und bestiegen ihre Pferde. Lachend fragte der Sultan: »Warum hast du dein Schwert mit, mein Sohn? Seit wann reitet man zur Jagd mit umgegürtetem Schwert?« Ebenso lachend und ein wenig erstaunt antwortete Iskender: »Ich weiß es nicht, Herr, und bemerke erst jetzt, daß ich es mir umgürten ließ. Du weißt, ich liebe diese Klinge sehr, sie ist mir das, was anderen Jünglingen ein schönes Mädchen bedeutet ... Kismet... was will man da machen, Herr?«

Ja, was will man da machen? Den Bogen über der Schulter, den Köcher im Gürtel, an der Seite das Schwert, so ritt Iskender an diesem Abend aus. Und wie sie geplant hatten, so wurde es ausgeführt. Sie trennten sich von den Pferden und dem Gefolge, und als sie es taten, hob Iskender den Kopf und blickte hinauf, wo über den Bäumen des Waldes, den er und der Sultan zu betreten sich anschickten, der leuchtend grüne Vogel sichtbar wurde, der ruhig seine Kreise zog. Iskender winkte hinauf, und wie er es immer zu tun pflegte, senkte sich der Grüne ein wenig auf diesen Gruß hin und erhob sich sogleich wieder. Froh lachend, voller Jagdeifer folgte Iskender dem voranschreitenden Sultan. Der wandte sich um, legte die Finger auf den Mund, flüsterte mahnend: »Wer wird so laut sein, mein Iskender? Du verscheuchst das edle Wild.« Ach, dieses Wild war weder edel noch auch zu verscheuchen! Sie bekamen bald die Quelle zu Gesicht, deren weiches Gemurmel die Kühle der Waldesschatten noch erquickender gestaltete. »Ich kann nicht widerstehen«, flüsterte der Sultan, »einen Trunk muß ich nehmen.« Und er kniete nieder, mit der hohlen Hand das eiskalte klare Wasser zu schöpfen. Da erklang ein Schwirren, jenes unverkennbare, womit der Pfeil den Bogen verläßt, und als Iskender sich unbewußt zu dem Ton hin wandte, flog der Pfeil an ihm vorbei, traf mit der Sicherheit des Blitzes den Rücken des knieenden Sultans und blieb zitternd stecken. Ein Meisterschuß! Nicht einmal ein Seufzer entrang sich dem Getroffenen, der lautlos vornüber sank. »Herr, geliebter Herr, mein Vater und mein Freund!« schrie Iskender, als sei er selbst von dem tödlichen Pfeil mit getroffen, kniete nieder, hob das herabgesunkene Haupt hoch, bettete es in seinen Armen.

In diesem Augenblick kam durch das Unterholz daher eine Frau gestolpert, gekleidet, wie es die einfachen Frauen des armen Volkes sind, und eingehüllt in einen dunklen Mantel, der ihre Gestalt völlig verbarg. »Herr«, sagte sie, und ihre Stimme klang dumpf unter dem verhüllenden dunklen Schleier hervor, »ich suchte Holz zusammen und hörte dich rufen. Ist etwas geschehen, Herr? Kann ich helfen? Aman, aman, der Arme! Laß mich sehen, ich verstehe etwas von Heilkräutern, da ich im Walde lebe mit den Meinen.« Vom Schmerz ganz betäubt, ließ es Iskender zu, daß sich das Weib neben ihm über den Sultan beugte, und in diesem gleichen Atemzuge hob sie urplötzlich die Arme aus dem dunklen Mantel hervor, und in ihrer Hand wurde das Glitzern

eines Gefäßes sichtbar. Mit starkem Schwung schleuderte sie es gegen Iskender, so daß der dunkle Inhalt an ihm entlang floß, über sein leichtes Jagdgewand hin, über seine Hände und Arme, nur sein Antlitz verschonend.
Mit einem wilden Schrei sprang er hoch, denn das Brennen dieser ihn überströmenden Flüssigkeit war kaum erträglich, und seine Hand fuhr zum Griff seines Schwertes, wie sie gewohnt war es bei jeder Bedrohung zu tun. Kaum sah er, wohin er traf, aber daß er traf, das fühlte er. Mit dem Ruf »Mörderin!« erschlug er die Frau, die mit einem gurgelnden Schrei zusammensank. Da wurde ein Rauschen hörbar, und durch die brechenden Zweige hindurch stieß der grüne Vogel herab, flog auf den Menschen zu, den der Todesschrei des Weibes herbeistürzen ließ, klammerte sich mit seinen starken Krallen an dessen Brust und hackte auf seinen Hals ein mit aller Kraft seines mächtigen Schnabels. Ein Blutstrom sprang hervor, da die Lebensader getroffen war, und Sami sank zusammen, unfähig, sich weiter zu bewegen, aber bis zum letzten Blutströmen versuchend, kriechend zu Alghina zu gelangen.
»Iskender, mein Schach«, rief der grüne Vogel, heiser vor wilder Wut, »bleib nicht hier stehen, komm fort, denn diese sind tot. Komm fort, ich beschwöre dich, wenn du mich liebst, komm fort! Halt dich an meinen Füßen, packe sie, komm fort, komm fort!« Das war so quälend geschrieen, wie Iskender seinen grünen Freund noch niemals hatte rufen hören, daß er nicht anders konnte, als dem Befehl zu gehorchen. Mit einer unbewußten Bewegung stieß er sein blutiges Schwert in die Scheide, klammerte sich an die Krallen seines Freundes und hielt fest mit aller ihm verbliebenen Kraft. Der grüne Vogel hob sich und brach durch die Zweige hindurch mit einer Macht, die gewaltig war. Die an seinen Krallen hängende

Last pendelte hin und her, und die Zweige peitschten Iskender von allen Seiten, aber dann waren sie hindurch. Unter ihnen waren Menschenstimmen in wildem Schreien zu vernehmen; doch durch den Schmerz seines Leibes wie seiner Seele hindurch vernahm Iskender nur ein dumpfes Brausen, das auch sein pochendes Blut sein konnte. Der Vogel über ihm sang jetzt leise, es klang, als wenn der Wind durch das Schilf streiche, und das betäubte ein wenig das furchtbare Brennen, das Iskender fast zerriß.

»Halt fest, mein Schach, halt fest, gleich sind wir geborgen, halt fest!« So klangen die singenden Laute in Iskenders brennendes Innere. Er wußte nichts mehr von sich, fühlte sich nur schwingen, leicht und weich schwingen, und zum ersten Male im Leben eines Starken und eines Unüberwindlichen umfing eine gnadenvolle Ohnmacht den Gequälten.

Ob es lange währte, ob nicht, das wußte Iskender nicht, als er erwachte. Er lag auf dem Boden der Wüste, und der Sand, am Tage so glühend, war jetzt schon von der Abendluft angerührt und kühlte das Brennen an Iskenders Körper wie mit linden Händen. Über seinem Haupte sah er das grüne Gefieder seines Freundes, und die scharfen dunklen Vogelaugen blickten ihn an. »O Iskender, mein Schach, es war mir nicht erlaubt, dir dieses Leiden zu ersparen, nicht, dem Sultan den Tod abzuwenden. Und jetzt, mein Schach, ist es dir bestimmt, Heilung zu suchen dort, wo allein sie dir werden kann, bei deinem Freunde, bei Osman. Du mußt gehen, mein Schach; denn mir ist es verwehrt, den zu tragen, der an seinem Leibe Gebresten hat. Den weiten Weg nach Arabistan mußt du gehen. Doch ich werde über dir sein und dir Schatten geben, und ich werde dir die Wasserstellen zeigen und hie und da auch dich schwebend an meinen Füßen halten, denn das darf ich. Verzage nicht, mein Schach, denn vor dir liegt dein unermeßlich weites Reich, und hinter dir verblassen die Spiele der Jugend. Nun beginn deinen Weg der Schmerzen, o mein Schach, und wisse, daß du niemals verlassen bist.«

Iskender erhob sich und sah, daß sein Gewand zerrissen war, wohl von dem Weg durch die Baumwipfel, und daß seine Haut Schwären trug, fast als wäre sie vom Aussatz gezeichnet. Aber auf den Schultern hatte er noch seinen Bogen, im Gürtel, am nackten Leibe den Köcher und den Schwertgurt mit der guten Waffe dabei. Er sah auf zu dem grünen Schatten über sich und sagte leise, mühsam: »Gehen wir also, und sei auch auf diesem Wege Allah bei uns!«

Vierzig Tage, vierzig Nächte lang wanderte Iskender, wo er einstmals den Wolken gleich geflogen war. Vierzig Tage, vierzig Nächte schwebte der grüne Vogel über ihm, wußte er ihm den Weg zu weisen, die Wasserstellen zu zeigen und mit seinem singenden Rufen ein weniges den Schmerz der brennenden Schwären zu lindern. Immer wieder kündete er von dem großen Geschehen, das zu vollbringen bestimmt sei, immer wieder von jenem schattengleichen Weltreiche. Iskender hörte und hörte auch nicht, wußte nicht, wie tief all dieses in sein dunkelndes Bewußtsein eindrang und wie es ihn immer wieder den qualvollen Weg, die Schmerzen des Leibes vergessen ließ. Und dann brach der vierzigste Tag an. Die Füße waren zerrissen und verbrannt, mühsam nur konnte er sich noch weiterschleppen, und auch dafür, sich an des grünen Vogels Krallen zu hängen, reichten die Kräfte nicht mehr. Dann endlich... o Allah, endlich!... sah Iskender vor sich den Schatten jener Bäume, unter deren nächtlichem Rauschen er damals gestanden hatte, als ihn der Ruf erreichte, daß der Sultan seiner bedürfe, und er sich auf des grünen Vogels Rücken geschwungen hatte. Jetzt hörte er wie im Traume wieder die singende Stimme seines Gefährten, die das gleiche, immer das gleiche wiederholte, denn nur wenn er es viele Male vernahm, gelang es Iskender, zu verstehen, was gemeint war, so benommen von Schmerz und Ermattung war sein ganzes Sein.

Die vertraute Stimme sagte: »Nur wenige Schritte noch, und du bist im Säulenhofe, Iskender, nur wenige Schritte noch. Dort feiert dein Freund Hochzeit, noch diese wenigen Schritte, und du bist bei Osman, bei Osman ...« Das drang endlich in das tödlich müde Leben ein, dieses »nur wenige Schritte« und des Freundes Name. Iskender nahm alle ihm noch verbliebene Kraft zusammen, und in seinem Inneren klang es »Osman, Osman«. Das war wie tiefes Tönen der Ghusla und als ströme davon Mut in ihn ein. Schwankend durchmaß er den kleinen Waldstreifen, taumelnd gelangte er zu dem ersten Säulenhofe – Hochzeit, ja, Hochzeit, das war zu hören, daß dort Hochzeit gefeiert ward. Und ist es nicht so, daß zu der Hochzeitstafel auch des Größten im Lande der Ärmste, der Elendeste Zutritt hat? Weiß das nicht ein jeder in unsren Landen? So taumelte Iskender die letzten Schritte, die seine Kraft hergab, vorwärts, hin zu dem offenen Saale des Säulenhofes, ihm so wohl bekannt, und sank an der Schwelle nieder, nun am Ende, am letzten Ende angelangt. Da lag er, ein elender Haufen Fetzen und Wunden, das goldfarbene Haar kaum noch kenntlich vor Staub und Verwirrnis, und sein todmüdes Haupt sank auf den Estrich nieder.

Aber auch solch tiefes Elend konnte ihn nicht ausschließen von denen, die willkommene Gäste der großen Hochzeit waren, und allsogleich kam ein Diener herbei, hielt ihm einen Becher mit labendem Trank an die Lip-

pen, sagte leise: »Trink, mein Bruder, und freue dich auch du mit unserer Freude.« Iskender trank in tiefen, durstigen Zügen, doch als der Diener sich entfernen wollte, machte er eine schwache Bewegung, und der Mann beugte sich wieder herab, fragte: »Ist dir zu helfen, mein Bruder?« Mühsam und mit Aufbietung alles Willens gelang es Iskender, von seinem geschwollenen Finger den Ring abzuziehen, den ihm Osman beim Abschied geschenkt hatte und von dem er sich niemals noch trennte. Er warf ihn in den Becher, den der Diener hielt, flüsterte heiser: »Bringe ihn dem Schechzadeh Osman, beeile dich, denn ich sterbe.« Er sank stoßweise atmend zurück, und der Diener sah ihn entsetzt an, lief dann, so schnell ihn seine Füße trugen, zu dem, der Mittelpunkt dieser Runde von Freunden war, dem jungen Ehemann Osman. »Herr«, sagte halblaut der Diener und unterbrach ein Gespräch, das Osman mit einem Gaste ihm gegenüber führte, »Herr, ich bitte dich um Allahs willen, höre mich... einer ist sterbend, Herr, und sendet dir dieses... um der Barmherzigkeit willen, o Herr, höre mich und blicke her.«
So dringlich flehend war die gedämpfte Stimme, daß Osman sich umwandte, erstaunt zum Diener hinschaute und dann den Blick senkte auf das, was ihm des Dieners leise bebende Hand unter die Augen hielt. Flüchtig zuerst, dann vorgeneigt, dann tat er einen Ausruf, sprang hoch, packte den Diener am Arm, er wußte nicht, wie hart er zufaßte, schrie, rief, schrie: »Iskender... wo ist er? Zu ihm... aman dosdum, o Iskender, mein Freund!« Alles Gespräch verstummte, alle Blicke der tafelnden Männer wandten sich zu Osman, der, von einem Diener halb gezogen, halb geführt, dahereilte, als suche er einem Brande zu entkommen. Und dann war er angelangt. Der Diener stand still, wies auf das nahezu leblose Bündel zu

ihren Füßen, stammelte: »Dieser, Herr, gab mir den Ring.« Osman starrte das an, was da vor ihm lag, hauchte ungläubig: »Iskender? Unmöglich!«, wollte sich schon erheben und abwenden, als sich vor dem weit offenen Säuleneingang ein Rauschen vernehmen ließ. Gleich darauf saß auf der Schwelle der große grüne Vogel. Osman stand wie erstarrt, beugte sich wieder nieder, rief: »Wenn du da bist, o Grüner, so muß er es sein... o Iskender, Schöner und Geliebter, was tat man dir an, und wie, wie kann ich helfen? Alles ist dein... ich bin es ganz... wie kann ich helfen, sage?«
Aber Iskender konnte nichts mehr sagen, nur einen Blick tiefer Liebe vermochte er dem Freunde zu senden, und es wäre sein letzter gewesen, wenn nicht... ja, wenn nicht die Gnade des Kismet ein Wunder zugelassen hätte. Es geschah das einmal und nur einmal, nur dieses eine Mal. Osman verstand, was die singende Stimme des grünen Vogels sagte. Dicht bei ihm saß der Vogel, neigte seinen Kopf zum Ohr des Schechzadeh und sang ihm zu: »Dein Blut kann ihn retten, über seine Wunden dein Blut...«
Osman wandte ein wenig den Kopf, sah strahlend auf den grünen Vogel, rief: »Sonst nichts als das? Hier hast du mein Blut, geliebter Freund!« Er riß seinen kleinen Zierdolch aus der edelsteinlichten Scheide und schlitzte sich damit die Seite auf, neigte sich über Iskender und ließ den warmen Lebensquell über ihn strömen. Iskender sah auf, fühlte etwas ihn überrieseln, das weich und warm über ihn strömte, reckte die in Schmerz verkrampften Glieder und legte sich zurück. Gleich danach schlief er, wie ein Kind, erschöpft vom Spiel, in der Sonne einschläft. Über ihn geneigt lag Osman, und immer noch strömte sein Blut. Da neigte der grüne Vogel sich nahe zu ihm, und sein Schnabel strich ein, zwei, drei Mal über die Seitenwunde, die der kleine scharfe Dolch gerissen

hatte – und sieh da, die Wunde schloß sich, das rote Blut, das über Iskender gerieselt war, verblich, und was übrigblieb, waren zwei Jünglinge, der eine dunkel und stolz gekleidet, der andere goldfarben und nur mit Fetzen bedeckt, aber von reiner Haut, ohne auch nur die geringste Wunde; sie ruhten beieinander, und Osman hatte die Arme über den Freund gebreitet, das dunkle Haar an das goldfarbene gepreßt, und so lagen sie und schliefen in einem Schlaf, so tief, als sei es der vor der Geburt. Ratlos, stumm, voll Schrecken und Staunen umstanden die Freunde und Gäste die zwei, bis endlich einer der Fürstensöhne, der Iskender von ihrer gemeinsamen siebenjährigen Lehrzeit her gut kannte, vortrat und seiner entschlossenen Art nach die Führung übernahm. Dieser Ibrahim sagte: »Ich kenne den Schechzadeh Iskender gut, und er ist mein Freund, wie unser aller. Osman, so scheint es, hat die Freude des Wiedersehens überwältigt, und so liegen sie beide in Bewußtlosigkeit. Wer kann wissen, welche Mühsale Iskender bestand, um noch rechtzeitig zur Hochzeit seines Freundes zu kommen, und so zerriß wohl Dornengestrüpp seine Kleidung. Kommt nun, ihr Diener, und tragt die Fürstensöhne in ein inneres Gemach, legt sie nieder auf Diwane und bleibt in der Nähe, ihre Wünsche zu erfüllen, wenn sie erwachen. Dem Schechzadeh Iskender bringt frische Gewänder, legt sie ihm an, ohne ihn zu wecken. Laßt euch, ihr meine Freunde, nicht stören in unserer Festfreude. Wir feiern weiter, und wenn Osman und Iskender erwachen, werden auch sie mit uns feiern, denn hier geschah ein Großes, da ein Freund den anderen wiederfand. Und so Wohlergehen und Freude uns allen!« Nach der Anweisung dieses klugen und befehlsmächtigen Ibrahim wurde getan, und das Fest nahm seinen Fortgang, während im kühlen und verdunkelten Innenraum

Iskender und Osman einem neuen Leben und Sein entgegenträumten.
Die jungvermählte Kerimeh, Gemahlin des Schechzadeh Osman, erwartete in dieser Nacht ihren stürmischen Liebhaber vergeblich, und es währte einige Zeit, bis sie erfuhr, was geschehen war. Sie vermochte dann ihre Abneigung gegen jenen seltsamen Iskender nicht zu verbergen, denn ohne Zweifel war er es, der an ihrer Enttäuschung schuld war; zudem bangte sie um ihren jungen Ehemann, da ihr eine verworrene Geschichte von viel Blut berichtet wurde. All dieses aber löste sich in eitel Freude auf, als sie am Abend des folgenden Tages den Geliebten in den Armen hielt und erfuhr, er sei unverletzt. »Auf eine wunderbare Art blieb ich unverletzt, es sei denn, ich träumte das Ganze. Wenn ich meinen Freund Iskender betrachte, so will mir das am wahrscheinlichsten sein; denn niemals kann er, der so schön und edel anzusehen ist, voll von Wunden und Schwären, einem Bettler gleich in Fetzen gehüllt erschienen sein. Ein Traumbild, das nur war es und mir ebenso unverständlich wie jener lange Schlaf, der mich von dir, du Ersehnte, fernhielt.« Eine Erklärung vielleicht, aber eine dürftige, die niemand zufriedenstellte.
Iskender allein erfuhr, um was es gegangen war, und auch, wie bereitwillig der Freund ihm sein heilendes Blut geschenkt hatte; denn das sang ihm der grüne Vogel zu. »Warum aber, o mein Gefährte, geschah all dieses mit mir? Alles Leiden nur, um die hohe Gabe der Freundschaft zu erkennen? An ihr zweifelte ich niemals.«
Es war zu der gleichen Abendstunde, als Osman sein junges Weib umfing, daß Iskender diese Fragen stellte, und der grüne Vogel gab Antwort auf seine Art: »Zu fragen, warum das Kismet etwas verhängt, ist müßig; doch will mir scheinen, es geschah, um dich die Tren-

nung von allem, was bisher dein war, erkennen zu lassen. Ich sagte dir schon, o mein Schach, daß du bestimmt bist zu herrschen, wie dir einstmals der Derwisch am Strande, wo du geboren wurdest, verkündete. Und jetzt beginnt dein Weg, den du allein gehen mußt, nachdem dir der Freundschaft höchste Gabe wurde. Komm, mein Schach, schwing dich auf meinen Rücken, denn ich muß dich zum Horst jener schwarzen Vögel bringen, die du kennen lerntest, als sie die Krone, ihr Juwel, vom Sultan und dann vom Großvezier verlangten. Komm! Du warst lang genug hier, und dein Weg dehnt sich noch weit hin.«

Ohne zu verstehen, aber auch ohne Widerspruch schwang sich Iskender auf des starken Vogels Rücken, fühlte nach seinem Schwertgurt, nach Köcher und Bogen und spürte voll Freude wieder an seinen Beinen das weiche Gefieder des Gefährten. Sie flogen nur kurzen Weg, gelangten bald hinauf in Bergesfernen, wo zerklüftetes Gestein schroff aufragte. Als sie sich diesem Berghorste näherten, stieß der grüne Vogel einen einzigen Ruf besonderer Art aus, und sogleich antworteten ihm von allen Seiten Vogelrufe, die Iskender erkannte als jene der schwarzen Vögel. Sanft sank der grüne Gefährte jetzt herab und landete auf einem Felsvorsprung, der eben noch Raum für ihn bot. Sogleich waren sie umgeben von den schwarzen Vögeln, die in hoher Erregung um Iskenders goldfarbenen Kopf flogen und immer wieder die gleichen Laute ausstießen, welche bedeuteten: »Willkommen, o König unsrer Krone, willkommen!«

Und dann sah Iskender, daß die Vögel ein blitzendes Etwas hochhielten, das im Lichte des Mondes aufstrahlte; sie senkten sich zusammen nieder und legten ihm die Krone auf seine hellen Haare, flogen dabei um ihn herum, so als vollführten sie einen Reigen. Tief beunruhigt von diesem unerklärlichen Geschehen, sagte

Iskender halblaut zu seinem Gefährten: »Ich beschwöre dich, o mein Freund, laß sie diesen Reifen von meinen Haaren nehmen, ich kann den Kopf nicht frei heben darunter, und ich verstehe nichts von dem allen. So du mein Freund bist, laß mir die Last fortnehmen!« Hin und her ging das Rufen und Fragen zwischen den Vögeln, und dann fühlte Iskender, wie der Reif wieder von seinem Haupt genommen wurde. Er schüttelte die Haare, rief: »Laßt mich frei bleiben, so daß ich meinen Kopf frei halten könne! Hebt euer Juwel auf für den, der dessen wert ist, ich will dergleichen nicht haben! Und du, mein Gefährte, löse mir das Rätsel dieser Geschehnisse.«
Breitbeinig stand Iskender über dem grünen Vogel, sah hinab auf die Wolken, die unter ihm dahinzogen, und hob den Blick zum hellen Himmel, darin der Mond seines Weges schwebte. Und in diesen hellen Nachthimmel klangen die singenden Worte des grünen Vogels hinauf, einten sich mit dem Weg des Lichtes und schwebten gleich diesem unter den Himmeln weiter und weiter. Es waren diese: »König bist du, Iskender, der Welt von Morgen und von Abend, König bist du, bestimmt zu vereinen, was Morgen und Abend ist. Blut, das über dich floß und dich von der Krankheit des Verrates heilte, machte dich frei von allem, das Menschen beschwert. Und dein Weg ist der jener, die weder Freundschaft noch Liebe der Einzelnen kennen, auf daß du den Völkern Freundschaft und Einheit geben kannst. Die Krone jener dunklen Vögel, gehütet für dich, dünkt dich noch schwer und lastend; doch mußt du unter ihr leben und sein, denn sie ist die Krone der geheimen Einheit aller Völker. Iskender, mein Schach, dein Weg beginnt! Wir fliegen den Zug der ziehenden Vögel entlang, du auf meinem Rücken, die dunklen Vögel mit der Krone über dir, und alle Zeiten werden es wissen, daß es den König der

großen Einheit gibt, dich, o Iskender.« Schweigen wurde. Iskender neigte seinen goldfarbenen Kopf und sagte mit dem Hauche eines Atemzuges: »Es geschehe, wie mir bestimmt ist, und Allah verlasse mich nicht!«
Dann hob sich der grüne Vogel in die helle Nacht, und sie flogen den unsichtbaren, aber niemals zu verfehlenden Himmelsweg der Zugvögel gen Norden. Hinter sich ließ Iskender alle Wärme und Freude des Lebens, die Heimat, die Freundschaft und jene Sonne, unter der er geboren war und deren Glanz sein Herz erquickte. Vor ihm war nur ein dunkles Wort der Bestimmung und das Erkennen einer gewaltigen Aufgabe. Sie flogen, und sie fliegen heute noch. Vielmals sagen die, deren Augen zu sehen vermögen, daß unter den nächtlichen Wolken ein wunderbares Gebilde zu erkennen sei: ein großer Vogel, dessen Gefieder im Lichte der Sterne grün erstrahlt, auf seinem Rücken ein Mann, dessen Haupt golden leuchtet, und über ihm ein Schwarm dunkler Vögel, Wolkenschatten gleich, die ein strahlendes Gebilde schwebend tragen, das einer Krone ähnlich erglänzt. Und es heißt, solange man sie noch so zu sehen vermag, so lange ist das Hoffen nicht vergeblich, daß die Welt geeint werde, daß Nord und Süd sich treffe und daß unter einer Krone in den Wolken ein König unter den Himmeln alle eine. So glauben wir und so erhoffen wir es; denn niemals noch trog das Wort, das im Namen des Kismet gegeben wurde, dieses Kismet, das Allahs Stimme ist unter den Menschen, Allahs, dessen Name gepriesen sei auf Erden und unter den Himmeln.

Die graue Taube

Ein Padischah sah alle seine Kinder eines frühen Todes sterben, und ihm blieb endlich nur ein Töchterchen. Bei deren Geburt befragte er einen Deuter der Sterne, und dieser riet ihm, das Kind niemals in Berührung mit Wasser, Luft und Erde kommen zu lassen, es auch niemals das Licht der Sonne erblicken zu lassen, sonst werde er auch dieses letzte Kind verlieren.

Nach Art der Menschen, die nicht an das Kismet glauben, verstand der Padischah diese Worte nach dem Laut ihrer Silben, nahm das Kind aus den Armen seiner sterbenden Mutter und brachte es in einem unterirdischen Raume unter mit einigen Dienerinnen und der Amme. Die Sklavinnen ließ der Padischah einen erschreckenden Schwur tun, daß sie dem Kinde niemals Luft, Wasser, Erde oder das Sonnenlicht zeigen würden, und baute dann ein prächtiges unterirdisches Serail, darin alles, was es auf der Oberfläche der Erde gab, künstlich hergestellt war. Die Luft kam durch kunstvoll angelegte Schächte herab, also doch von oben her, und ebenso war es auch mit dem Wasser; aber alle Gewächse waren aus Edelsteinen nachgebildet, und das Licht stammte aus unzähligen Öllampen, die überall geschickt angebracht waren.

Der Padischah freute sich seiner Erfindungen und besuchte die kleine Tochter hie und da. Aber irgendwo

lächelte ein Genieh über diese Torheiten, denn auf eine ganz alltägliche Art drang alles, was Allah geschaffen hat, in dieses unterirdische Gemach des Menschenwitzes ein. Es geschah so: Notgedrungen mußten die Kräuter, das Gemüse und ähnliches für die Bereitung der Speisen von oben her kommen; es gab hierfür eine steile, schmale Stiege, die gut versteckt war und den einzigen Zugang zur Oberwelt bildete. Zum Ausgang dieser Stiege pflegte ein Gärtnerbursche seine Körbe zu bringen, und eine nur zu diesem Dienst bestimmte Sklavin nahm ihm alles ab.
Ob nun hier, ob dort – wenn eine junge Sklavin einen jungen Gärtnerburschen täglich trifft, so ergeben sich Gespräche, die mit den Waren des Gärtners wenig zu tun haben und die oftmals ein Verschieben des Schleiers hervorrufen. Ist aber ein Schleier erst richtig verschoben, so kann das leicht eine gewisse Zerstreutheit verursachen, und aus solcher heraus wird dann das oder jenes achtlos fallen gelassen. So auch hier. Was liegenblieb, davon die junge Sklavin nichts wußte, war nur ein kleines Stück Bazilikon; doch lag dieses auf einem sehr hellen Teppich, nicht weit vom verborgenen Zugang der heimlichen Treppe.
Die Prinzessin Gisliha – was so viel heißt wie die Verborgene – schritt müde und teilnahmslos über die weichen Teppiche dahin und stand plötzlich, so als sei ein Hindernis vor ihr aufgetaucht, vor dem kleinen Stück Bazilikon still. Sie hatte dergleichen noch niemals gesehen, hatte sogar etwas Angst vor diesem seltsamen Etwas, das so ganz anders aussah als die grünen Juwelenzweige, die sie kannte. Sie hockte sich nieder und berührte das kleine Kraut vorsichtig mit ihren zarten Fingern, zog dann die Hand schnell zurück, denn das Gefühl, das ihr diese Berührung verursachte, kannte sie nicht. Aber wieder und wieder zog das Unbekannte sie an, und

endlich dann nahm sie das Kräutlein auf, hielt es umfaßt und drückte die Nase in seinen feinen und starken Duft. Bei dieser Beschäftigung fand sie die junge Sklavin, die sich irgendwie schuldbewußt fühlte und nachsehen kam, ob sie auch nichts versäumt habe. Die Sklavin erschrak tödlich bei dem Anblick, der sich ihr bot; denn aus diesem Geschehen konnte ihr das grausamste Ende erwachsen. Doch ehe sie, die vor Angst verstummt war, etwas sagen konnte, fragte die Prinzessin lebhaft: »Was ist das, Mirhalah? Kennst du es? Ich sah dergleichen noch niemals!«
Die Sklavin stammelte: »O gib es mir, Herrin, und vergib mir Unwürdigen, denn es ist eine Unsauberkeit, die ich zu entfernen versäumte. Gib es, daß ich es fortwerfe, Herrin!« Aber die Prinzessin hielt das Bazilikon fest an sich gedrückt, stand auf und ging zu dem Brunnenrand hin, der ganz mit Blüten und Gräsern, kunstvoll aus Edelsteinen gefertigt, verziert war. »Sieh nur«, sagte die Prinzessin, »wie diese Dinge, die so blitzern, häßlich sind gegen das, was ich halte! Die Farbe ist anders, und wenn du sagst, Mirhalah, daß ich hier eine Unsauberkeit fand, so möchte ich nur, daß jede Unsauberkeit so süß duftet wie diese! Nein, laß, ich gebe es dir nicht! Und weil du es warst, die dieses fremde Etwas fallen ließ, so nimm das... Gefällt es dir?« Und die kleine Prinzessin beugte sich zum Brunnenrand nieder, brach eine der im künstlichen Lampenlicht glitzernden Edelsteinblumen ab und reichte sie Mirhalah. Die Sklavin schloß schnell die Hand um das Geschenk, beugte sich nahe zu der Prinzessin, flüsterte: »Verstecke es gut, Herrin, denn es ist verboten, und verrat mich nicht!« Sie wollte forteilen, wurde aber von einer kleinen festen Hand zurückgehalten. »Ich verrate dich nicht, wenn du mir noch mehr solche Unsauberkeiten bringst, und jedesmal bekommst du

von diesen Dingern dafür. Willst du, Mirhalah?« Die Sklavin nickte ängstlich und lief fort. Noch mehr solch herrliches Glitzerzeug bekommen? Wie unausdenkbar wunderbar!

Als am nächsten Morgen der Gärtnerbursche kam, berichtete ihm die Sklavin flüsternd von ihrem Erlebnis und zeigte ihm die Edelsteinblume. Der Jüngling drehte das kostbare kleine Kunstwerk zwischen seinen erdigen Fingern hin und her, pfiff durch die Zähne und brachte ein ehrfurchtsvolles »Maschallah!« heraus. »Wenn du noch mehr von diesen Dingen bekommen kannst, und alles für nichts als ein Gewürzkraut, dann hast du auch nur einen Gedanken des Zögerns, du Törin? Körbe voll bringe ich dir und buntes Unkraut dazu!« Doch die Sklavin war klüger als der ungestüme Jüngling, und sie erklärte ihm hastig, wie es bei dieser Sache um Tod und Leben ginge. Der Gärtner aber lachte nur, meinte herablassend: »Du Törin, bedenke doch! Wenn deiner Herrin so viel an dem Kraut liegt, so laß dich immer dafür beschenken, und endlich, wenn genug da ist, laß dir die Freiheit geben, und wir machen eine eigene Gärtnerei auf, von diesen bunten Steinen bezahlt! Verstehst du jetzt endlich? Du mußt es nur klug anstellen, und ich werde es auch tun. Laß immer nur ein Kraut allein fallen oder stecke es deiner Herrin heimlich zu, das ist noch besser, und bald sind wir unsre eigenen Herren. Wird es schön sein, dann zu leben, sage?« Die Antwort verursachte weiteres Verrutschen des Schleiers, und Mirhalah huschte davon, ein Pflänzchen unter ihrem Gewand verborgen.

Da die Sklavin nicht zu der Bedienung der Prinzessin gehörte, sondern in der Küche zu tun hatte, war es schwierig für sie, die Herrin unbeobachtet zu treffen; doch gelang es ihr endlich kurz vor der Abendmahlzeit,

Die Prinzessin hatte schon voll Ungeduld auf der Sklavin Kommen gewartet; denn ihr bewundertes Kraut war welk geworden, und sie wußte nichts davon, wie man Lebendes behandelt. Mirhalah, der Worte des Gärtnerburschen eingedenk, gelang es, das frische Kraut neben der Prinzessin fallen zu lassen, und diese, wie jede Frau schnell den liebenswürdigen Betrug erlernend, setzte ihren Seidenschuh leicht über das kleine grüne Wunder, wobei sie die bereit gehaltene Edelsteinblume fallen ließ. »Heb mir die Blume auf, Mirhalah«, sagte die Prinzessin in befehlendem Tonfall, und als die Sklavin herbeikam, sich tief niederbeugte, flüsterte die Prinzessin: »Komm an mein Lager zur Nacht.« Unter den Schleiern war der Austausch gelungen, und keine der anderen Frauen achtete des kleinen Geschehens.

Aber Mirhalah hatte es schwer, sich in der Nacht aus dem Schlafraum der Sklavinnen zu entfernen, und als sie in dem großen Saal anlangte, in dem die Prinzessin Gisliha allein ruhte, zitterte sie am ganzen Körper vor angstvoller Erregung. Sie duckte sich neben dem Lager der Prinzessin nieder, und diese zog die schweren Seidenfalten, die es umrahmten, um die Kauernde. Tief beugte sich Gisliha herab, flüsterte befehlend: »Nun erzähle mir alles von diesen wunderbaren Dingen. Ich will wissen, was sie sind, woher sie kommen, wie sie genannt werden, und alles, aber auch alles! Verstehst du mich, Mirhalah?« Bebend antwortete die Sklavin: »Du weißt nicht, Herrin, daß der Tod darauf steht, dir von diesen Dingen zu sprechen, und wenn es sich auch nur um Kräuter, die aus der Erde kommen, handelt, sie sind doch Todesbringer für mich Arme.« Gisliha beugte sich noch näher. »Erde? Was ist das? Wie kommt es heraus? Was sind Kräuter? O rede, so rede doch! Ich gebe dir alles, was du willst, nur rede, ich beschwöre dich!«

Die Sklavin richtete sich ein wenig auf, fragte eifrig: »Gibst du mir noch mehr von den glitzernden Dingen, Herrin, und wenn es gefährlich wird, schenkst du mir dann die Freiheit?« Ungeduldig sagte Gisliha: »Aber was du willst, soviel du willst und auch die Freiheit... wer weiß, auch für mich? Nur rede endlich!« Da flüsterte es dann zwischen diesen beiden jungen Wesen die ganze Nacht hindurch, und wenn einer fragen sollte, ob sich die Sklavin nicht Freiheit und Reichtum allzu leicht verdient habe, so ist dem zu erwidern, daß es schwer ist, mehr als schwer, die vertrauten Dinge des Lebens so zu beschreiben, daß einer, der sie nicht kennt, versteht, was gemeint ist. So etwa: Was ist das, Erde? Was ist das, Wachsen? Was ist das, Luft? Was ist das, Weite? Was sind Bäume? Was ist Wärme, was Kälte? O viel, so erschrecklich vieles ist da zu sagen, und wie sollte es die junge Sklavin vermögen, alle solche Fragen zu beantworten?

»So geht es nicht«, sagte gegen Morgen die Prinzessin, »du mußt mich hinbringen, daß ich es selbst sehe, Mirhalah!« Kein Gegenreden half, und als beim täglichen Zusammenkommen der Gärtnerbursche erklärte, der Gedanke sei sehr vernünftig und werde ihnen viel einbringen, gab Mirhalah nach, wenn auch voll Angst und Sorge. Sie bekam dann eine ganze Schleierlast voll glitzernder Dinge, und da die älteste Dienerin daran gewöhnt war, daß von Wänden und Zierstücken unausgesetzt viele der Juwelen abgebrochen wurden, spurlos verschwunden blieben und niemals wieder aufzufinden, so machte sie auch jetzt keinerlei Aufhebens, meldete vielmehr in das Serail hinauf, dies und das fehle, man möge es ersetzen. Auch droben fiel es niemandem ein, sich darob zu erregen; denn Reichtum ist da, um geteilt zu werden – sagt so nicht der Prophet? Dessen Name gesegnet sei.

In der nächsten Nacht schlich dann, in den dunklen Schleier der Sklavinnen gehüllt, die Prinzessin mit Mirhalah die schmale kleine Stiege hinauf. Es war eine Mondnacht, und der weite Garten war in das sanfte Licht der Geheimnisse getaucht. Aus dem engen Schacht hervortretend, in den die Stiege eingebaut war, stand Gisliha zum ersten Male in dem jungen Leben ihrer fünfzehn Jahre auf dem Erdboden. Ihre Füße in den seidenen Schuhen, nur an das Betreten weicher Teppiche gewöhnt, spürten die Härte der Erde und bohrten sich in sie hinein. Ihre Augen, nur an das Licht der unzähligen Lampen gewöhnt, sahen das weiche Glänzen des Mondlichts und tranken es in sich ein. Ihr ganzes Sein, gewöhnt an die wohl hohen und weiten, aber doch abgeschlossenen Säle des unterirdischen Serails, warf sich in die Weite von Himmel und Sein, tat es mit einem leisen Jauchzen und mit dem Eintrinken der Erdenluft in ein junges, sich dehnendes Herz. Der Genuß und das andächtige Erfassen waren vollkommen.

Gisliha stand eine kleine Weile regungslos, dann begann sie vorwärts zu laufen, in einer Bewegung, die sie bisher nicht gekannt hatte, und sie tat es mit ausgebreiteten Armen und flatterndem Schleier, so daß sie der atemlos folgenden Sklavin wie ein großer Nachtvogel erschien. Plötzlich stockte der Fuß des hingerissenen jungen Wesens. »Wasser!« flüsterte sie vor sich hin, »ja, das kenne ich von dort unten. Ob es wohl ebenso ist, dies Wasser?« Und sie folgte dem leisen, singenden Fall eines Brunnens, der seine Wasserstrahlen hochwarf und wieder in sich auffing.

»Auf diesem Brunnenrand wachsen nicht so glitzernde Dinge wie dort unten im Serail. Siehst du, Mirhalah, hier kann man sitzen... oh, wie ist es schön und wundervoll!« sagte halblaut die kleine Prinzessin und ließ ihre Hand spielend ins Wasser gleiten.

Plötzlich hob sie den Kopf, denn ein Schwirren ward in der Höhe hörbar, und ein Flug Tauben fiel mit rauschendem Flügelschlag ein, ließ sich auf der Wasserfläche nieder. Eine jedoch dieser seltsamen Nacht-Tauben, eine große graue, setzte sich neben die Prinzessin und sah sie regungslos an. »Herrin«, flüsterte angstvoll die Sklavin, die neben der Prinzessin stand und sich dauernd voll Sorge umschaute, ob man sie auch nicht entdecke, »Herrin, laß uns fort von hier! Es ist nicht an der Zeit für Tauben, unterwegs zu sein, und auf das Wasser setzen sie sich auch nie... glaube mir, es ist besser, wir gehen, denn diese Vögel, so bin ich sicher, sind Djinhi. Komm fort, o Herrin!«
Aber Gisliha beachtete das ängstliche Geflüster gar nicht; denn sie war mit der großen grauen Taube neben sich beschäftigt. Sie hatte noch niemals einen Vogel gesehen, wie überhaupt kein lebendes Tier, und wußte nicht, daß es ungewöhnlich sei für so ein gefiedertes Geschöpf, sich neben einen Menschen niederzulassen mitten in der Nacht und sich zudem von dessen Händen berühren zu lassen. So streichelte Gisliha unbefangen die Federn der grauen Taube und sprach mit dem reglos stillhaltenden Vogel. »Wie schön du bist, wie weich und wie zart! Wie du leuchtest, schöner als die Dinge drunten am Brunnenrand! Aber warum siehst du mich so traurig an? Sage!« Hier aber fing die Sklavin wieder zu flüstern an, ängstlich, drängend: »O Herrin, schau nicht hin auf diesen Vogel! Er hat Menschenaugen. Glaube mir, es ist ein Djin. Laß uns fort, Herrin!«
Es schien fast, als habe die Taube die Worte der Sklavin verstanden, denn sie rückte noch ein wenig näher an die Prinzessin heran und sah sie mit großen, flehenden Augen an. Gisliha beugte sich tief zu dem Tier herab, streifte einen Reif aus grünen Edelsteinen von ihrem

Handgelenk und sagte: »Ich weiß, du bist gut, und ich komme wieder hierher, dich zu sehen, du Weiches, du Graues. Nimm dieses, um meiner zu gedenken.« Sie legte den Reif der Taube um den Hals, und diese schien den Kopf zu neigen, um die Gabe zu empfangen; dann schüttelte die Taube ihr Gefieder, so daß der Reif zwischen die Federn glitt, schlug einmal mit den Flügeln, und alle Tauben, die in das Wasser eingefallen waren, erhoben sich. Zum zweiten Male schlug die graue Taube mit den Flügeln, erhob sich in die Luft, flog um den Kopf der Prinzessin und schwirrte davon, alle anderen Tauben hinter ihr.

Gisliha war hochgesprungen, reckte die Arme, rief: »Komm wieder, Seidengraue, komm wieder!« Da trennte sich die große graue Taube von dem Schwarm, kehrte um, flog tief, streifte fast die Prinzessin, in einem engen Bogen sie umfliegend, erhob sich wieder in die Luft und war bald nicht mehr zu sehen. »Sie hat mir Antwort gegeben, die Seidengraue, sahst du es, Mirhalah?« Die Sklavin wagte es in ihrer Angst, nach der Prinzessin zu greifen und sie mit sich fortzuziehen. »Komm jetzt, Herrin, es ist genug geschehen, und der Mond wird bald gesunken sein. Komm, ich flehe dich an, denn es wird Morgen werden, und dann sind wir beide verloren!« Die Prinzessin ließ sich auch wirklich fortziehen; nur ging sie ganz langsam, mit jedem Fußtritt die Erde liebkosend und so nahe an Strauch und Baum streifend, daß sie die Blätter fühlen konnte. Dann verschlang sie der Schlund der Dunkelheit wieder, und sie waren zurück in jenem Reich, in dem alles tot und künstlich war. Die Prinzessin huschte unbemerkt zu ihrem weichen Lager zurück und schlief auch sogleich ein, hatte sie doch so vieles zu träumen, was alles an Wunder grenzte.

Am Morgen dann wurde der Gärtnerbursche sehr deutlich. »Höre mich nun gut an, du vielgeliebte Törin«, sagte er zu Mirhalah, die ihm bewundernd lauschte. »Wenn deine Herrin wirklich verlangt, wieder hinauszugehen und mit der Taube zu spielen, so laß es dich nicht erschrecken, mag dieser Vogel nun ein Djin sein oder nicht. Sage deiner Herrin dieses: Gib mir die Freiheit und einen Schleier voll deiner Glitzereien, und ich tue, was du willst; gibst du mir dieses nicht, tue ich nichts. Verstehst du mich, du blühende Bohne?« Hier lief die blühende Bohne eilig fort, kehrte mit dem ersten Schleiervoll zurück und versetzte dadurch den Gärtnerburschen in einen wahren Taumel des Entzückens, so daß ihm immer neue Kosenamen aus seinem besonderen Wissensgebiet einfielen. Und hätte jener weise Sterndeuter von damals vor fünfzehn Jahren nur gewußt, daß das Kismet der Tochter des Padischah sich in Wahrheit in einem Korb voll Gemüse versteckte, hätte er dem Padischah viel Geld ersparen können... Aber wer weiß, wozu ein Schleier über die Augen der Weisen gezogen wird... es sei denn, um die Augen der Nichtweisen desto klarsichtiger zu machen – in diesem Falle die eines Gärtnerburschen und seiner blühenden Bohne.

Es hatte im jungen Leben der Prinzessin Gisliha noch niemals einen so langen Tag gegeben, wie es der nun folgende war. Zwar hatte es ihr viel Freude bereitet, einer Diebin gleich ihren eigenen Besitz in solcher Weise zu plündern, daß es nicht allzubald auffiele, was von den Wänden und dem Zierbecken fortgerissen war; aber dann schien es, als wollten ihre Frauen ein übriges tun, um sie mit Gesang und Erzählung zu unterhalten, und sie durfte aus angeborener Höflichkeit nicht allzufrüh zur Ruhe gehen. Es traf sich glücklich, daß zu dieser Zeit der Padischah erkrankt war und mit einem seiner seltenen

Besuche auf diese Art nicht zu rechnen war. Endlich, ach, endlich! dann durfte sie sich zur Ruhe zurückziehen und die dienenden Frauen für die Nacht verabschieden. Kaum war sie allein, als sie sich schon wieder erhob, hinausspähte und sich dann ihrer Nachtkleidung entledigte, da Mirhalah ihr versprochen hatte, ihr eines der dunkleren Gewänder der Sklavinnen mitzubringen. Sie sah sich noch einmal in dem hohen, weiten Gemach um, das leuchtete von unzähligen Lampen, die hinter vielfarbigem Glas verborgen waren, und dessen seidenbespannte Wände geschmückt waren mit Edelsteinen, in allen Farben glitzernd, viele Arten von künstlichen Blumen darstellend.

Die Prinzessin Gisliha schritt auf dem weichen, dicken Teppich daher, sah sich alles an und sagte dann, für sich allein sprechend: »Wie arm! Wie traurig! Wie eng!« Und da erklang schon das erwartete Flüstern, Mirhalah schlich herein, einige Gewänder über dem Arm tragend. Die Prinzessin flog auf sie zu, sagte leise, aber deutlich: »O du Gute, da du mich nicht verrietest, sei der Segen des Propheten immer mit dir! Hier, sieh, unter dem Teppich verbarg ich den Tag lang, was dir gehört, und nun laß dich nieder vor meine Füße hier und höre, was ich sage.« Die Sklavin, tief beeindruckt von dem leuchtenden Haufen Edelsteine unter dem Teppich, mehr noch vielleicht von der eindrucksvoll leisen Stimme der Prinzessin, kniete nieder und erwartete gesenkten Hauptes ihr Urteil. Aber die weiche Hand der Herrin hob ihr den Kopf, und die Prinzessin sagte, indem sie ihr beide Hände an die Schläfen legte: »Ich, Gisliha, Tochter des Padischah von Djemzid, gebe dir, Mirhalah, die du meine Sklavin warst, die Freiheit, die einst dein war, zurück. Du kannst leben als eine Freie, ehelichen als eine Freie, wandern als eine Freie. Tu kein Unrecht der Freien

und bleib eine Sklavin der Pflicht, zur Ehre des Propheten, dessen Name gesegnet sei. El hamd üllülah...«
Dann nahm die Prinzessin von ihrem Finger einen Ring und steckte ihn der Sklavin an, wobei sie murmelte: »Sei meine Gebundenheit deine Freiheit!« Darauf küßte sie die Sklavin auf beide Wangen und grüßte sie somit als freie Frau. Die uralte Zeremonie war beendet, und die tief beeindruckte Mirhalah erhob sich von den Knien. »Mein Ring wird jedem zum Beweis dienen, daß du frei bist, meine Schwester; es genügt, ihn vorzuzeigen. Und gib mir jetzt die dunklen Gewänder, auf daß ich nicht so leicht sichtbar sei wie vergangene Nacht. Ist es nicht einem Zeichen gleich, daß ich Sklavenkleidung anlege und du frei bist?« Hier fing Mirhalah urplötzlich an zu weinen, und sie selbst hätte am wenigsten sagen können, was sie dazu brachte. Ist es nicht oftmals so, daß ein geheim in uns verborgenes Etwas alles weiß, wenn auch unser Denken einen dichten Schleier darüber breitet? Auch dieses ist des Kismet wundersames Tun und Lassen.
Im Gebüsch geschickt verborgen, wartete dieses Mal der Gärtnerbursche; denn er war überzeugt, daß sich in dieser Nacht etwas entscheiden würde, und wollte zur Stelle sein, war doch die liebliche Bohnenblüte nun von besonderem Duft umgeben, nämlich dem des Reichtums, wie denn für manche kein berauschenderer auf Erden ist. Mirhalah, beschwert von ihrer Schleierlast der Juwelen, ging dieses Mal noch langsamer und zögernder als in der Nacht vorher; aber die Prinzessin überholte sie, drängte sich auf der schmalen Stiege an ihr vorbei und war droben, ehe die frühere Sklavin noch etwas bemerkt hatte. Sie sah nur einen Schatten durch die Nacht flattern, denn die dunklen Gewänder und Schleier machten die Prinzessin fast unsichtbar, und dann trat unter den Bäumen hervor eine Gestalt auf sie zu. Tödlich erschrocken, hätte

sie beinahe geschrien; aber der Gärtnerbursche war schon bei ihr, legte ihr schnell und sanft die Hand auf den Mund, murmelte nahe ihrem Ohr: »Nicht erschrecken, ich kam nur, um zu helfen. Gib mir, was du trägst, und wenn etwas geschieht, bin ich hier, um dir beizustehen. Was ist's mit der Freiheit?« Mirhalah hielt schweigend ihre Hand hoch, und er sah den blitzenden Ring. »Gut, o meine Gattin, und morgen noch wird der Imam uns verbinden. Schau dorthin, was sind das für Vögel mitten in der Nacht?« Mirhalah seufzte ihm ins Ohr, daß auch in der vorigen Nacht diese Djinnen-Vögel dagewesen seien; doch dann vergaßen sie alles über ihrem eigenen nahen gemeinsamen Leben, und so schieden diese zwei Helfer des Kismet aus und wurden nicht mehr gekannt.
Die Prinzessin Gisliha war, ohne rechts oder links zu blicken, zu dem Wasserbecken geeilt, hatte sich niedergelassen auf dessen Rand und schaute sich nach allen Seiten um. Leise, so als atme die Nacht, rief sie: »Vogel, grauer Seidenvogel, wo bist du? Kommst du nicht zu mir, o Taube, wie dein Name ist?« Sie hatte Mirhalah befragt und diese Benennung erfahren, rief wieder und wieder, hielt die Arme wie bittend hoch. Und da, als das Licht des Mondes das Wasserbecken traf, da geschah es! Da waren sie plötzlich da, die vielen Vögel, und neben ihr ließ sich der große graue Vogel nieder, schaute zu ihr auf, bewegte seinen Hals und ließ so die grünen Steine in dem Reif aufblitzen, den Gisliha ihm in der vorigen Nacht umgelegt hatte. Ehe sie noch etwas sagen konnte, ehe ihre Hand Zeit fand, das weiche Gefieder zu liebkosen, schwebte die Taube um den Kopf der Prinzessin, setzte sich wieder neben ihr nieder, erhob sich aufs neue, flog einige Flügelschläge lang davon, kam wieder, umflog sie, schwebte nieder, erhob sich: es war wie ein Spiel, aber ein bedeutungsvolles.

Gisliha sah dem eine Weile schweigend zu, stand auf, fragte leise: »Du willst etwas von mir, o meine graue Taube? Doch was ist es?« Eben saß die Taube wieder auf dem Brunnenrand neben ihr, blickte mit den traurigen Menschenaugen zu ihr auf. Gisliha legte ihr die Hand auf die weichen Federn, beugte sich herab, sagte leise: »Höre mich an, und wenn du mich verstehst, so treib deinen Schnabel in meine Hand, und ich werde wissen, wir können zusammen sprechen, willst du?« Anstatt dessen aber schmiegte die Taube ihren Kopf in die dargereichte Hand, und Gisliha lachte leise auf, fragte wieder: »Wenn du vor mir herumfliegst, meinst du, ich solle dir folgen, und du willst den Weg zeigen?« Die Taube schlug erregt mit den Flügeln, schmiegte sich wieder an Gisliha. »Gut, ich komme!« sagte die kleine Prinzessin und stand auf, den Blick auf die voranfliegende Taube gerichtet.

»Sieh nur, sieh!« flüsterte Mirhalah ihrem Liebsten zu, »sie geht fort, ich muß sie zurückholen, ich muß! Der Vogel ist ein Djin, sagte ich es dir nicht schon?« Aber der Gärtnerbursche hielt das Mädchen eisern fest, sagte verbissen: »Du bleibst! Wenn sie geht, so muß sie gehen, du aber kommst mit mir und betrittst mit keinem Fuß mehr das unterirdische Gefängnis, du, eine freie Frau! Komm, wir gehen und kehren nicht zurück.« Und so gingen diese zwei davon, fort aus allem, was die Prinzessin Gisliha betraf.

Sie aber schritt auf unbekannten Wegen dahin; vor ihr flog die graue Taube, über ihrem Kopf, sie am Tage vor der Glut der Sonne schützend, kreiste der große Schwarm der anderen Tauben. Die Nächte und die Tage folgten sich, Gisliha ging und ging. Ihre weichen Seidenschuhe waren schon längst zu Fetzen an ihren Füßen geworden, und die zarte Haut war blutig und zerschunden; aber sie ging

und ging. Die Taube stieß oftmals nieder, wies ihr einen Quell, wies eine Stelle, an der Früchte wuchsen, Beeren aller Art, und so stillte Gisliha Hunger und Durst. In Wahrheit aber wußte sie von aller Mühsal nichts, schritt wie im Traume weiter, schaute auf die graue Taube, und wenn die Müdigkeit allzu groß wurde, so daß sie halb betäubt vor Ermattung im Schlummer niedersank, dann wußte sie, die graue Taube saß neben ihr, ihrer Hand erreichbar, und der Schwarm der anderen Vögel saß nahe, Ausschau haltend, daß ihr kein Leid geschähe.
Sie kannte jetzt die Erde, das Grün, die blühende Welt, die kleine Prinzessin; sie kannte die rauhen Bergwege, sie kannte die Hyazinthenwiesen, sie kannte die dunklen Bergveilchen, in deren Duft sich so gut ruhen ließ. Und dann, als der Aufstieg besonders schwierig gewesen war, als sie mühsam die Fetzen ihrer Kleidung zusammenhielt gegen den scharfen Wind der Höhe und die blutenden Füße vor Schmerzen kaum mehr fühlbar waren, da stand sie unversehens auf einer Berghöhe, und sie war allein! Die Tauben waren fort, die große Graue hatte sie verlassen, und Gisliha fühlte zum ersten Male den zehrenden Kummer des Alleinseins, der Hilflosigkeit. Die Augen, die noch niemals geweint hatten, strömten über von Tränen, und sie sank auf den Boden nieder, barg ihr Gesicht in den duftenden Bergkräutern und schluchzte zum Erbarmen. Das Leid und die Müdigkeit vereinten sich, um sie alles vergessen zu lassen, und sie schlief ein, so wie ein Kind sich in Schlummer weint.
Als sie erwachte, sah sie über sich etwas wie ein kleines Dach aus Stäben und Stecken, die mit allerlei Gewächs durchflochten waren und darunter sie vor Wind wie Sonne geschützt blieb. Sie versuchte sich aufzurichten, fühlte aber ihren ganzen Körper als Schmerz und sank wieder zurück, entmutigt und voll Schreck über ihre

Hilflosigkeit. Da hörte sie eine ruhige Stimme sagen: »Rühre dich noch nicht, meine Tochter, ich bringe dir eine Schale mit Milch, und du wirst dann weiterschlafen. Sei ohne Sorge, du bist nicht allein.« Gisliha wandte den Kopf zur Seite in die Richtung der beruhigenden Stimme und sah einen alten Mann sich neben ihr erheben, einen, der aussah wie ein Hirte der Berge, die Beine und Füße mit Ziegenfell umwickelt. Durch das Geäst konnte sie erspähen, wie er sich fortbewegte und kurz danach zurückkehrte mit einer Kupferschale voll schäumender Milch. Er hockte sich neben ihr nieder, leicht und gelenkig, wie es jeder Moslim ist, und hielt ihr den würzigen Trank an die Lippen, wobei er mit der anderen Hand ihren Kopf stützte. Gisliha sah in das Gesicht des alten Mannes, blickte in seine leuchtenden Augen und fragte leise: »Babadjim, wie verdiene ich deine Güte und Hilfe? Und wie darf mein Dank aussehen, Babadjim?« Der Alte lächelte, so daß die unzähligen braunen Falten seines Gesichtes sich regten, und er sagte beruhigend, wie man zu einem Kinde spricht: »Dank ist, helfen zu dürfen, meine Tochter. Und jetzt schlaf weiter, du wirst dann ganz gestärkt erwachen, denn deine Füße auch bedurften der Heilung, siehst du sie?«
Da sah Gisliha, daß ihre Füße dick in allerlei Blätterzeug eingehüllt waren, und von ihnen stieg ein Gefühl der Kühle und der Ruhe in ihr hoch. »Oh, wie gut das ist!« murmelte sie, und als der Alte ihr die Hand über die Augen legte, spürte sie unsagbare Ruhe und Befriedung; schon wieder halb im Schlafe flüsterte sie nur noch: »Die Tauben...?« »Ja, ja, die Tauben«, sagte die beruhigende Stimme, »bald siehst du deine Tauben wieder...« Und da schlief sie schon. Sie wußte nicht, daß die pflegsamen Hände des Alten die Wunden heilend auch während des Schlummers behandelten und daß viermal Tag

und Nacht wechselten, ehe sie wirklich völlig wach blieb. Dann war es ihr, als werde sie gerufen, und sie setzte sich auf.
Das kleine Dach über ihr war verschwunden; ihre Füße waren mit Ziegenleder bekleidet, und helles Ziegenleder legte sich auch um ihre Glieder, die frisch und beweglich waren wie niemals zuvor. Was sie geweckt hatte, war aber kein Ruf gewesen, sondern etwas, das wie der Anschlag auf Metall klang, und als sie sich umschaute, erkannte sie auch, daß dem so war, denn dort saß der Alte und hämmerte auf einem rötlich schimmernden Metall herum, davon die kleine Prinzessin nicht wußte, daß es Kupfer war. Ruhig, als habe er ihr Erwachen bemerkt, obgleich er nicht von seiner Arbeit aufschaute, sagte der Alte: »So bist du erwacht, meine Tochter, geheilt und wieder bei Kraft. Noch eine Schale voll Ziegenmilch will ich dir reichen, und dann werden dich Tingir und Mingir zu deinen Tauben führen, von denen du auch im Schlaf immer gesprochen hast.« Er stieß einen schnalzenden Laut aus, und eine Ziege kam herbei, stellte sich neben ihn, wo er eine Kupferschale liegen hatte. Er molk die Ziege mit leichter, sicherer Hand und hielt die schäumende Schale hoch. »Komm, meine Tochter, trinke. An diesem wirst du noch ganz genesen, trink!«
Gisliha erhob sich, streckte sich ein wenig, fühlte das weiche Leder an sich und spürte frohe Jugend ihre gesundeten Glieder durchströmen. Sie hockte sich neben den Alten, nahm die Schale, trank. »Es ist wundervoll hier oben, Babadjim! Die Erde duftet, und der Himmel ist nahe.« So konnte sie jetzt sprechen; denn dieses alles hatte ihre lange Wanderschaft sie gelehrt. »Du sagst es, meine Tochter«, meinte geruhsam der Alte, »und wenn du dich erhebst und auf jenen Stein dort steigst, wirst du in der Richtung der sinkenden Sonne fern, fern auf

einer Bergspitze, die jetzt eben aufleuchtet, ein Serail erkennen. Siehst du es?« Gisliha beschattete die Augen mit der Hand und erspähte weit, weit fort den Glanz der Abendsonne auf Türmen und Mauern. »Ich sehe es, Babadjim, was ist's damit?« Der Alte lächelte, sagte seltsam: »Heute noch fragst du so, bald wirst du anders fragen, o meine Tochter! Es ist das Serail von Sultan Mourad. Und sieh, da kommen Tingir und Mingir, sie sind bereit, dich zum Sitz der Tauben zu geleiten. Willst du mit ihnen gehen, meine Tochter?«

Gisliha schaute mit vor Erstaunen geweiteten Augen auf das, was der Alte Tingir und Mingir nannte; denn es waren zwei sehr große und weite Kupfergefäße, die dort angewackelt kamen, sich von Seite zu Seite schwankend vorwärtsbewegend. Der Alte lachte und sagte fröhlich: »Du blickst erstaunt, meine Tochter? Wisse, so sind alle meine Diener beschaffen, und dieser Berg ist an dem roten Metall so reich, daß man daran niemals Mangel leidet und sich nach Belieben Dienerschaft herstellen kann. Jetzt aber arbeite ich hier, wie du siehst, an Schuhen und einem Stab, verstehst du?« Aber Gisliha nahm das alles nicht in sich auf, waren doch ihre Gedanken nur darauf gerichtet, die graue Taube wieder nahe bei sich zu haben. So fragte sie eifrig: »Soll ich wirklich mit den zwei Kupferkrügen gehen, die da hinaufwackeln?« Der Alte sah einen Herzschlag lang zu dem jungen Wesen auf, seufzte und sagte: »Wie man doch immer wieder vergißt, daß die Jugend stumm und blind ist für alles außer ihrem Verlangen! Ja, meine Tochter, geh Tingir und Mingir nach. Sie werden dich zu einem Tor führen, das einen Hof abschließt, darin sich ein Wasserbecken befindet. Achte darauf, durch das Gittertor hineinzugelangen, während es sich für Tingir und Mingir öffnet, denn nachher bleibt es dir verschlossen. Wenn der letzte

Strahl der heutigen Sonne sich in dem Wasserbecken spiegelt, wirst du deine Tauben wiedersehen. Und nun geh und sei der Schatten der Gesegneten Hand über dir!«

Gisliha brachte noch einige Worte des Dankes hervor; doch der Alte beachtete sie nicht mehr, und sie fühlte sich entlassen. Eilig schritt sie den beiden Kupferkrügen nach, die einen steilen Bergpfad hinaufwackelten, und erreichte Tingir und Mingir eben noch, als sie sich durch das Gittertor schoben. Mit einer leichten, geschmeidigen Bewegung glitt sie neben den Kupferkrügen hindurch und stand im Hof dessen, was sicher einmal ein Serail gewesen war; der ganze Raum war von Säulenreihen eingefaßt, die, aus edlem Gestein gebildet, schön verziert waren, aber vom Grün der Verwitterung überzogen. In der Mitte befand sich ein weites Wasserbecken, dessen Marmorrand auch von der Zeit zernagt war. Gisliha stand und sah sich um, hörte dann mit einem leichten Schreck das Schließen der Gitterpforte, blickte zur Höhe und sah von hier aus nur einen kleinen Ausschnitt des Himmels. Aber ihr Herz schlug hoch, als auch dieser geringe Ausschnitt verdunkelt wurde von einem Schwarm Tauben. Gedankenschnell verbarg sich Gisliha hinter einer der Säulen und wartete von hier aus, bebend am ganzen Körper, auf das, was sich ereignen würde.

Es geschah aber dieses: Als der letzte Sonnenglanz das Wasser traf und es golden erscheinen ließ, fielen die Tauben auf die Wasserfläche nieder, als seien sie niedergeworfen worden. Es ging alles so schnell, daß Gisliha nicht ihre eigene graue Taube unter den vielen zu erkennen vermochte, und sie vergaß sich zu verstecken, bog den Kopf spähend vor. Dann aber waren die Tauben verschwunden, und an ihrer Stelle stiegen aus dem Wasserbecken Krieger hervor, gekleidet in schmiegsame

Kettenhemden von dunkler Färbung, auf den Köpfen spitz zulaufende Helme. Wie sie heraufstiegen, reihten sie sich links und rechts auf, und als letzter stieg einer aus dem Wasserbecken heraus, der war in ein silbernes Kettenhemd gekleidet und trug auf dem Haupte einen silbernen Helm. Gisliha schrie auf, als sie auf des Helmes höchster Wölbung einen grün glitzernden Reif erblickte, den gleichen, den sie ihrer grauen Taube um den Hals gelegt hatte. Bei ihrem Aufschrei wandte der in der Silberrüstung den Kopf, sah dunkles Haar hinter einer Säule wehen, und sein edles Gesicht strahlte auf. Mit wenigen schnellen Schritten hatte er die Reihe der schweigenden Krieger durcheilt, stand vor Gisliha, sagte leise mit bebender Stimme: »Bist du hier, du Erlöserin aus aller Pein, du Reine, du Eine, o Liebchen!«
Mit weichen Händen der Ehrfurcht umfaßte er ihren Kopf und legte ihn sich an die Brust. Gisliha sah strahlend zu ihm auf, flüsterte: »Dein Kettenpanzer drückt, Herr!« Er lachte glückselig auf, sagte leise: »Er soll durch ein weiches Seidengewand ersetzt werden, das deine Wangen liebkost, o mein Entzücken! Wie habe ich deiner geharrt, und jetzt werden wir vereint bleiben... wenn – ja, Liebchen, wenn du es erträgst?« Sie lächelte und sagte voll Zuversicht: »Was sollte ich nicht ertragen, wenn ich bei dir bin, Herr?« Er erwiderte nichts, umfaßte sie und geleitete sie zu einem Kiösk, der sich innerhalb des Serail-Hofes befand und dessen Verfall dennoch Schutz bot vor der Nachtkühle der Bergeshöhe. Dort befand sich auch ein Lager und darauf jenes weiche Seidengewand, davon er gesprochen hatte, auch stand eine Schale mit Früchten bereit und kühles Getränk.
Gisliha sah sich um, fragte scheu: »Woher all dieses, Herr? Wer, da du doch...« hier stockte sie, sah ihn erschreckt an. »Da ich doch als ein Vogel herumfliege,

wolltest du sagen? Scheue dich nicht, es auszusprechen. Ich werde dir, willst du es, alles darstellen und erklären. Laß dich nieder, das Lager ist weich. Der mir dieses alles richtet, ist der gleiche Alte, der dich heilte, Liebchen, deine zarten Füße und deine zarten Glieder, dieser Berge guter Genieh. Ich aber...« Doch ihre Hand verschloß ihm den Mund; sie legte ihren dunklen Kopf an seine Schulter, wissend, dieses sei die Gebärde der demütigen Hingabe, murmelte: »Nichts, Herr, nichts sollst du mir sagen, jetzt nicht. Einmal wird die Stunde kommen, und sie wird die rechte sein. Diese aber, Herr, diese soll nur der Freude dienen, dem Glück, daß ich dich wiederfand, o meine schöne graue Taube, die ich liebe.« Er schaute schweigend auf sie herab, und in seinen Augen stand ein Strahlen so hoher Freude, wie es Menschenaugen selten gewährt ist.

»Gesegnet jedes Wort deiner Lippen, jeder Schlag deines Herzens, jeder deiner Atemzüge«, flüsterte er hauchleise, und dann sprachen sie nicht mehr. Voll Liebe, Vertrauen und Glück wurde Gisliha das Weib dessen, von dem sie nichts wußte, als daß er sie aus der unterirdischen Verborgenheit in das Licht der Bergeshöhe geführt hatte, und welche Schmerzen sie dabei erlitten hatte, daran dachte sie nie mehr. Sie war ihm zu eigen und getröstete sich seiner Rückkehr, wenn er beim ersten Sonnenstrahl als eine graue Taube davonflog.

Die Tage verbrachte sie herumstreifend auf der Berghöhe, wobei sie, um das Serail verlassen zu können, allmorgendlich auf das Kommen von Tingir und Mingir warten mußte, an denen vorbei sie schlüpfte; nur so öffnete sich das Gittertor. Sie lernte die Bergkräuter kennen, saß oftmals neben dem Alten, der sie forschend ansah und hin und wieder fragte: »Ist es nichts, das du wissen willst, sage?« »Nichts will ich wissen, nicht von dir, mein Freund, der du gewiß alles kennst. Sage mir, du hast die Kupferschuhe noch nicht fertig, nicht den Kupferstab?« Er sah sie wieder seltsam an, erwiderte leise: »Zu seiner Zeit wird alles fertig sein«, und hämmerte weiter.

Sie stand einmal wieder und schaute über die Bergferne fort zu jenem Serail hin, das ihr der Alte am ersten Tage schon zeigte. »Sagtest du nicht, es sei das Serail des Sultan Mourad, mein Freund?« Er blickte nicht auf, murmelte: »So ist es.« Weiter fragte sie: »Und dieses Bergland ist das seine, auch da, wo wir stehen?« Der Alte nickte nur. »Ist es nicht gut, danach zu fragen? Liegt ein dunkler Gedanke darauf? Dann werde ich davon schweigen, und vergib mir, mein Freund.« Der Alte wiederholte: »Zu seiner Zeit wird auch dieses Wissen bereit sein für dich, meine Tochter.« Gisliha fragte nicht mehr. Sie nahm ihr Lieben und ihr Schicksal hin und lebte ihre Tage in schweigender Andacht, die Nächte in Versenkung in den Geliebten.

Doch dann kam ein Tag, da wußte sie sich Mutter. Das Wissen kam ihr in einem Erkennen, das gleich der Liebe ihr geworden war, und als an diesem Abend der Geliebte zu ihr zurückflog, als er sich wandelte und sie wie immer an sich zog, da sagte sie ernst wie nie vorher: »Höre mich an, Herr. Ich habe dir zu sagen, daß ich dein Kind in mir trage und daß es von mir verlangen wird, irgendwann einmal von seinem Vater zu wissen. Willst du darum mir sagen, Herr, was es mit deinem Taubensein auf sich hat? Vergib, denn ich frage nicht um meinetwillen!« Er nahm sie in die Arme und sprach über ihren Kopf fort, ohne sie auch nur einmal anzusehen.

»Es ist nichts zu vergeben, meine Geliebte, denn du hast Vertrauen gehabt wie kein Weib je. Es ist voll Trauer, was ich dir sagen werde, darum schwieg ich bisher. Eine böse Genieh war es, die, als ich aus ihrer Quelle trank, verirrt auf der Jagd, wie ich war, mir erschien und mich verfluchte. Sie schrie, und ihre Stimme war wie das Tosen des Sturmes, schrie dieses: ›Du Verfluchter, der meinen Quell verunreinigte mit deinen Lippen und Händen, sei auch du wie alle Wesen, die sich dem Quell nahen, verflucht zur Wandlung in ein niederes Tier. Du Stolzer, der die Wälder der Höhe durchstreift und Tiere tötet, wisse, wie es ist, ein Tier zu sein, ein niederes, unscheinbares kleines Tier, das du sein sollst... nicht ein Adler, nicht ein Räuber, nein, eine Taube, Opfer der Räuber der Lüfte!‹ Ich flehte vergebens, sie lachte nur, und es klang schlimmer als ihr Fluchen; endlich aber, als ich meine Mutter nannte, sagte sie: ›Gut denn, eine Erlösung sei dir gewährt... diese: wenn du eine Liebe findest, die stärker ist als die Flamme, dann sei, was du warst, Sultan Mourad!‹«

Gisliha richtete sich hoch, befreite sich von den haltenden Armen, fragte voll Schreck und Mitleid: »Du bist Sultan Mourad? Der Herr jenes Serails, das in der Ferne zu erkennen ist?« Er neigte stumm den Kopf. »Und deine Mutter, was ist mit ihr?« »Sie wartet auf mich, die Gesegnete, die Arme.« »Sage es noch einmal, was die Ungute von der Erlösung sagte, ich bitte dich, Herr.« Er wiederholte die Worte, und sie sagte leise vor sich hin: »Stärker als die Flamme.« Er betrachtete sie, die sich auf das Lager niedergelassen hatte und in tiefe Gedanken versunken schien. Eine Weile so, dann richtete sie sich auf und lächelte ihn strahlend an. »Herr, ich weiß, was zu tun ist. Dein Kind, Herr, soll in deinem Serail, in der Obhut deiner Mutter geboren werden. Ich gehe dorthin, Herr, und ich werde den Worten der Unguten nachsinnen. Wo zwei Lieben beisammen sind, die deiner Mutter und die deines Weibes, da wird sich ein Weg finden, stärker als die Flamme zu sein. Willst du mir vertrauen, geliebter Herr?«

Er umfing sie angstvoll, er bat, er flehte, sie möge ihn nicht verlassen. Es war alles umsonst. Wieder und wieder antwortete sie das gleiche: »Dein Kind, Herr, soll dort geboren werden, wo du das Licht sahst.« Endlich ließ er mit Bitten nach, flüsterte nur noch vor sich hin: »Der Alte hat es mir gesagt, der Alte wußte es, auch daß das Glück mir aus dem Schoß der Erde käme. Kismet!«

Am Morgen aber, als er, eine Taube, davongeflogen war, schlüpfte Gisliha zum letzten Male an Tingir und Mingir vorbei ins Freie hinaus. Sie kam zum Alten, der müßig dort saß, neben sich einen Stab und die Kupferschuhe. »Ich weiß nun alles, mein Freund, und ich gehe zum Serail von Sultan Mourad. Die Schuhe sind für mich und auch der Stab, ist es nicht so?« »So ist es, meine Tochter! Welche Weisheit wohnt doch im reinen Herzen! Sei gesegnet auf deinem Wege, meine Tochter. Wisse aber, ehe diese Sohlen der Kupferschuhe nicht dünn werden, den Blättern gleich, und dieser Kupferstab nicht klein, einem Hölzchen ähnlich, ehe wird dein Ziel nicht erreicht sein.« Gisliha sagte nur: »Sei's drum, es ist mein Kismet«, ließ sich am Boden nieder und legte die Schuhe an, die sich weich um ihre Füße schmiegten, so seltsam das auch scheinen mag. Dann nahm sie den Stab zur Hand, wandte sich zu dem Alten, sagte: »Sei bedankt, der du mir nur Gutes tatest, o guter Genieh, der du bist, und wisse, daß meine Seele dich nie vergißt.« Drehte sich um und ging von da an schweigend ihres Weges.

Sie ging durch die Blütenkräuter dahin und über Steinhalden. Nachts ruhte sie nicht, wenn der Mond ihren Weg erhellte, des Tages rastete sie kaum, und doch ermattete sie nicht. Die Schuhe aus Kupfer der Berge legten sich leicht um den Fuß, wenn sie den rechten Pfad einschlug;

sie preßten sich schmerzhaft fest ein, wenn die Richtung falsch war. Der Stab aus Kupfer schien sie voranzuziehen und sich in ihre Hand einzuschmiegen, wie es die Finger eines Freundes getan hätten. Wenn die Sonne zu sehr brannte, dann schwirrte es über ihrem Kopfe, und der Schwarm Tauben, ihr von der ersten Wanderung her so wohlbekannt, schuf ihr Schatten; doch nie, ach, niemals sah sie die graue Taube mehr! Aber Gisliha ließ sich nicht beirren, dachte vielmehr, daß dieser Schicksalsweg wohl ebenso wie der erste unter den Gesetzen und Befehlen des Kismet stehe und daß sie sich in alles zu fügen habe, wolle sie jenes immer gleich weit entfernt erscheinende Serail erreichen, das des Geliebten Heimat gewesen war. Wie lange sie so dahinschritt, sie wußte es nicht, nur daß die Last des Kindes in ihr immer größer wurde und das Gehen stets beschwerlicher. Und dann kam ein Tag, aus dem sehr langsam nur Nacht zu werden schien; da sank sie nieder im letzten Tal vor jener Bergeshöhe, auf der nun nahe sichtbar schon das Serail des Sultan Mourad stand, und sie bohrte den Kupferstab tief, sehr tief in den Boden, flehte laut und rief: »Wer ihr auch seid, gute Geniehe, o Allah, wenn du mich siehst, wer immer Erlaubnis hat, mir zu helfen und dem Kind, das ich trage, und ihm, der des Kindes Vater ist – noch dort hinauf zu seinem Serail bringt mich, denn ich vermag nicht weiterzugehen! O seht, ich sinke.«
Aber sie sank nicht. Urplötzlich war es ihr, als werde sie getragen, leicht wie Blätter waren die Sohlen der Kupferschuhe, und wie fliegendes Laub fühlte sie ihre Füße; der Kupferstab, den sie, um sich daran zu halten, in den Boden gebohrt hatte, hob sie, die die Achsel darauf stützte, gleich einem haltenden Arme hoch, und dann schwand ihr alles Wissen. Als sie sich wieder besann, lag sie auf dem Boden vor einem hohen, mächtigen Tor und ihr

Stab neben ihrer Hand. »Sein Serail«, dachte sie und fühlte die reißenden Schmerzen in ihrem Leibe kaum vor der Beglückung des erreichten Zieles. »Jetzt nur noch diese Kraft, o ihr Helfer, nur diese Kraft noch!« flehte sie, nahm den Stab auf, hob sich ein wenig, schrie mit aller Macht ihres Seins, indem sie an das Tor von unten her schlug: »Öffnet, im Namen von Sultan Mourad, öffnet!« Dann wurden die reißenden Schmerzen so übergewaltig, daß sie von nichts mehr wußte.

Drinnen aber hatte dieses Rufen im Namen von Sultan Mourad widergehallt wie mit der Macht eines gewaltigen Zaubers. Der Türhüter schaute durch das kleine Torfenster, erblickte ein sich in Schmerzen windendes Weib, rief wild und laut nach rückwärts: »Holt die Herrin, eilt! Ein Weib in Kindsnöten rief des Herrn Namen, holt die Sultana!« Und schneller, als die Worte ausgesprochen waren, liefen Füße, riefen Stimmen, kamen Frauen und mitten unter ihnen die Sultana. Sie beugte sich nieder zu Gisliha, der ein Aufatmen vom Schmerz geschenkt war und die kaum hörbar murmelte: »Im Namen Sultan Mourads... sein Kind, seine Mutter...« Und wieder wußte sie nicht von sich. Da aber hatte die Sultana schon alles verstanden, oder so glaubte sie. »Hebt sie, ihr Frauen ... nein, nicht die Diener, nur Frauen! Wir tragen sie auf ein Lager, nahe hier. Habt acht, tut ihr nicht weh, sie leidet... Sein Kind, sagte sie, o Allah, sein Kind! Vorsicht, langsam... und wir helfen ihr weiter.«

Als nach einigen Stunden Gisliha wieder ganz zu sich kam, sah sie in ein Frauengesicht, das sich über sie neigte mit einem unbeschreiblichen Lächeln in den müden Zügen. »Seine Augen...« murmelte Gisliha, »sein Lächeln«, hob die Hand und strich mit den Fingerspitzen liebkosend über dieses Lächeln. Von diesem Augenblicke an hatte Gisliha eine Mutter, wenn sie es auch noch nicht wußte. Als sie dann wieder erwachte, durch Schlummer erquickt, sah sie in dasselbe Frauengesicht, und eine weiche Stimme fragte: »Willst du den Knaben nicht sehen, meine Tochter?« Es gehörte alle Güte und alles helfende Verstehen dazu, daß die Sultana sonst nichts fragte, sie, die von dem verschwundenen Sohne nichts wußte, seit sieben langen Jahren nichts! Ein froher Jüngling war morgens zur Jagd aufgebrochen und kam niemals wieder. Zwar fühlte die Mutter, wußte es mit jenem geheimen Wissen, daß er lebe, aber wie... aber wo? Und nun dieses! Nun sein Kind, nun dieses ergreifend bleiche junge Weib mit den zerschundenen Füßen und den reinen stillen Zügen! Aber sie fragte nicht; was ihr zu wissen beschieden war, würde zu seiner Zeit sich ihr zeigen, denn sicher war all dieses Vorzeichen kommender Dinge.

Die Sultana hatte nach rückwärts gewinkt, und eine Dienerin kam, reichte ein Bündel, das zärtlich in Empfang genommen wurde und der jungen Mutter hingehalten. »Sieh, meine Tochter, dein Sohn! Und sieh dieses hier...« Vorsichtig schoben die Hände der Sultana die Hüllen von den Schultern des Neugeborenen zurück, und da waren weiche, zarte, graue Federn zu sehen! Gisliha fuhr hoch, lachte und weinte zugleich, strich wieder und wieder über die weichen, grauen Federn an den Schultern des Kindes. »Oh, welch ein Wunder! Sieh nur, seine Federn! Ach, wie glücklich bin ich, und du sei tausendfach gesegnet und bedankt, o du, seine schöne, seine gütevolle Mutter! Ach, höre!« Und sie richtete sich mehr noch auf, schaute nach dem hochgelegenen, schön und kostbar vergitterten Fenster, dessen Vorhänge offen waren und die weiche Abendluft einließen. Auf einem der Gitterstäbe goldener Verzierung aber saß eine graue Taube, und an ihrem Halse glitzerte es von grünen

Edelsteinen. Und die Taube sprach, tat es leise und wie gurrend, aber sie sprach.

»Liebchen, ist dir wohl?« fragte die Taube. Gisliha streckte die Arme sehnsuchtsvoll aus, sagte, halb erstickt von weinendem Lachen: »O mein Sultan, dein Sohn hat deine Federn an den Schultern, deine Mutter ist deiner Liebe gleich, und dein Weib segnet dich tausendfach, o mein Sultan!« Die graue Taube neigte sich ein wenig vor und gurrte: »Liebe stärker als Flamme!«, hob sich und war im Abendlicht verschwunden. »Mutter, Mutter, sahst du ihn? Hörtest du ihn? Es war Mourad, o Mutter!«

Die Sultana, tief beunruhigt, denn sie hatte weder etwas gesehen noch gehört, sprach tröstend auf Gisliha ein, reichte das Kind der Dienerin, brachte einen kühlenden Trank und beschied sich weiterhin nichts zu fragen. Am nächsten Tage aber, als die junge Mutter das Kind an die Brust nahm und immer wieder über die grauen Schulterfedern sanft und zärtlich strich, da begann sie zu berichten, was alles Wunderbares geschehen war um sie und die graue Taube. Von ihrem Leben im unterirdischen Serail erzählte Gisliha, von dem kleinen Wunderkraut, das ihr die reiche Welt verriet, von der Taube und ihrer ersten langen Wanderung. Von dem verfallenen Serail in den Bergen, dem Alten und den Kupferschuhen, ja, auch von Tingir und Mingir. Wie sie so erzählte, hatten sich nach und nach alle Dienerinnen herbeigefunden, und sie saßen am Boden um das Lager herum, waren vor Ehrfurcht ganz reglos und stumm. Daß all dieses die zart-gewohnte Prinzessin erlebt und vollbracht hatte, auch die lange, lange Wanderung noch bis zum Heimathaus von Sultan Mourad, das ließ an Liebe und Gnade glauben, die Schwäche mächtig macht. Und von dieser Stunde an gab es niemanden im Serail des Sultan Mourad, der sich nicht bemühte, der jungen Herrin jeden Dienst zu erweisen und sie Ehrfurcht fühlen zu lassen.

Gisliha aber lebte von jener kurzen Zeitspanne, da, nur ihr erkennbar, eine graue Taube am Goldgitter saß, nur ihr hörbar eine gurrende leise Stimme fragte: »Liebchen, ist dir wohl?« und nach ihrer Antwort dann noch die Worte sprach von der Liebe und der Flamme. An diese Worte dachte sie, nur immer an diese.

Als sie wieder völlig genesen war, überließ sie das Kind mehr und mehr der Sultana, wenn sie auch immer wieder verstohlen über die grauen Federn strich, und begann in den ausgedehnten Wäldern und Tälern innerhalb der Mauern des Serails herumzugehen. Die Sultana fragte immer häufiger, was denn die junge Herrin dort draußen tue, und ihr ward zur Antwort, sie suche Hölzer zusammen. Tief erstaunt fragte die Sultana, was das denn für Hölzer seien, und ward hingeführt zu einem Holzstoß, der schon in beträchtlicher Höhe in einem der inneren Höfe aufgeschichtet war. An diesem Abend nahm sich die Sultana ein Herz und tat eine Frage, wenngleich das gewiß der Sitte widerspricht. »Was ist es, o meine Tochter, mit jenen edlen Hölzern, die du zusammenträgst für einen Holzstoß? Darf ich dir nicht helfen lassen, daß du dich nicht übermüdest?« Gisliha, zu Füßen der Sultana sitzend und die Schulterfedern ihres Kindes streichelnd, sah auf, lächelte und erwiderte heiter: »Herrin, ich bitte dich, du wollest mir erlauben, noch darüber zu schweigen, geht es doch darum, daß ein Freudenfeuer brennen soll, zu dem ich alle Hölzer allein tragen muß. Willst du gnädig verzeihen, Herrin?« Es blieb der Sultana nichts anderes übrig, als zuzustimmen, wenn auch ihre Beunruhigung über das seltsame Tun der jungen Mutter nicht schwand.

Dann kam die Zeit, da das Kind der Mutterbrust nicht mehr bedurfte, und als an diesem Abend die graue Taube wieder ihr Gurren von der Liebe und der Flamme tat, da sagte Gisliha: »Höre, geliebte graue Taube, höre, o mein Sultan! Wenn die Sonne in des Himmels höchster Höhe steht am morgigen Tage, wirst du wissen, ob Liebe oder Flamme stärker ist.« Die Taube flog davon, kam wieder, umkreiste nochmals das Gitterwerk des Fensters und zeigte deutliche Unruhe. Gisliha lachte leise, sagte sanft: »Errege dich nicht, mein Sultan, denn wie es geschrieben ist, so wird es geschehen, und an den Flammen wird es sich zeigen, was sein soll. Dir aber, mein Sultan, Allah ismagladih!«

Die Taube flog davon, und Gisliha schlief lange und tief, voll Frieden und Ruhe. Als sich die Mittagsstunde nahte, ging sie zu dem Kinde, liebkoste die grauen Federn der Schultern und begab sich zu der Sultana. »Herrin«, sagte sie, »die Stunde ist nahe, da jenes Freudenfeuer entzündet werden soll, und wenn du mir die Ehre erweist, mit mir zu kommen, Herrin, und den Kleinen in deinen Armen zu tragen – aber nur du allein, Herrin, und das Kind –, so wirst du sehen und erleben, was zu geschehen bestimmt ist.« Die Sultana sagte unruhvoll: »Meine Tochter, mein Sinn ist voll Sorge, und ich gäbe viel darum, könnte ich dich von deiner Absicht, welche auch immer sie sei, abbringen; denn mir ist sehr bange um dich, meine Tochter, die ich so lieb gewann, als seist du mein eigen Fleisch und Blut.« Gisliha neigte den Kopf auf die Schulter der Sultana, sagte leise: »Und bin ich es nicht, da ich dir deines Sohnes Fleisch und Blut gab? Aber wisse dieses, o Sultana: ich habe niemals geahnt, was eine Mutter ist, kannte keine, wußte von keiner; du hast mir dieses größte der Geschenke gemacht, und ich danke dir dafür mit meinem ganzen Sein. Kommst du mit mir, o meine Mutter? Ich bitte dich im Namen deines Sohnes.«

Schweigend erhob sich die Sultana, denn auf diese Beschwörung hin gab es nur eines: willfahren. Sie ging und trug das Kind auf den Armen, befahl allen Dienerinnen zurückzubleiben und begab sich mit Gisliha zu jenem Hof, in dem der Holzstoß aufgestapelt war. Gisliha löste das Band, mit dem ihre langen Haare um die Stirne gebunden waren, beugte sich über das friedlich schlafende Kind im Arme der Sultana, legte die Stirn nochmals auf die Schulter der Mutter Mourads und ging auf den Holzstoß zu, den sie selbst so sorgfältig geschichtet hatte. Keine der beiden Frauen sprach ein Wort. Gisliha stieg langsam hinauf, bestrebt, den kunstvollen Bau nicht zum Zusammensturz zu bringen, und ihre leichten Schritte ließen kaum einmal ein Zweiglein brechen.

Endlich war sie oben angelangt, stand dort und blickte zur Sonne auf, deren Weg sie in den letzten Tagen oftmals geprüft hatte, so daß sie genau wußte, wann, wo und wie sie im Mittag stand. Als der höchste Punkt erreicht war und die heißen, unbarmherzigen Strahlen voll auf das junge Wesen und den Holzstoß herabbrannten, da hob Gisliha ihre langen Haare hoch, mit jeder Hand einen Teil fassend, und so, die Arme hochgestreckt, richtete sie sich zu voller Höhe auf, rief mit starker und klingender Stimme: »Sonne! Du starke Flamme, zünde! In mir der Liebe Flamme, von dir des Feuers Flamme... zünde, Sonne, zünde!«

Und aus dem hellen Mittag, aus dem klaren Himmel, sprang ein Blitz herab, sprühte eine Flamme hernieder, fing sich in den hochgehaltenen Haaren, und in Flammen stand das junge Weib. Der Schrei aus dem Munde der Sultana aber wurde übertönt von einem gewaltigen Schwirren in der Luft, der Himmel verdunkelte sich, und mit starkem Flügelschlag senkten sich unzählige Tauben

auf den Holzstoß nieder, flogen um Gislihas Haupt, drückten mit ihren Flügeln die Flammen aus. Dann aber, kaum daß sie zu sehen gewesen waren zwischen Flammen und Sonnenglast, waren sie verschwunden, und mit lautem Krachen stürzte der Holzstoß zusammen, unter der Wucht einer Last von zahlreichen Kriegern, deren Kettenhemden im Mittagslicht leuchteten. In ihrer Mitte aber stand einer, der von Kopf zu Fuß silbern schimmerte, und auf seinem Helm glitzerte ein grüner Reif von Edelsteinen. Er hielt in den Armen, fest an sich gedrückt, Gisliha; mit seiner leichten Last trat er auf die Sultana zu, die ihm entgegenschaute mit weit geöffneten Augen, aus denen die Tränen strömten.
»Geliebte Mutter«, sagte Sultan Mourad, und seine Stimme klang wie der Jubel einer Siegestuba, »dieses mein Weib, das mir einen Sohn schenkte, gab dir deinen Sohn wieder! Denn die Flamme ihrer Liebe zog das Feuer der Sonne herab, und so wurden wir erlöst, wir, die wir in unsere Heimat zurückkamen. Allahu Akbar.«
In dunkler Einheit der Stimmen klang es aus dem Herzen der erlösten Krieger dem Gebet gleich also: »Preis sei Allah, der solche Kraft der Liebe schuf, Preis ihm, der die Reinheit uns schenkte, uns zu erlösen! Allahu Akbar. Preis sei Allah!«

Der Spiegel der Djinnen

»Und es verhält sich wirklich so, wie du sagst, Mataba? Du sagst es mir nicht, um mir die Zeit zu vertreiben — es ist die Wahrheit, die du sprichst?«

Die alte Frau, die, einem Haufen Seide und Schleier gleich, zusammengekauert zu Füßen der Sultanin hockte, kroch noch mehr in sich und ihre Schleier zusammen, legte die Stirn auf den Boden und murmelte:

»Wahr ist es, Herrin, so wahr, wie ich noch immer lebe. Es ist so, daß sich unter diesem Serail nahe den Zisternen ein Gang hinzieht, und dieser Gang führt zu einer Halle, darin die Djinnen einen Spiegel hüten. Sie sind sehr listig, die Djinnen, mußt du wissen, Herrin, denn es ist so, daß sie nur sehen können, wenn ihre Augen geschlossen sind, aber erblinden, wenn die Lider sie nicht decken. Das wußte kaum einer der Sucher, wenn ihnen auch vom Großen Wort bekannt war. Sie sprachen es wohl leise und glaubten die Djinnen schlafend, und so wurden sie die Opfer, denn es war nicht das rechte Wort. Der Spiegel liegt in diesem Quell, der seit vielen Gotteszeiten rinnt, und nur wer das Große Wort der Liebe spricht, kann ihn sich erwerben. Viele haben es versucht, viele haben geglaubt, was sie sprachen, sei das Große Wort, aber es war es niemals! Der Spiegel stieg nicht hoch, er blieb am Grunde des Quells, dem Zugriff unerreichbar, und die Sucher wurden von den Djinnen zerrissen.«

»Doch wer ihn fände, sagst du, Mataba, werde die Wahrheit in ihm erkennen, die sonst verborgene, die ganz geheime, die letzte Wahrheit?« – »So ist es, Herrin, o meine Sultana«, sagte die alte Frau und sah die Sultanin fragend an, mit Sorge im Blick. Was nur sollte der Herrin all dieses Fragen und Reden? Sie, die ihrer schweren Stunde entgegensah, mußte sich dafür mit Ruhe, Heiterkeit und Kraft der Seele rüsten, nicht aber sich mit solch verworrenen Dingen aus dem Reich der Djinnen belasten – was nur wollte sie damit? Mataba beschloß, diese Nacht besonders scharf auf die Herrin zu achten und kein Auge zu schließen, ehe nicht der Morgen graute, denn mit dem Morgenlicht erlosch die Macht der Djinnen, dann war nichts mehr von ihnen zu befürchten.
Doch was sie plante, gelang ihr nicht, denn voll heimlicher List hatte ihr die junge Sultana in den Abendtrunk ein Schlafmittel gemischt, und Mataba schlief fest die ganze Nacht hindurch.
Die Sultana aber, in ein dunkles Schleiertuch gehüllt, schlich lautlos durch ihre Gemächer hin, glitt an den schlafenden Sklavinnen vorbei und gelangte durch den geheimen Gang unterhalb des Haremlik unbemerkt zu den Gewölben, die die Zisternen bargen. Es fröstelte sie unter dem Säulenwald dieser weiten Gänge, darin ein Licht webte, das auch in der Nacht alles seltsam grünlich erhellte. Aber die Sultana, Tochter eines wilden Bergvolkes, fürchtete sich nicht, und außerdem wurde sie geführt von einer großen Liebe, und eine solche macht die Frauen stärker, als die stärksten Krieger es sein können. Es war nicht die Liebe zu ihrem grausamen und finsteren Gemahl, nicht zu einem schon lebenden Geschöpf – nein, es war die Liebe zu dem werdenden Wesen in ihrem Leibe, zu dem Sohn, der all ihr Denken

und Leben verwirklichen sollte. Für ihn wollte sie den Spiegel der Wahrheit holen; für ihn, der einstmals Herrscher werden würde, wollte sie das suchen, was mehr ist als Macht und Reichtum: das Wissen um die letzte Wahrhaftigkeit. Deshalb ging sie jetzt auf dem dunklen unheimlichen Weg zu den bösen Djinnen dahin und fürchtete sich doch nicht.

Sie langte in der Halle an, davon Mataba gesprochen hatte, dieser Halle, die die Säulengänge unter dem Serail abschloß. Da hörte sie schon das Quellenrieseln, vernahm das Rauschen der Wasser und außerdem einen anderen Laut noch: das heftige, gewaltsame Atmen von harten Lungen, das fast wie das Schnaufen müder Kamele klang. ›Die Djinnen‹, dachte sie, aber wieder fürchtete sie sich nicht, ging vielmehr noch schneller voran. Dann aber verbarg sie sich hinter einer Säule und spähte hervor, um zu erkennen, ob die Augen der Djinnen offen oder geschlossen seien. ›Vorsicht!‹ sagte sie sich heimlich, ›nur Vorsicht!‹

Jetzt sah sie den Quell und vermochte in dem grünlichen Licht zu unterscheiden, daß die Augen der Djinnen weit offen waren. Hinter der Säule trat sie hervor und sah um das Wasser herum verschwommene Gestalten gelagert, von denen nicht zu unterscheiden war, ob sie Männer, ob Weiber seien oder gar Tiere. ›Jetzt gilt es‹, sagte sich die Sultana. Sie trat unter den Säulen hervor in das grünliche Leuchten, das um die Quelle webte, und sagte laut, mehr zu sich selbst als zu jenen verschwommenen Wesen sprechend: »Für dich, mein Sohn, für dich!«

Da wurde ein Tosen und Schreien hörbar, da rauschten diese Gestalten hoch, und es klang, als ob ein Windstoß in einen großen Haufen trockener Blätter führe. Rings um die Sultana aber klagte und tönte es in tausendfachem

Echo von der hohen Wölbung herab: »Das Große Wort ... wehe uns ... das Große Wort!«

Dann sprühte die Quelle hoch, als wollte sie ihre Umfassung überspringen, und die Sultana sah, hochgehoben wie auf einer Welle, das Leuchten eines kleinen Spiegels im vielfach gebrochenen Licht der Wassertropfen. Ein Schritt, ein Griff, sie hielt ihn in der Hand, den Spiegel der Djinnen! Sie hielt ihn und schaute hinein. Da erblickte sie ein Kinderantlitz, das ihr zulächelte, und sie wußte es nicht, daß sie fast laufend sich umwandte, um den Ausgang des weiten Raumes zu erreichen. Vor sich hielt sie den kleinen wundersamen Spiegel, sah unablässig in dieses Kindergesicht und lief einher, lachend, stammelnd, angefüllt mit einem Glück, das seinesgleichen nicht kannte; denn schon war sie eine Mutter, die zum ersten Male in ihres Kindes Augen schaute.

Unbemerkt gelangte sie wieder in ihr Gemach, streckte sich auf ihrem Lager aus, und mit dem Erwachen der Sonne erwachte auch das neue Leben in ihr zur Welt.

Mataba, die Uralte, hielt den Sohn der Sultana auf ihren Armen und vernahm, was die Mutter für den Sohn zu sagen hatte. »Hier ist er, der Spiegel der Djinnen, Mataba. Mein Sohn soll ihn immer bei sich haben, an der goldenen Kette soll er ihn auf seiner Brust tragen ... Mataba, achte darauf ... lebe für ihn, Mataba ...« Und dann schloß die Sultana ihre jungen Augen für immer. Kann aber auch ein Mensch mehr tun in seinem Leben als das Große Wort aussprechen, das alle Wunder zur Wahrheit werden läßt?

Buchar, der junge Sultan, wuchs heran; er gelangte früh zur Herrschaft, da sein verhaßter Vater bald von Mörderhand fiel. Auf seiner Brust, an goldener Kette, lag der Spiegel der Djinnen Tag und Nacht. Wo immer im Lande ein Unrecht geschah: Buchar vermochte es zu erkennen. Denn dann brannte es und schmerzte auf der nackten Haut, und Buchar zog den Spiegel hervor, der nicht größer war als seine Handfläche, und erblickte darin alles, was viele Tagereisen weit entfernt geschah, in voller Deutlichkeit. So ward er bald gefürchtet von den Übeltätern, gesegnet von denen, die rechten Sinnes waren.

Einen einzigen Freund hatte Buchar, der junge Sultan: es war Schakir. Mehr als ein Bruder war er ihm, mehr als seiner eigenen Seele glaubte er ihm. Und eine junge Sklavin hatte Buchar, der Sultan. Zur Freien hatte er Djamilah schon gemacht, denn er liebte sie über alles, seit er sie aus einem der letzten Feldzüge heimgebracht hatte. Nun wollte er sie zu seiner Gemahlin erheben. »Tue es nicht, Herr«, sagte zu ihm sein alter Diener Machmud, der ihn schon als Kind getragen und behütet hatte und der sich als einziger solchen Rat erlauben durfte. »Tue es nicht! Es ist nicht gut, eine Frau aus der Niedrigkeit zu erheben. Sie vermag die Luft der Höhe nicht zu ertragen. Tue es nicht, Herr!«

In dieser Nacht lag der Sultan Buchar schlaflos auf seinem weichen Lager, und der Spiegel brannte ihm auf der Haut, ohne daß er ihn hervorzog. Er fürchtete sich, zum ersten Male fürchtete er sich, ihn zu betrachten. Galt dieses Brennen des Spiegels Djamilah? Und wenn, was würde er sehen müssen? Nein, er wollte nichts wissen, nichts sehen, nichts wissen! Was galt ihm Wahrheit, was alles, das sonst geschah, wenn er nur Djamilah behielt, sie und den Freund, den Bruder, Schakir. Selbst der alte Machmud mochte ihm verlorengehen, wenn nur diese zwei blieben, der Freund und die Geliebte.

»Brenne, Spiegel! Brenne mir ein Loch in die Brust, doch wirst du nicht stärker sein als ich und mein Glau-

ben, mein Lieben! Immer du brenne, Spiegel!« So sprach Buchar in die Nacht hinein und tat nichts, um den brennenden Schmerz des Wahrheitsspiegels zu lindern.
Zeiten kamen, da ihm das Glück in solcher Fülle lachte, daß der Sultan Buchar sich vor seinem eigenen Reichtum nahezu fürchtete. Djamilah war seine Sultana geworden, und Schakir, der Freund, bewachte ihm Weib und Reich, wenn er sich auf einen seiner Züge begab, gewiesen vom Spiegel der Wahrheit, um dem Recht zu Ansehen zu verhelfen. Ein Sohn lebte ihm von der geliebten Djamilah, und er verschmähte die Freude an anderen Frauen, so sehr war die Liebe zu der einen in ihm beherrschend geworden.
Dann aber geschah es, daß auf einem seiner Züge an die Grenzen seines Reiches der Spiegel wie Feuer auf seiner Brust brannte, und als er ihn hervorzog, sah er zu seinem Entsetzen, daß sich daheim in seinem Serail ein wildes Kämpfen erhoben hatte. Hin und her wogten die Kämpfe, und als er endlich ein Gesicht zu unterscheiden vermochte, war es das seines alten Dieners Machmud; es war im Grauen und Schmerz des Todes verzerrt, denn eine Hand stieß ihm gerade den Dolch in die Brust. Diese Hand aber – ja, an dieser Hand glänzte der Ring, den er selbst, Buchar, seinem Herzbruder Schakir gegeben hatte, als er ihn beim Abreiten zu seinem Stellvertreter ernannte, zum Herrn über Leben und Tod an seiner Statt. Noch starrte Buchar in den Spiegel, doch schon verwischte sich alles, und er vermochte nichts mehr zu erkennen.
Ein schwerer innerer Kampf begann nun für den jungen Sultan Buchar. Alles in ihm drängte heim, aber eine heilige Pflicht hielt ihn noch zurück, denn es galt, ein grobes Unrecht wiedergutzumachen und einem unterdrückten Stamme seine Freiheit zurückzugeben, die ihm ein ungetreuer Pascha geraubt hatte. Wie der Spiegel

auf seiner Brust, so brannte ihm der Boden unter seinen Füßen, und als er endlich frei war, heimzueilen, ließ er sein Gefolge zurück und ritt allein mit verhängten Zügeln, nur von zwei Waffengefährten begleitet, mit der Schnelle des Sturmwinds heim.

Nacht für Nacht brannte der Spiegel auf seiner Brust. Nacht für Nacht ließ ihn der Sultan unberührt. Doch als er endlich nur wenige Stunden noch von dem heimatlichen Serail entfernt war, bei dem letzten Halt, der den müden Pferden gewährt werden mußte, da schalt sich der Sultan einen Feigling und nahm den brennenden Spiegel von der Brust, um endlich einen Blick hineinzutun.

Und wieder war es Schakir, der Freund, den er sah. Neben ihm aber – o Herz, zerbirst nicht! –, neben ihm, neben seinem Haupte, das auf einem Polster ruhte, lag eine Hand. Eine weiße, schmale Hand war es, und der Sultan Buchar kannte sie genau, kannte ihren Duft, kannte ihre Weiche, wußte, wie sie liebkosen konnte und jede Sorge bannen. Nein, nein, das war unmöglich! Solche Falschheit gab es nicht unter der Sonne Allahs! Das war ein Trugbild von Eblis, dem Falschen, dem Geist der Dunkelheit und des Bösen, so wie der ganze Spiegel auch nur von Eblis stammen konnte, diesem Verhöhner Allahs!

Und der Sultan Buchar nahm den Spiegel in beide Hände, um ihn an einem der Felsen zu zerschmettern, zwischen denen er in der Nähe des Lagers stand. Da aber sah er in den Tiefen dieses seltsamen Spiegels, der wie die dunkle Fläche eines Sees alles zeigte, was sich regte und bewegte, ein Frauenbild. Wer war sie, die ihn so flehend anschaute? Woher kannte er diese Augen? Wie kam es, daß ihm diese Züge so vertraut waren, obgleich er sie noch niemals gesehen hatte? Die Lippen des gespiegelten Mundes bewegten sich jetzt, und er

sah, welches Wort sie formten, fühlte dieses Wort zugleich in seiner tiefsten Seele klingen.
Die Lippen des Spiegelbildes sagten voll innigster Zärtlichkeit: »Mein Kind ...!« Da wußte Buchar, der Sultan, daß er das Antlitz seiner toten Mutter sah und daß sie sich ihm zum Trost in der Stunde der schwersten Prüfung nahte. Er preßte seine Lippen auf die des Spiegelbildes, und Tränen entströmten zum ersten Male den Augen des Mannes, der bisher nicht gewußt hatte, daß auch Männer zu weinen vermögen. Dann stürzte er mit dem Spiegel zusammen zu Boden, preßte ihn fest an sich, und im Niedersinken barst das wundersame Spiegelglas. Die Splitter aber bohrten sich tief in das Herz des Sultans, und das Blut, das aus der Wunde strömte, war unstillbar, floß unaufhaltsam, trank sich in den harten Boden dieses sonnenheißen Landes ein und tränkte ihn tief, tief bis an die Wurzeln alles Wachsens.
Zerborsten war der Spiegel der Wahrheit, und niemand hat ihn mehr gefunden noch zusammenfügen können. Doch dort, wo das Blut von Buchar, dem Sultan, den Boden befeuchtete, erwuchs eine seltsame Blume mitten zwischen dem Felsgestein in der Einöde der Höhe. Es war eine hochstengelige, tief dunkelblaue Blume. Sie hatte eine Blüte, deren Blätter sich weit der Sonne öffneten, und es war, als spiegele sie das Himmelsblau. »Blume der Wahrheit« heißt sie noch heute, und manch einer pilgert den Felsberg hinan, um sie zu suchen und auf ihren leuchtenden Blättern gleichwie in einem Spiegel das Ersehnte zu schauen. Sie sagen, die blaue Blume spiegele dem, der sie ehrlich sucht, die Wahrheit. Doch sagen wieder andere, sie sei nur ein Trug von Eblis, dem Hort aller Lüge, und er spiegele Bilder seiner Lüge auf ihr. Wer will es wissen? Wer entscheiden? Wer weiß, was Wahrheit, wer, was Trug ist?

Kapitän Hikmet

Es gab eine Zeit, da war er groß, reich und mächtig, Kapitän Hikmet, ein Herr der Meere, ein Fürst der Räuber, ein Händler mit dunklem Menschenfleisch. Und er genoß, was die Erde an Genüssen des Leibes bietet denen, die sich nicht scheuen, zu vergessen, daß sie Söhne sind Allahs. Alles das kann vergeben werden. Alles Böse wandelt sich unter Allahs Hand zu Gutem, so die Hand, die alles hält, noch sichtbar bleibt. Wenn aber vergessen wird, daß es Allahs Hand ist, die Brot schenkt, die Wasser gibt, und daß es ziemliche Pflicht des Nehmenden ist, dem Gebenden zu danken... was dann?

Kapitän Hikmet ruhte auf dem Deck seines großen und prächtigen Schiffes, und die Sklaven brachten ihm erlesene Speisen. Er aß von allem, trank Wein der Inseln dazu, lachte, lachte, griff nach dem schlanken schmalen Krug aus Ton, darin das Wasser, das süße, köstliche, auf den salzigen Meeren so kostbare, gekühlt und frisch verwahrt wurde, erhob sich, ging zur Bordwand, schüttete das Wasser auf die Meereswellen, rief: »Da, ihr Fische, da habt ihr! Kostet einmal anderes Wasser als das gewohnte!«, wandte sich zurück, nahm ein frisch gebackenes Brot von der Tafel, warf es auf die Wasser, schrie: »Und Brot gehört auch dazu... Wasser und Brot sind Bruder und Schwester... kostet, ihr Fische, kostet!«, stand dort und lachte, lachte!

Da geschah es, daß ihm ein Lachen antwortete, dem seinen gleich, spottend, hart. Kapitän Hikmet drehte sich eilends um, gesonnen, den frechen Seemann zu strafen, der ihn so zu verhöhnen wagte. Aber er sah niemanden, und seine scharfen Augen konnten weit und breit nichts entdecken. Kalt lief es ihm über den Rücken, und es war das erste Mal in einem Leben wilder Kämpfe, daß Kapitän Hikmet so etwas wie Furcht kennen lernte oder Grausen. Der helle Mittag schien plötzlich verdunkelt, und um das, was ihn packte, abzuschütteln, schrie Kapitän Hikmet mit allem Aufwand seiner befehlsgewohnten Stimme: »Wer da lachte, der Feigling, zeige sich!«
Wieder erscholl das Lachen, und eine Stimme rief: »Hier oben sitzt der Feigling, schau auf deine Mastspitze, o tapferer Kapitän!« Kapitän Hikmet war mit einigen schnellen Schritten aus dem Schatten des seidenen Sonnendaches getreten, schaute zum Mast hinauf und sah auf der leicht schwankenden Spitze einen roten Vogel sitzen, der zugleich golden leuchtete und so hell, so sonnengleich war, daß der Kapitän geblendet die lichtgewohnten Augen schützte. Wieder erklang das Lachen, und obgleich des Vogels scharfer Schnabel unbeweglich zu bleiben schien, war deutlich aus ihm die Menschenstimme zu vernehmen. »Du hast mir schon viel Freude bereitet, Kapitän, und ich rechne dich zu meinen liebsten Söhnen. Heute aber und soeben hast du dich mir ganz zu eigen geschenkt. Ich bin gekommen, dir zu danken und dir zu sagen, daß du von mir wünschen kannst, was du willst, es soll dir gehören.«
Der rote Vogel schwieg. Kapitän Hikmet schaute hinauf, und unter der beschattenden Hand hervor fragte er mit so leiser Stimme, wie seine Untergebenen sie noch niemals von ihm gehört hatten: »Was bist du, Djin oder Dew, der du als ein Vogel zu mir redest

und die Anmaßung besitzt, mich deinen Sohn zu nennen?«
Wieder das seltsame Lachen und die klare Stimme, die von anderen Fernen her zu kommen schien. »Ich bin kein Djin, bin kein Dew, ich bin Eblis, dem du gehörst, Hikmet, mein Kind, der du heute und soeben die große Gabe meines geliebten Feindes verhöhntest. Rede nun, was kann ich dir schenken und geben, du, auf den ich stolz bin und dem zuliebe ich mich in diese elenden Federn kleidete?«
Die Stimme schwieg. Auf dem leeren Deck war Hikmet in sich zusammengesunken. Eblis, der Engel der Dunkelheit! Eblis, der Feind Allahs! Eblis war hier, war bei ihm! Warum nur, warum jetzt? Hikmet murmelte vom Boden her kaum vernehmlich: »Was tat ich, daß du heute kamst, o Eblis, du Großer? Warum jetzt, da ich nur spielte und lachte mit Wasser und Brot?« Hell erklang wieder das Lachen des Eblis, und er rief wie ein Sieger: »Wasser und Brot, sie sind meines geliebten Feindes größte Gaben. Da du sie verhöhntest, den Fischen, den stinkenden, gabst, verlachtest du ihn, gabst dich so ganz in meine Hand, der ich ihn niemals verlache, nein, liebe, bewundere, aber mich ihm widersetze. Nun also, Hikmet, mein Kind, fordere, frage... ich gebe dir alles, was du willst, denn der Weg zu dir ist frei, da du noch nie zu ihm sprachst.«
Kapitän Hikmet, immer noch am Boden auf dem Deck kauernd und so leise sprechend, daß ihn Menschenohr niemals vernommen hätte, fragte zaghaft: »Wie meinst du, daß ich noch niemals zu ihm sprach, deinem Feinde, Allah, o Eblis, du Großer?« Wie bisher, so leitete auch jetzt das Lachen die Worte ein, die klar wie fallende Tropfen eines Springbrunns erklangen: »Die Menschen nennen es beten. Ich nenne es sprechen. Du hast nie

fünfmalig ihn gerufen; du hast nie fünfmalig auf ihn gehört; du bist von ihm geschieden und getrennt. Darum, Hikmet, mein Sohn, bist du mein, weil du heute Brot und Wasser verlacht hast, und ich biete dir zum dritten Male den Wunsch. Sprich nun!«

Doch ehe Kapitän Hikmet sprechen konnte, der in Wahrheit auch nicht wußte, wie reden und was sagen, breitete sich über die Ferne und die Meere ein bläuliches Dämmern, das die Glut und das Glitzern des Mittags auslöschte und den Glanz der Federn des roten Vogels verblassen ließ. Und aus dem blauen, ruhig schwebenden Licht erklang eine tiefe, eine wunderbar friedevolle Stimme, die sprach, wie ein milder Wind weht: »Eblis, geliebter Sohn, du mein Schatten, was ist es, das du anstellst? Sei so hart nicht zu diesem, der noch mein Sohn ist, denn er weiß nicht, was er verlachte. Laß ihn aus deinem Wunschnetz, mein geliebter Eblis, auf daß ich nicht gezwungen werde, dich wieder für vieltausend Menschenzeiten aus meiner Nähe zu verbannen – was mich schmerzt, du weißt es, Eblis.«

Der rote Vogel war beim ersten Schimmer des blauen Lichtes in sich zusammengesunken, wie es eine welkende Blume tut. Er legte jetzt die leuchtenden Schwingen über seinen Kopf und saß still dort oben an der Mastspitze, eine kleine, eine verglühende Flamme. Aber die tiefe, die ruhevolle Stimme sagte, und es klang fast wie Heiterkeit in ihr: »O Eblis, mein geliebtester Sohn, wie kennst du doch Spiel und Lachen, das mir so selten nur erlaubt ist! Wer dich dort sähe und kennte dich nicht, würde meinen, Demut und Zerknirschung zu erblicken, du armer, kleiner roter Vogel! Und was ist es in Wahrheit? Verstecktes Lachen!« Aber die Stimme der Wassertropfen sagte klar, doch leise: »Erhabenster, du Licht der Welt, du irrst. Ich verstecke mich, weil ich weiß, was du sagen wirst, wenn es um dieses arme kleine Menschenwesen geht. Ist es so, daß du ihm vergibst, oder irre ich?« Heiter klang auch jetzt die blaue, die tiefe, die friedevolle Stimme, die in sich ruhte: »Du sagst es, Sohn, du irrst. Ich verzeihe Vergehen gegen Wasser und Brot nicht sogleich, weil sie Vergehen sind gegen das wachsende, das ewig werdende Leben. Aber ich kam, um mich zwischen deine Wünsche und ihre Erfüllung zu stellen, weil ich weiß, dann verliere ich immer. Und ich verliere nicht gern.« Jubelnd klang die Wassertropfenstimme: »Großer, Gewaltiger, was oder wer könnte dich übertreffen? Wer übertrifft jemals den, der bereit ist, sich eines Fehlers zu zeihen? O dreifach gelobt und gesegnet jener, der aus seiner Größe heraus vermag zu sagen, daß er nicht gerne verliert... Ja Allah... Jahu Allah, Yaha Allahu...« Und die Himmel erklangen vom Lobgesang des Eblis, der den pries, der ihn als seinen Sohn, als den Schatten des Lichts benannte.

In all dieser Zeit hatte der Kapitän Hikmet wie in tiefem Traume auf den Planken seines Schiffes gelegen. Er erwachte davon, daß eine gewaltige Stimme, die alle Fernen und alle Meere zu erfüllen schien, rief und verkündete dieses: »Hikmet, der du ein Sohn Allahs warst und ein Sohn wurdest des Eblis, seines Schattens, höre, was ich dir künde: Da du verlachtest, was der Erde Heiligstes und Bestes ist, Brot und Wasser, wirst du über die Meere irren, bis du findest, wie du Brot und Wasser aus den tiefsten Gründen ziehen kannst. Bis dahin wirst du dürsten und hungern, auch wenn du reiche Kost genießest und dich des verbotenen Weines erfreust. Suche, suche, Hikmet, der du auch mein Sohn bist, bis du jenseits der Meere und ihrer Bitterkeit die Süße der Erde findest.«

Seitdem geschieht es, daß Kapitän Hikmet durch alle Meere der Welt zieht, der Erde Süße suchend, nach der

Bitternis der Weltweiten. Wenn einmal eine Möwe mit einem Brotkrumen im Schnabel in die Nähe seines Schattensegels kommt, so bittet er, so fleht er sie an um einen Teil ihrer Beute. Doch ist's vergebens, denn wie könnte ihn der Raubvogel verstehen?

Wann, ach, wann wird auch ihm, dem ewigen Wanderer der Meere, das blaue, das friedevolle Licht erstrahlen? Wann wird ihm die Stimme erklingen, die einstmals seinen Traum füllte, ihm kündend, daß der Hafen aller Erdenwanderungen ihn erwarte?

Bis wir es wissen, o Freunde, seid bereit, ein jedes verirrte Schiff der Weltmeere zu betreten und andächtig in Händen zu tragen einen Laib Brot und einen Krug Wassers. Tut es, o Freunde, auch wenn ihr nichts seht als nur zerfetzte Segel, gebleichte Planken, Geheimnisse verborgener Schatten. Tut es um Allahs Barmherzigkeit willen, die in jedem Bissen Brotes lebt und in jedem Schluck süßen Wassers... Allah Kerim...

Soldat Mustafa

In der Morgendämmerung, eine gute Weile vor dem ersten Azan, wenn es nicht Tag ist, nicht Nacht und kein Auge sieht, ob Nebel, ob Staub, ob Wolkenschatten über den Wegen liegt, dann ist sein Ruf zu hören, ist auch sein Schatten zu erblicken: Soldat Mustafa.

Wer draußen schlief, jenseits der Tore, wer einsam ist, wer fern der Heimat, wer mit Schuld beladen ist, der hört den Ruf, der erblickt den Schatten, der weiß: Soldat Mustafa.

Er geht voran, er ganz allein, und er spricht zu dem, der ihn zu erblicken vermag und der den Ruf hörte. Er spricht zu ihm in seiner Sprache, in der, darin die Mutter sprach. Ob es nun die Worte sind der Baschkiren, ob die der Kurden, ob es die vielfach verschiedenen Laute der Wüstenvölker sind, ob die verfeinerte Sprache Iranistans, ob die dunkle Arabistans, ob unsere eigene, die von Turkestan – wer ihn erblickt, wer ihn hört, Soldat Mustafa, der hört seine eigene Sprache aus dem Schattenmunde:

»Komm zu mir, komm mit mir«, sagt Soldat Mustafa, »du siehst, es gehen viele mit mir, blicke hin«, sagt Soldat Mustafa und weist mit der Schattenhand rückwärts. Der, der ihn zu sehen und zu hören vermag, erblickt dann auch seine Gefolgschaft. Weit, weit in die Ferne hin erstreckt sich ein endloser Zug. Ist es nahe dem Wüstenbeginn, so ist die Weite ihres Nichtseins bis in alle Spiegelungen hin angefüllt von dem Zuge, der Soldat Mustafa folgt. Ist es an den Küsten der Meere, so schreiten sie über die Wasser hin, weit, weit, bis dort, wo sich Himmel und Meer küssen, ist ihre gewaltige Schar zu erkennen. Wo es aber auch sei, wehen Banner über ihnen, klingen leise, ganz leise die Tschinellen und tönt ein unaufhörliches Summen aus ihren Reihen.

»Hörst du sie singen?« fragt Soldat Mustafa den, der ihn zu erblicken vermag. »Sie preisen den, für den sie kämpften; sie singen dem, für den sie starben, sie alle, alle Welten weit, sind tot, sind tot, und die Erde hat keinen Raum für sie. So folgen sie mir. Willst auch du mir folgen? Lausche auf die Tschinellen – ist ihr Klang nicht lieblich? Und jetzt... höre!« Soldat Mustafa hebt die Hand, und ihr Schatten legt sich gleich dem einer Wolke über die weiten Fernen. Da beginnen die Trommeln ihr Dröhnen, da rufen die Hörner, da klingen die Tschinellen laut und lauter. »Vernimm!« ruft Soldat Mustafa und wird kenntlich in den ersten Strahlen der Sonne ähnlich einem Menschen, »das ist das Lied des Krieges, vernimm! Und jeder für ein anderes Heil, jeder für ein anderes Wollen, aber alle nur für mich, für mich allein und für die weite, weite Spur des Blutes... des Blutes, das dunkel ihnen allen folgt über die Erde, die es durchtränkt.«

So sagt Soldat Mustafa. Du aber, der du ihn hörst und siehst, der du den berauschenden Blutkelch leeren möchtest, du wende still dein Antlitz nach Mekka und sage laut: »Allah Kerim.« Vor diesem Wort des Anrufens der höchsten Barmherzigkeit schwinden die Scharen, schweigen die Hörner, verstummen die Rufe, und der große Schatten verbleicht.

Wende dich ab, o Sohn Allahs, nimm deinen Spaten und grab den fruchtbaren Boden der Erde auf, da, wo sie nicht vom Blut durchtränkt ist, wo sie Korn hervorbringt und, wer weiß, auch hie und da wilde Veilchen. In Wahrheit, ja... Allah Kerim!

Es erscheint der Mühe wert, darauf hinzuweisen, daß es sich bei den von mir gesammelten Märchen und Geschichten der Nomaden in keiner Weise etwa um das handelt, was man »Übersetzungen« nennt, also Wiedergaben, die sich an irgendwelche festgelegten Originale halten. Das Wesen des Erzählens orientalischer Märchen war, ist und wird bleiben vollkommene individuelle Freiheit der Wiedergabe. Das liegt ja auch eindeutig in der uralten Lebendigkeit der Stoffe. Diese bleiben in ihren Grundzügen, wie mehrmals hervorgehoben, immer gleich. Wie jedoch der Ablauf des Geschehens geschildert wird, ist Sache des jeweiligen Erzählers, hängt von seiner schöpferischen Kraft und Fähigkeit ab.

Im alten Anatolien war es oftmals so, daß die Menschen zusammenströmten, um einen bestimmten Erzähler zu hören, so Fehim Bey – und gleichgültig an einem anderen vorübergingen. Die gleiche Geschichte war dann eben nicht die gleiche Geschichte. Der Erzähler hatte völlig freie Hand, zu verwandeln und zu verschieben, wenn er sich nur an dem Urstoff nicht verging, will sagen, Anfang, Mitte und Ende mußten sein wie sie immer gewesen waren und bleiben würden.

In genau der gleichen Art habe auch ich freie Hand, den Stoff wiederzugeben, und wer meine Art in Anatolien kannte, der wußte, daß ich erzählte, auch wenn er mich noch nicht sah. Dann hieß es: »Hört Ihr, das ist der Bey, der zu Fehim gehört; seine Stimme und seine Wendungen kennt Ihr doch auch?« Ja, und dieser selbe Bey, der zu Fehim gehört, spricht nun auch wieder in den Märchen zu denen, die ihn kennen, und in jeder der Geschichten lebt sein ganzes Wesen, sein Denken und Fühlen, wie es eben war und ist, wenn ein lebendes Märchen zustande kommen soll. Da gibt es keine enge Begrenzung und kein »Übersetzen«. Es gibt nur das Märchen des Bey, der auch heute noch zu Fehim gehört.

Und eines noch ist zu bedenken: die türkische Sprache ist die knappste Form der Ausdrucksweise, die nur denkbar ist. Sie ersetzt vieles durch Gesten und Handbewegungen, durch den Ausdruck der Augen. Darum war es nötig, in die deutsche Sprachform zu transponieren, in die deutsche Denkform sich einzuleben und in die deutsche Sicht. Es wäre gut, hier ein kleines Beispiel zu geben, das auch erkennen läßt, wie sehr viel der türkische Erzähler der Vorstellung des Zuhörers überläßt; denn alles wird nur angedeutet, nichts ausgeführt. So lautet beispielsweise die erste Geschichte dieses Buches, die von der Peri und dem Ifrit, übersetzt aus dem Türkischen, genau nach türkischer Ausdrucksform wiedergegeben, etwa so:

»Zwei Wolken. Drauf einmal Peri, einmal Ifrit. Zusammenkommen verboten, bis menschliche Treue entdeckt, dieses die Strafe. Suchen. Suchen. Warten. Warten. Ein Dichter vielleicht? Eine Schönheit dazu? Man sollte versuchen, wer weiß – es gelingt? Aman, mißlungen? Oder gelungen? Ist ein Gedicht Treue? Ist Schönheit Treue? Allah weiß es und jener strafende Genieh von den Wolken. Suchen. Suchen. Warten. Warten. Zeit ist nicht. Warten. Suchen. Und Allah ist gnädig.«

Türkisch heißt es so:
»Peri hem ifrit. iki buludlar. birin üstüne peri, birin ifrit. beraberlik yasak. adamlarin szadakat bulmaly lasim. aramak. aramak. beklemek. beklemek. kim bilir adjeba bir yasidji güselyk ilan? tedşrübeh etmelih. aman, oldu, olmadu? bir türkü szadakatmi? güselik szadakatmi? Allah bilir, we da buludlardan dşesaly genie. aramak. aramak. beklemek. beklemek. seman yok. beklemek. aramak. Allah kerim.«
Das ist die knappe türkische Art; und um sie zu verstehen, muß man Türke sein. Wenn ein Gelehrter dann so etwas in deutsche Worte setzt, dann heißt es allgemein: »Wie trocken sind doch die türkischen Geschichten, wie langweilig und dürr!« Ja, gewiß, wenn man »übersetzt«. Und das eben tut ein wirklicher Erzähler Anatoliens, der hier spricht, niemals. Er muß neu schaffen, was unsterblich am Grunde der Zeiten ruht und der erweckenden Berührung harrt, um in steter Jugend zu lachen und zu leben – unter der Hand Allahs, des Erbarmers, der dem Erzähler schenkte, erwecken zu dürfen. El hamd üllülah.

Elsa Sophia von Kamphoevener

Worterklärungen

aferim: brav so!

Allah: Gott; *Allah Akbar:* Gott ist barmherzig; *Allahu Akbar:* Wie sehr ist Gott barmherzig; *Allah bilir:* Gott weiß es; *Allah ismagladih:* Gott befohlen; *Allah ismagladyk:* seid Gott befohlen; *Allah Kerim:* Gott der Erbarmende

aman: ach, o weh!

aman, dosdum: ach, mein Freund

Aslan: Löwe, vielfach angewandter Schmuckname für Mut und Bedeutung

Azan: Gebet und der Ruf dazu

Baba: (familiär): Vater; *Babam:* mein Vater; *Babadjim:* mein Väterchen

Bazilikon: ein Würzkraut

Bey: Sohn des Paschas, auch ein Vornehmer oder Reicher

Burnus: weiter arabischer Schulterumhang

Chan oder Han: Lagerhaus und Unterkunft

Derwisch: Angehöriger eines islamischen Mönchsordens

Dew: ein böser Geist; *Djin:* etwas weniger böse

Djami: Moschee

Djan: Seele; *Djanoum:* meine Seele

Dji: bedeutet immer die im vorhergehenden Worte angegebene Tätigkeit Ausübender

Djihara: Frauenname

Djiharun: Männername

Eblis: der Engel der Dunkelheit, im Islam als Allahs Schatten bezeichnet

Effendi: Herr; *Effendim:* mein Herr

El hamd üllülah: möge es unter Gottes Hand gesegnet sein

Elmas: Edelstein

Ermeni: Armenier

Gehenna: Hölle

Genieh: eine gültige Geistform

Görge: Schatten

Gülilah: Eigenname, deriviert von: *Gül* = Rose; *güleh, güleh* = geh' es dir lachend von der Hand; *Gülmek* = Lachen

Harem: die Frauen, die Familie; *Haremlik:* der Frauenraum
Hodja: geistlicher Lehrer
Ifrit: Luftgeist, ein guter Naturgeist
Imam: Geistlicher, Prediger
Inschallah: Gott gebe es, Gott wolle es
Isfahan oder Ispahan: Persien
Islam: Hingebung, Bezeichnung der Lehre Mohameds
Kadi: Richter
Karawan-Serail: Raum, in welchem die Karawane nächtlich Unterkunft findet
Kaweh: Kaffee
Kiösk: ein kleines leichtes Bauwerk in Gärten
Kufiah: Kopftuch (arabisch)
Kousu: Lamm; *Kousum:* mein Lamm; gebräuchlicher Kosename
Maschallah: unter Gottes Schutz und Hilfe
Mazarlik: Märchen, Erzählung; *Mazarlikdji:* Märchenerzähler
Mihrabh: Gebetskanzel
Mollah: Lehrer, Priester
Moslim: Mohamedaner
Okka: Gewicht, Kilo
Orta Oyounou: Spiel der Mitte, Volksspiel, Theater
Padischah: der Herrscher; *Padischahm:* mein Padischah
Pascha: hoher Würdenträger mit fürstlichem Rang
Pederim: mein Vater
Peri: weiblicher Blumen- und Wassergeist
Schach: Kaiser
Schach nameh: Spiel des Kaisers (das Schachspiel)
Scheich: Fürst
Scheich-Zadeh, Scheichzadeh: der Erbe und Sohn eines regierenden Fürsten
Scherbet: kühles Fruchtgetränk
Sheitan: Teufel
Sheitanlik: Teufelei
Schimum: Wüstenwind
Tesbieh: Kette aus einer Schnur aufgereihter Perlen, die üblicherweise in Händen gehalten wird von Männern
Touareg: Wüstenstamm hervorragender Reiter, die ihre Gesichter mit schwarzen Schleiern verhüllen, eines alten Gelöbnisses halber
Vezier: Statthalter
Wallaha: Ausruf der Bestätigung: es ist bei Allah wahr!
Yah: Ausruf der Versicherung und des erstaunten Lobes
Zechine: Goldmünze

Iskender: Orientalische Form des Namens Alexander, Skanderbeg in Dalmatien. Der Name Alexanders von Mazedonien ist im ganzen

Orient ein Symbol für die legendäre Gestalt, die einmal Ost und West einen wird. Skanderbeg in Dalmatien ist der Nationalheld, der unsichtbar bleibt bis zum Tage der großen Freiheit.

Das Gebet des Kadi: Diese Erzählung ist uraltes Orientgut, und es ist anzunehmen, daß sie Shakespeare auf irgendeine Art zu Ohren kam und er daraus seinen «Kaufmann von Venedig» schuf. Das Original ist türkisch.

Vierzig Tage oder Nächte: Dieses ist keine Zeitangabe als solche, sondern eine symbolische Bezeichnung für einen längeren Ablauf. Die Vierzig ist die geheimnisreiche heilige Zahl, die sowohl in der Bibel wie im Talmud und auch im Koran immer wieder vorkommt, um symbolisch etwas auszudrücken. Bisher ist es unmöglich gewesen, den Grund hierfür festzustellen. Im Alten Testament findet sich diese heilige Zahl, wo es heißt, das Moses vierzig Jahre lang die Israeliten durch die Wüste führte, und ist ebenfalls dort als Symbol und nicht als Zeitangabe gemeint und so zu betrachten.

Kismet: streng übersetzt als Schicksal zu bezeichnen, bei den Griechen ehemals und heute als «Mira» (altgriechisch Moira), deren Zeichen über der Nasenwurzel erkennbar und unverwischbar stehen. Das Kismet wird von Westeuropäern fälschlicherweise als eine stumpfe Ergebung in das Unvermeidliche angesehn, und zwar so, daß ein Moslim sich auch aus einem brennenden Hause nicht retten würde, sondern stur und dumpf hockenbliebe. Es ist aber anders, nämlich der Begriff der Ergebenheit in Gottes Wollen. Zwar weiß man, daß man Allah gehorchen muß, aber auch daß man nicht immer sein Wollen erkennt, und so deutet man das Geschehen als Hinweise auf dieses Wollen, als einen Hinweis von Allahs Hand. Das nennt man Kismet, oder auch Gehorsam, oder Hingabe – das ist Islam.

Inhalt